SFV

D1984358

Theater im S. Fischer Verlag
präsentiert aktuelle Stücke in- und ausländischer Autoren
und bietet grundlegende theoretische Schriften
für ein modernes Theater

T

Die Fassungen von
"GENOSSE VEYGOND" und
"REQUIEM FÜR DIE KIRCHE"
sind nicht mehr gültig.

Die gültigen Fassungen können als Bühnenmanuskript beim S.Fischer Verlag angefordert werden.

Joseph Breitbach

Die Jubilarin
Genosse Veygond
Requiem für die Kirche

S. Fischer

3. Auflage
© Die Jubilarin, Überarbeitung 1972, einzig gültige Bühnenfassung:
S. Fischer Verlag GmbH, Frankfurt am Main 1972
© Genosse Veygond, Neufassung 1972, einzig gültiger Text:
S. Fischer Verlag GmbH, Frankfurt am Main 1972
© Requiem für die Kirche:
S. Fischer Verlag GmbH, Frankfurt am Main 1972
Alle Rechte, insbesondere das der Aufführung und Übersetzung, vorbehalten
Umschlagentwurf: Hans Maier
Gesamtherstellung: Wilhelm Röck, Weinsberg
Printed in Germany 1974
ISBN 3 10 005401 6

Die Jubilarin

Volksstück in vier Akten

Einzig gültige Bühnenfassung

Überarbeitung 1972

Titel der französischen Original-Fassung:
»La Jubilaire«
Nach der Übersetzung von Eva Rechel,
vom Verfasser bearbeitet

Für Louise Schlumberger

Personen (in der Reihenfolge ihres Auftretens)

ANNIE COSTE	Verkäuferin im Warenhaus Seelhof, später Sekretärin im Kaufhaus Braun, 20 Jahre
MARIE SCHMIDT	Verkäuferin im Warenhaus Seelhof, 39 Jahre
CILLA KREKOVIUS	Verkäuferin im Warenhaus Seelhof
CARL SCHMIDT	Fahrstuhlführer im Warenhaus Seelhof, 20 Jahre
HEDWIG	Verkäuferin im Warenhaus Seelhof
PAUL GRISAR	Direktor der Filiale des Warenhauskonzerns Seelhof, 40 Jahre
FRÄULEIN MEYER	Verkäuferin im Warenhaus Seelhof, 39 Jahre
FRÄULEIN SCHOLZ	Verkäuferin im Warenhaus Seelhof, 18 Jahre
FRÄULEIN LISERT	Sekretärin Grisars
EMIL BRAUN	Besitzer eines noch nicht eröffneten Kaufhauses, 50 Jahre
JOSEPH RHODEN	Personalanwerber für das Kaufhaus Braun, später dort Personalchef
IRENE	Verkäuferin im Warenhaus Seelhof
EINE RADIOREPORTERIN	

Das Stück spielt in Colmar

AKT I

Im Vordergrund die am »Ausgang nur für das Personal« gelegene Abteilung »Herrenwäsche« des Warenhauses Seelhof. Bis zum Hintergrund Wegweiser mit Aufschriften wie: »Zur Kasse«, »Handschuhe«, »Parfümerie«, »Strümpfe«, »Schuhwaren«. Einstieg und Fahrschacht des Lifts besonders sichtbar. Daneben ein Wandtelefon. Die Verkäuferinnen tragen gelbe Überblusen. Marie Schmidt, früh gealtert, altmodische Brille und unschön frisiert. Carl trägt die Livree eines Liftboys.

1. Szene

ANNIE, MARIE SCHMIDT

Beim Aufgehen des Vorhangs bedecken Marie Schmidt und Annie die Verkaufstische und Auslagen der Abteilung mit breiten Schutztüchern. Nur an einem der Tische lassen sie ein Stück offen, ziehen vor diesen zwei Stühle und fangen an, jede auf ihrem Block, die Tageseinnahme zu addieren. Marie Schmidt, als erste mit der Addition fertig, schaut der rechnenden Annie zu, bis diese den Kopf hebt.

ANNIE Ich habe mich schon wieder verrechnet, Fräulein Schmidt.

MARIE SCHMIDT *lächelnd*

Geben Sie her. *Nach einem Blick in Annies Block.* Dreieinhalb Kolonnen! Ich habe nicht mal e i n e. Elf ganze Kunden hatte ich.

ANNIE *mit Schonung*

Einer ist aber nicht zur Kasse gegangen. Die fünf Pyjamas liegen auf der Aushändigung. Nicht abgeholt.

MARIE SCHMIDT Auch das noch.

ANNIE Warum haben Sie mich meinen letzten Verkauf nicht auf Ihren Block schreiben lassen!

MARIE SCHMIDT *scharf tadelnd*

Fräulein Coste! Auf meinen Block was eine andere verkauft hat, nein! Das habe ich noch nie gemacht, in fünfundzwanzig Jahren nicht ...

ANNIE Was Ihnen das schon nutzt! Morgen wird es in aller Frühe doch wieder heißen: »Fräulein Schmidt zum Herrn Direktor

Grisar«. Und oben im Büro schiebt der Ihnen den Umsatzspiegel hin und zeigt auf die rote Zahl, die neben Ihrem Namen steht ...

MARIE SCHMIDT *erstaunt*

Woher wissen Sie das?

ANNIE Und dann sagt er Ihnen: »Ihr Umsatz war gestern wieder unwahrscheinlich niedrig.«

MARIE SCHMIDT Das sagt er aber immer ruhig und höflich.

ANNIE Darauf fallen Sie herein! Grisar ist schlau und falsch. Nur deshalb fährt er Sie nicht an. Schließlich sind Sie die Älteste vom ganzen Personal.

MARIE SCHMIDT Nicht den Lebensjahren nach, Fräulein Coste.

ANNIE Dienstälteste, das meinte ich ja. *Plötzlich beschwörend* Fräulein Schmidt, sehen Sie denn nicht: Mürbe will er Sie machen mit dieser feinen Tour. Und hinausschikanieren. Sie sollen sich bald so minderwertig fühlen, daß Sie die Firma »auf eigenen Wunsch«, wie es dann im Zeugnis heißen wird, verlassen. Noch vor dem ersten Oktober.

MARIE SCHMIDT Wo ich am ersten Oktober mein Jubiläum habe!

ANNIE Gerade deswegen! Drücken will er sich, der Grisar. Dieses Jubiläum soll nicht gefeiert werden. Ist doch klar, wenn um Ihre fünfundzwanzig Dienstjahre das geringste Aufsehen gemacht wird, kann man Sie nie mehr vor die Tür setzen. Wegen der Wirkung! Auf das Personal und auch auf die Kundschaft! Sie haben Illusionen.

MARIE SCHMIDT Illusionen! Aha, klar ist jetzt auch, woher Sie Ihre Weisheit haben.

ANNIE Nicht von Carl. Es ist alles aus zwischen ihm und mir. Daß Ihr eigener Neffe Sie nicht besser berät! Er weiß doch, was hier gespielt wird. Gegen Sie!

MARIE SCHMIDT Ach was! Ich habe hier noch jeden Besitzer oder Direktor überlebt. Wovon ich aber krank bin, das ist meine Losung, hier auf dem Block! Sie geht ständig zurück! Seit zwei Monaten!

ANNIE *sehr scharf*

Moment mal! Also seitdem Grisar mich an Ihre Abteilung versetzt hat! Fräulein Schmidt, habe ich je versucht, mich bei der Herrenkundschaft vorzudrängen?

MARIE SCHMIDT Bei den Männern von heute ist das nicht nötig. Ob eine Verkäuferin Seide von Wolle unterscheiden kann, Branchenkenntnis! Danach fragen die nicht. Die sehen auf ganz was anderes. Worauf, das wissen Sie, Fräulein Coste. Was Sie sich von manchen Kunden bieten lassen! Bei mir wagt das keiner. Da genügt ein einziger Blick.

ANNIE *nach einem Seufzer, voll Mitleid*

Daß Sie auch ausgerechnet auf Herrenwäsche sind!

MARIE SCHMIDT Konnte ich als junges Ding ahnen, daß die Männerkundschaft in wenigen Jahren so herunterkommen würde.

ANNIE Ich, an Ihrer Stelle, ließe mich auf Damenartikel versetzen.

MARIE SCHMIDT Damit Sie hier Erste Verkäuferin werden! Jetzt haben Sie sich aber verraten.

ANNIE *die sie entsetzt angestarrt hat*

Fräulein Schmidt, wissen Sie, daß ich ausgerechnet morgen früh hier kündige. Ich trete drüben in dem neuen Kaufhaus ein.

MARIE SCHMIDT *sehr betroffen*

Bei Braun? Aber der eröffnet doch erst im Herbst. Und da kündigen Sie schon jetzt?

ANNIE Ich muß im Juli dort anfangen. In dem Stab, der alles vorbereitet.

MARIE SCHMIDT *lauernd*

Ist es also wegen Carl, daß Sie fortgehen?

ANNIE *zögernd*

Ihn immer hier zu sehen ... und die von dort oben, dieses Biest! Ich kann mir den Carl nicht aus dem Kopf schlagen. Und das kalte Gesicht, das er mir zeigt. Ich halte das nicht mehr aus.

MARIE SCHMIDT Sogar meine Gegenwart stört ihn wegen der.

ANNIE Aber, daß ich zu Braun gehe, da hat Carl mir nichts eingeredet. Es war jemand anderes. Sie kennen den auch.

MARIE SCHMIDT Ich?

In diesem Augenblick erlöscht der größte Teil der Lampen, gleich darauf hört man aus den unsichtbaren Abteilungen die Stimmen Cillas und Hedwigs.

STIMMEN CILLAS UND HEDWIGS

Licht!

Es erscheint Cilla, die an der Herrenwäscheabteilung vorbei zu dem »Ausgang nur für das Personal« läuft, wo sie in den Hof hinausruft.

2. Szene

CILLA, ANNIE, MARIE SCHMIDT

CILLA Hausmeister, Licht, es ist noch Kundschaft auf Handschuhen und bei mir! *Pause* Auf Parfümerie! *Auf dem Rückweg wirft Cilla Marie Schmidt und Annie hin* Auch noch da?
Cilla ab.
Die Lampen brennen wieder wie zuvor.

ANNIE *nachdem sie sich vergewissert hat, daß Cilla nicht lauscht* Erinnern Sie sich, Fräulein Schmidt, letzte Woche, dieser sonderbare Kunde. Der junge Mann, der sich über fünfzig Krawatten hat vorlegen lassen und dann nach meinem Namen gefragt hat? *mit gesenkter Stimme* Das war der künftige Personalchef von Braun. Der hat mich nur auf die Probe gestellt. Das macht der in allen Geschäften. Eben, kurz vor Schluß, war er oben auf Konfektion. So sucht er Personal für Braun. Ist er zufrieden mit der Bedienung, bestellt er die Verkäuferinnen ins Bahnhofshotel. Dort hat er vorläufig sein Büro. M i r aber hat er einen Posten als seine Sekretärin angeboten.

MARIE SCHMIDT *spitz*
So. Und hier bringen Sie abends nicht die Addition auf Ihrem Block zustande.

ANNIE Sie könnten ruhig ein bißchen netter zu mir sein. Ich habe Sie nämlich bei der Firma Braun vorgeschlagen ...

MARIE SCHMIDT *empört*
Ohne mich zu fragen ...

ANNIE Nicht als Verkäuferin, als Einkäuferin! Wegen Ihrer Branchenkenntnisse. Als Abteilungsleiterin sozusagen.

MARIE SCHMIDT Fräulein Coste! Sind Sie mein Vormund ...?

ANNIE *beschwörend*
Wenn Sie doch nur sehen wollten. Ihre Stellung hier wackelt ...

MARIE SCHMIDT Zum Kuckuck! Ich stehe seit fünfundzwanzig Jahren in diesem Hause hinter dem Ladentisch, da wird man nicht weggejagt. Marsch, gehen Sie die verflixten Pyjamas holen, ich mache Ihnen derweil Ihre Addition.
Annie ab.
Marie Schmidt hat Annies Block vorgenommen und rechnet. Geräusch des Aufzugs. Carl kommt heraus.

3. Szene

CARL, MARIE SCHMIDT

CARL Ich komme spät zum Essen, vielleicht auch gar nicht.

MARIE SCHMIDT Schon wieder. Carlchen!

CARL Überstunden, Mama.

MARIE SCHMIDT *unwirsch*
Du sollst hier nicht Mama sagen.
Sie sieht sich ängstlich um.

CARL Ist doch kein Mensch da.

MARIE SCHMIDT Doch. U n d Kundschaft. Auf Handschuhen.
Carl bewegt sich zum Hintergrund und schaut flüchtig zu den nicht sichtbaren Abteilungen hinüber, dann auf seine Uhr.

CARL Eine Unverschämtheit! *Er macht einen Schritt seitwärts.*
Fräulein Krekovius, noch nicht Feierabend?
Beim Hören des Namens »Krekovius« beugt Marie Schmidt sich rasch wieder über den Block und addiert laut die Ziffern. Cilla erscheint.

4. Szene

CILLA, CARL, MARIE SCHMIDT

CILLA *nach einem scheuen Blick auf Marie Schmidt*
Als Mitglied des Betriebsrates sollten Sie da einschreiten. Seit einer geschlagenen halben Stunde peinigt dieser Kerl dort drüben die Hedwig für ein Paar graue Handschuhe. Und der will nun auch noch m i c h schikanieren kommen! Deswegen muß ich mir hier die Beine in den Leib stehen.

CARL Davon werden die höchstens noch schöner.
Marie Schmidt schaut ungehalten zu Carl hinüber.

CILLA Richten Sie diese Sprüche an Ihre Flamme oben auf Konfektion und drängeln Sie mir lieber den Kunden hinaus. Ein »apartes« Parfum für meine Gattin, hat er mir von Handschuhen her zugerufen. So was hat keine Frau, das hat eine »Gattin«!

MARIE SCHMIDT *feindselig*
Fräulein Krekovius, ich kann nicht addieren, wenn Sie hier reden.
Cilla zieht sich, die Ängstliche spielend, auf Zehenspitzen zurück. Cilla ab.

CARL Was hast Du nur immer gegen sie?

MARIE SCHMIDT Reines Theater! Die ist viel zu froh über den späten Kunden.

CARL Soll sie! Was ist dabei?

MARIE SCHMIDT Keinen Abend, wo sie nicht nach der letzten Glocke anfängt und ihre Abteilung von oben bis unten abstaubt und alles umkrempelt, nur um ja noch da zu sein, wenn Herr Grisar nach Hause geht.

CARL Und wenn D u nun in Grisar verliebt wärst . . . ?

MARIE SCHMIDT *unwirsch*

Ach!

CARL Bei jedem Mann hat sie Chancen und vergafft sich ausgerechnet in diesen Eisschrank!

MARIE SCHMIDT Der Herr Grisar wird wissen, warum er sie übersieht. Er kommt überhaupt nicht mehr an die Parfümerie.

CARL Na, heute doch. Er macht mal wieder Inspektion. Diesmal hier bei Euch im Erdgeschoß.

MARIE SCHMIDT *zeigt auf ihren Block*

Oh, mein Gott! Wenn er meine Losung sieht.

CARL Wieder zu wenig?

MARIE SCHMIDT Schon vier Tage hintereinander . . .

CARL Und da willst Du noch immer nicht rüber zu Braun! Wo man Dich mit Kußhand nähme!

MARIE SCHMIDT *heftig, aber im Flüsterton*

Fang nicht wieder davon an. Ich gehe nicht zu Braun!

CARL Gut, gut.

MARIE SCHMIDT Du bist hier übrigens nicht der einzige, der Brauns Abwerber kennt.

CARL Weiß ich. *Mit veränderter Stimme* Was hat denn die Annie auf ihrem Block?

Er nimmt Annies Block. Marie Schmidt entreißt ihn ihm aber sofort.

MARIE SCHMIDT Was interessiert Dich das noch! Du hast doch Schluß mit ihr gemacht.

Annie erscheint.

5. Szene

HEDWIG, MARIE SCHMIDT, CARL, ANNIE

Annie bringt die fünf Pyjamas und den nicht eingelösten Kassenschein zurück. Als sie Carl sieht, wirft sie die Pyjamas auf den Ladentisch, nimmt sie aber wieder auf den Arm und läuft damit weg.

Annie ab.

Seufzend nimmt Marie Schmidt den Kassenschein, dann ihren Block und streicht auf diesem eine Ziffer aus. Hedwig kommt von »Handschuhen« her. Scharfes Läuten der Aufzugsschelle. Carl eilt dorthin und fährt nach oben.

Carl ab.

HEDWIG Was sagen Sie! Dreiviertel Stunden piesackt mich dieser Kunde wegen eines Handschuhs ... für nichts und wieder nichts. Wegen eines verrückten Grau, was ganz Besonderem ...

MARIE SCHMIDT *blickt vom Block auf*
Der Kunde hat immer recht. Auch wenn er schikanös ist.

HEDWIG *nach einem kurzen Blick in Richtung »Kasse«*
Der nicht! Hat der doch jetzt Ihre Annie angekeilt! Dann wird er auch noch hierher kommen. Der hat ja was ganz anderes gesucht als Handschuhe. Seien Sie froh, daß Sie von diesen Triebmenschen verschont werden.

MARIE SCHMIDT Ist das ein junger Mann?

HEDWIG *schaut wieder hinüber*
Ach was, spätes Mittelalter, kurz vor dem ersten Schlaganfall, Trauring und den Gierblick. Mit dem beglückt er jetzt die Annie.

Marie Schmidt erhebt sich und schaut empört in Richtung »Kasse«.

Cilla kommt von ihrer Abteilung her.

6. Szene

CILLA, MARIE SCHMIDT, HEDWIG

CILLA Was sagt Ihr! Ein starkes Stück! Läßt der sich jetzt an der Aushändigung von Ihrer Annie diese liegengebliebenen Pyjamas zeigen, und ich muß hier stehen und mit meiner ganzen Parfümerie auf ihn warten.

MARIE SCHMIDT *spitz*
Fangen Sie schon an, Ihre Abteilung abzustauben, das machen Sie doch so gern . . .
Der Aufzug öffnet sich. Carl läßt den Direktor Grisar aussteigen.

7. *Szene*

GRISAR, CARL, CILLA, HEDWIG, MARIE SCHMIDT

GRISAR Wie haben wir's denn! Volksversammlung! Falls es Ihnen nicht bekannt sein sollte: nach der dritten Glocke hat niemand vom Bedienungspersonal sich in den Verkaufsräumen aufzuhalten. Unter keinem Vorwand. Und dort oben! Was sind das für Schritte? Auf Konfektion offenbar.
CARL Die Damen Meyer und Scholz.
GRISAR *zu Carl, auf den Lift weisend*
Sollen herunterkommen.
Carl verschwindet in den Aufzug.
Carl ab.
CILLA Herr Direktor, ich kann nicht weggehen. Es ist noch ein Kunde da.
GRISAR Von welcher Abteilung sind Sie noch?
Cilla, vernichtet von der kränkenden Frage, antwortet nicht.
HEDWIG Es ist Fräulein Krekovius von Parfümerie.
GRISAR *sich umblickend*
Und der Kunde wünscht noch auf Parfümerie einzukaufen?
HEDWIG Das hat er ihr von meiner Abteilung her zugerufen. Und in welchem Ton!
GRISAR *zu Hedwig*
Dann möge Ihre Kollegin sich auf die Parfümerie verfügen und dort den Kunden erwarten. Und Sie, Fräulein, Handschuhe, nicht wahr, was tun Sie noch hier?
Cilla ab.
HEDWIG *aufsässig*
Ich habe bis eben diesen selben, unverschämten Kunden bedient . . .
Grisar hört nicht zu und wendet sich zu Marie Schmidt.
Hedwig ab.
GRISAR Und Sie, Fräulein Schmidt, warum auch Sie noch so spät?
MARIE SCHMIDT Fräulein Coste und ich wollten gerade gehen . . .

Grisar hat inzwischen einen der Blocks vom Ladentisch genommen und sieht, nach einem kurzen Blick auf die Zahlen, Marie Schmidt erstaunt an.

GRISAR Donnerwetter, schöne Losung ...

MARIE SCHMIDT *kleinlaut*
Das ist der Block von Fräulein Coste ...
Annie kommt zurück.

8. Szene

ANNIE, GRISAR, MARIE SCHMIDT

ANNIE Guten Abend, Herr Direktor. Fräulein Schmidt, der Kunde von drüben will auch noch zu uns, wenn er auf Parfümerie fertig ist.
Sie beginnt, die Schutztücher von den Ladentischen wieder wegzuziehen. Die Tür des Aufzugs öffnet sich. Carl läßt Meyer und Scholz heraus.

9. Szene

MEYER, CARL, GRISAR, SCHOLZ, ANNIE, MARIE SCHMIDT

Meyer bedeutet mit einer herrischen Geste der Scholz, am Aufzug, neben Carl, stehenzubleiben. Dann bewegt sie sich auf Grisar zu. Über ihrem Arm hängt ein Mädchenkleid.

MEYER *empört, immer wieder auf Carl blickend*
Verzeihung, Herr Direktor. Wenn ich gezwungen bin, noch um diese Zeit auf meiner Abteilung zu arbeiten, dann nur deshalb, weil dieses unverschämte Mitglied des Betriebsrates, aus den durchsichtigsten Gründen, es meinem Lehrmädchen verboten hat, Fräulein Scholz und mir auch nur eine Minute über das letzte Glockenzeichen hinaus zu helfen. Und wir hatten über fünfzig Kinderroben auf die Bügel zurückzuhängen und einzuräumen ...

CARL *der ihr grinsend zugehört hatte, vom Lift her*
Ich war mit Ihrem Lehrmädchen nicht verabredet, Fräulein Meyer. Sie sehen doch, ich habe noch Dienst.

GRISAR Über fünfzig, Fräulein Meyer?

MEYER Über fünfzig Roben. So viele hat mein letzter Kunde sich zeigen lassen. Und dann keine genommen. Aber er hat die Stirn gehabt, nach unseren Namen zu fragen. Er würde uns Pralinen schicken zur Belohnung für unsere Geduld.

Marie Schmidt und Annie tauschen Blicke. Grisar zieht ein Foto aus der Brieftasche.

GRISAR *zeigt der Meyer das Foto und winkt die Scholz herbei*
War es dieser junge Mann?

MEYER Ja! Derselbe! Etwas sonderbar.
Sie tippt sich an die Stirn.

SCHOLZ *altklug*
Ich tippe auf: abartig. Im Intimen. Kein Kleptomane.

GRISAR *Marie Schmidt und Annie heranwinkend, zeigt ihnen das Foto*
Sie beide werden ihn erkennen. Der Hausdetektiv hat ihn fotografiert, neulich, als er sich eine ähnliche Anzahl Krawatten vorlegen ließ. Ist er es oder ist er es nicht?

ANNIE Der da? Nein.

MEYER Gestohlen hat er nichts.

SCHOLZ Hätte er nicht gekonnt. Auf diese Jubelsorte habe ich ein Auge. Frauenhaß.

GRISAR *überrascht, betrachtet eine Sekunde die Scholz, dann lächelnd*
Wenn er noch einmal auftaucht, sofort die Aufsicht holen. Sie können disponieren, Fräulein Meyer und ... Fräulein ... ?

SCHOLZ *kokett*
Scholz. Mit purem »z«. Wie Zichorie, womit der Bohnenkaffee unserer Kantine gemacht wird.

MEYER Scholz, nicht zu vorlaut.
Sie nimmt die Scholz am Arm und steigt, nach einem bösen Blick auf Carl, der sich ironisch verneigt, mit ihr in den Aufzug, der sich aber nicht schließt und nicht abfährt.

GRISAR *mit einem schlecht gebremsten Lächeln*
Carl, rufen Sie mir Fräulein Lisert herunter. Ich beginne meinen Rundgang drüben auf Schuhwaren.
Prüfend nach links in die nicht sichtbaren Verkaufsstände blikkend, bewegt sich Grisar, sichtbar bleibend, langsam zum Hintergrund. Währenddessen geht Carl zum Telefon. Aus dem offenen Aufzug schaut die Scholz ihm zu.

CARL *ins Telefon, frech im Ton*
Fräulein Lisert? Diktat.
Carl betritt den Aufzug, wobei er der Scholz in die Nase kneift. Der Aufzug fährt hoch.
Meyer, Scholz und Carl ab.

MARIE SCHMIDT *zu Annie*

Eben haben Sie aber hübsch gelogen. Na ja. Der die Meyer und die Scholz schikaniert hat, das war er doch, der Abwerber von Braun.

ANNIE Schikaniert! Wie soll er sie denn sonst auf die Probe stellen.

MARIE SCHMIDT Achtung!

Grisar kommt, als sei ihm plötzlich etwas eingefallen, zurück.

GRISAR *äußerst freundlich*

Fräulein Schmidt, und I h r e Losung, wie war denn die heute?

MARIE SCHMIDT *mit einem Seufzer*

Ach, Herr Direktor ...

Der Aufzug kommt zurück.

10. Szene

GRISAR, MARIE SCHMIDT, LISERT, CARL, ANNIE

Carl läßt Grisars Sekretärin, Fräulein Lisert, mit ironischen Blikken hinaus. Beide bleiben am Aufzug stehen. Annie macht sich an den Regalen der Abteilung zu schaffen.

GRISAR *klopft Marie Schmidt auf die Schulter und weist auf ihren Block*

Was nehmen Sie es sich denn so zu Herzen! Der Gesamtumsatz der Abteilung ist die Hauptsache, und mit d e m bin ich gar nicht unzufrieden. Ihr seid immerhin auf den schlechtesten Platz des Hauses umquartiert.

MARIE SCHMIDT An den Personalausgang! Eine Abteilung wie Herrenwäsche! Und das seit drei Monaten. Wann ist denn der Umbau fertig?

GRISAR Ganz gewiß ehe der drüben eröffnet. Und dann kommt Ihre Abteilung wieder an den alten Platz, aber schöner und größer als früher.

MARIE SCHMIDT *wichtigtuerisch*

Vierzehn Um- und Anbauten habe ich hier schon erlebt. Und sechs Besitzer, ohne die Direktoren! Die Urgründerin, Fräulein Merz, nicht einmal eingerechnet, bei der ich ja die einzige Angestellte gewesen bin.

GRISAR *plötzlich verstimmt*

Jetzt leite ich erst einige Monate diese Filiale. Aber wie oft haben Sie mich in dieser kurzen Zeit daran erinnert, daß Sie die älteste Angestellte des Hauses sind. Ich weiß es.

Grisar hat sich brüsk umgewandt, bedeutet Carl und der Sekre-

tärin, ihm zu folgen und verschwindet mit diesen in den Hintergrund

Grisar, Lisert und Carl ab.

ANNIE *zu der geknickten Marie Schmidt*

Älteste der Filiale, aber nicht Jubilarin! N i e wird der Ihr Jubiläum feiern. Seien Sie doch vernünftig! Ich verschaffe Ihnen die Stelle bei Braun.

MARIE SCHMIDT *setzt sich, legt den Kopf in den Ellenbogen vergraben auf den Ladentisch*

Und zuerst war er so freundlich, wie überhaupt noch nie!

ANNIE Viel Branchen- und wenig Menschenkenntnis! Daß Sie schon so lange hier sind, ist ja gerade das, was er Ihnen verübelt ...

Von »Parfümerie« her hört man Brauns und Cillas Stimmen. Annie lauscht hin.

BRAUNS STIMME Wieviel kostet das? Wieviel? Habe ich recht gehört!

CILLAS STIMME Natürlich ist es teurer ...

BRAUNS STIMME V i e l teurer ...

ANNIE Das ist der Kunde, der noch kommen will, schnell ... D e r ist aber für S i e , Fräulein Schmidt.

Annie schiebt Marie Schmidt ihren Block zu.

CILLAS STIMME Natürlich ist es teurer als Eau de Cologne. Parfum ist doch ein Konzentrat.

BRAUNS STIMME *dröhnendes Gelächter*

Ho, ho, ho, ho ...

Den Hut im Nacken, selbstbewußt grinsend, Braun. Hinter ihm Cilla, die ihm empört nachstarrt und vor der Abteilung »Herrenwäsche« stehenbleibt.

11. Szene

BRAUN, MARIE SCHMIDT, ANNIE, CILLA

BRAUN *zu Cilla gewandt*

Also Parfum ist ein Konzentrat! Mein Geld ist auch eins. Das will konzentriert bleiben in meiner Brieftasche, bestes Fräulein, nein, nein, da danke ich ...

Zu Annie Sie sehen, ich war schnell fertig auf Parfümerie.

MARIE SCHMIDT Was darf ich dem Herrn vorlegen?

BRAUN *zu Annie*
Bedienen S i e hier – oder die da?

ANNIE *zeigt auf Marie Schmidt*
Diese Dame ist Erste Verkäuferin. Ich helfe nur aus.
Braun nimmt unflätig auf einem der Stühle Platz.

BRAUN *zu Marie Schmidt*
Also, dann zeigen Sie mir, was Sie an Unterhosen haben.

MARIE SCHMIDT Trägt der Herr lange oder kurze?

BRAUN Das kommt darauf an. *zu Annie* Ihre Kollegin stellt aber Fragen.

MARIE SCHMIDT *schon nervös*
Ich meine für jetzt, für den Sommer?

BRAUN *zu Annie*
Nicht für Weihnachten.

MARIE SCHMIDT *zeigt auf ein Regal*
Fräulein Coste, bitte die Kartons.
Annie reicht Marie Schmidt Kartons aus den Regalen. Dabei blinzelt sie zu Cilla hinüber.

BRAUN *zu Annie*
Ich habe auch hinten Augen, Fräulein ... Coste, nicht wahr? Ihre Kollegin von der Parfümerie soll alle Hoffnung fahrenlassen. Sie wird mich nicht zu einem Kauf bereden können.

ANNIE Die! Oh doch! Die könnte. Meine Kollegin auf Parfümerie ist die höchstprämiierte Verkäuferin des Hauses.

BRAUN *plötzlich interessiert, wendet sich zu Cilla um*
So, so.
Cilla geht achselzuckend zum Ausgang für das Personal. Dort macht sie aber kehrt, überquert die Bühne und verschwindet in Richtung der Parfümerie.
Cilla ab.

MARIE SCHMIDT *die böse zu Cilla hinübergeblickt hatte, legt Braun Unterhosen vor, die sie den Kartons entnommen hat*
Darf ich Sie bitten, sich die Ware anzusehen. Fräulein Coste, sagen Sie der Kasse, daß wir noch Kundschaft haben.

BRAUN *hält Annie, die schon laufen wollte, am Arm*
Nicht zu rasch! Wissen Sie denn, ob ich das finde, was ich suche? So imponierend ist Ihre Abteilung doch nicht.

MARIE SCHMIDT Wegen des Umbaus sind wir auf einem Behelfsplatz hier. Aber deswegen fehlt es nicht an Auswahl.

BRAUN *hält eine Unterhose vor sich hin*

Und Sie meinen, so etwas würde ich im Sommer tragen?

MARIE SCHMIDT Gerade im Sommer tragen manche Herren lange Unterhosen. Aus Hygiene, wegen der Transpiration.

BRAUN Sind Sie so oft dabei, wenn Männer sich ausziehen?

MARIE SCHMIDT *mit kaum verhaltener Wut*

Wenn der Herr kurze Unterhosen bevorzugt, bitte: hier.

BRAUN *zu Annie, er hält einen kleinen Slip hoch*

D a s für mich.

ANNIE Das Gewebe ist das schmiegsamste, dehnbarste, das es gibt.

BRAUN *lacht zuerst*

Also jeder Situation angepaßt. Situation zu zweit, meine ich natürlich.

MARIE SCHMIDT *äußerst scharf*

Mein Herr! Ich muß Sie bitten!

BRAUN *zu Annie*

Ho, ho! Was hat es denn, das scharfe Frauchen?

MARIE SCHMIDT Ich bin kein Frauchen. Und erst recht kein scharfes.

BRAUN Noch Fräulein? In Ihrem Alter kein Ruhmestitel.

MARIE SCHMIDT *verläßt den Ladentisch und tritt entschlossen vor Braun* Wenn Sie nicht sofort das Haus verlassen, rufe ich den Direktor. Der ist gerade dort drüben. *Ihm in Richtung Personalausgang vorangehend, scharf* Wollen Sie mir bitte folgen.

BRAUN Gerner als gern. So aufregend sind Sie selbst als Jungfrau nicht. *Mit einem fragenden Blick auf Annie, die in den Hintergrund läuft* Was man als Mann in den besseren Jahren alles erlebt!

Marie Schmidt öffnet ihm den Personalausgang, an dem sie stehen bleibt, und weist ihn stumm hinaus.

Braun ab.

12. Szene

MARIE SCHMIDT, GRISAR, CARL, LISERT, ANNIE

Es erscheinen Grisar, die Sekretärin, Annie und Carl aus dem Hintergrund und hören, wie versteinert, Marie Schmidt zu, auf die Annie gezeigt hat.

MARIE SCHMIDT *nach draußen*

Sie Sittenstrolch! Und verheiratet! Lassen Sie sich ja nicht wieder hier blicken. Hausmeister, führen Sie den Menschen hinaus.

GRISAR Was machen Sie denn für Sachen, Fräulein Schmidt ... !

Er stößt Marie Schmidt beiseite und stürzt in den Hof hinaus. Grisar ab.

CARL *nimmt Marie Schmidt am Arm*

Laß Dir nichts gefallen von Grisar. Kündige.

MARIE SCHMIDT *ärgerlich*

Ach!

LISERT *zu Marie Schmidt tretend*

Das wird er Ihnen nicht verzeihen, Fräulein Schmidt. Einen Kunden hinauszusetzen! Wie konnten Sie nur ...

ANNIE Fräulein Schmidt hat keine Schuld. Das war wieder so ein Sexueller!

Grisar kommt aus dem Hof zurück.

13. Szene

GRISAR, MARIE SCHMIDT, ANNIE, LISERT, CARL

GRISAR *zu Lisert*

Er war schon weg! *zu Marie Schmidt* Kennen Sie den Kunden?

MARIE SCHMIDT Nein, Herr Direktor, ich habe ihn Gott sei Dank früher nie gesehen. Das war kein Stammkunde des Hauses.

GRISAR Ob Lauf- oder Stammkunde: wie soll die Firma sich jetzt bei dem Herrn entschuldigen? Wollen Sie mir das einmal sagen!

MARIE SCHMIDT Dieser Mensch müßte sich eher bei Ihnen entschuldigen. Wenn ich es bitte erklären darf ...

GRISAR In meinem Büro. *Er dreht sich um.* Carl, fahren Sie Ihre ... *Er stockt.* Ihre Tante in mein Büro. Sie werden in Ihrer Eigenschaft als Mitglied des Betriebsrates meiner Unterhaltung mit ihr beiwohnen. *Sich zu Annie umwendend* Und Sie auch. Sie sind ja Zeuge gewesen.

ANNIE Verzeihen Sie, Herr Direktor, es ist mir unmöglich, mit Carl Schmidt hinaufzufahren.

GRISAR Dann gehen Sie zu Fuß.

ANNIE Ich weigere mich auch, oben in dem gleichen Raum mit ihm zu sein.

GRISAR Ja, hat denn heute hier alles den Verstand verloren . . . !

ANNIE Ich kündige überhaupt, Herr Direktor, mich sehen Sie nicht mehr hier.

Annie läuft schluchzend zum Personalausgang.

Annie ab.

GRISAR *sehr grob, zu Marie Schmidt und Carl*

Hinauf!

Carl läßt Marie Schmidt in den Aufzug hinein, folgt ihr, und der Aufzug fährt mit beiden hoch.

Carl und Marie Schmidt ab.

GRISAR *zu Lisert*

Die Familie Schmidt übertreibt. Die Mutter verjagt mir einen Kunden und der Sohn eine Perle von Verkäuferin.

LISERT Diesmal muß ich den Carl in Schutz nehmen. Annie Coste ist ihm nachgelaufen, er hat aber nie etwas von ihr wissen wollen.

GRISAR Kein Wunder. Was der sich oben, auf Konfektion, angelacht hat, ist schon andere Klasse.

LISERT *weist bänglich auf ihren Diktatblock*

Den Brief an die Generaldirektion betreffs des Jubiläums der Schmidt werden Sie jetzt wohl ändern wollen. Noch heute abend? Ich habe Karten fürs Stadttheater.

GRISAR Dank diesem Skandal kann ich meine Bedenken gegen die Anordnungen des Herrn Generaldirektors schärfer formulieren. Hinter jeder Einzelheit, die er sich für die Feier ausgedacht hat, spürt man einen persönlichen Haß gegen Braun. Das ist mir unbehaglich daran.

LISERT *vorsichtig*

Immerhin keine schlechte Idee: das Silberjubiläum einer Angestellten als Atombombe gegen die Konkurrenz . . .

GRISAR Gegen einen persönlichen Feind. Ich weiß ja, daß es so ist. Aber zwei kleine Schreiben tippen Sie mir bitte noch heute abend.

Lisert zückt sogleich den Bleistift. Grisar tritt an den Aufzugsschacht, schellt.

14. Szene

GRISAR, LISERT, CILLA

Cilla erscheint, eine Flasche Parfum in der Hand, und starrt, unbemerkt, zu Grisar hinüber.

GRISAR *fährt sich mit der Hand über die Stirn, dann zu Lisert* An die Coste schreiben Sie, daß sie die gesetzliche Kündigungsfrist einhalten muß, und an die Krekovius von Parfümerie, daß sie abends beim letzten Glockenzeichen ihre Abteilung zu verlassen hat wie alle anderen Verkäuferinnen.
Ankunft des Aufzuges. Grisar läßt Lisert den Vortritt. Im Einsteigen zu ihr
Und jetzt muß ich mich mit der Tante Schmidt amüsieren.
Grisar und Lisert ab.
Der Aufzug fährt nach oben. Cilla kommt näher vor den Aufzugsschacht und schaut schluchzend hinauf, dem Aufzug nach, indes der Vorhang langsam fällt.

AKT II

Kahler Büroraum, provisorisch eingerichtet. Zwei Tische. Auf einem, neben der Schreibmaschine, ein Fernglas. Stühle. Moderne Fenster, auf denen die Anstreicher breite Pinselstriche gelassen haben, öffnen sich im Hintergrund auf das Münster und die oberen Stockwerke des Warenhauses Seelhof. Zwei Türen gehen auf einen Balkon. Rechts eine Tür zum Nebenbüro, links eine zur unsichtbaren Treppe. An der Wand rechts ein großes Licht- und Klingelbrett mit vielen Hebeln und Knöpfen. Am Boden Eimer und Pinsel. Außer Annie tragen alle Damen Hut und Handtasche und adrette Sommerkleider. Rhoden in schwarzem, schlechtgeschnittenem Anzug. In seinem ganzen Gehaben immer ein Schuß Lächerlichkeit und Schwächlichkeit, die mit Brauns Vitalität kontrastiert.
Beim Aufgehen des Vorhangs ist niemand auf der Bühne. Vom Münsterplatz dringen die Geräusche eines mäßigen Autoverkehrs herauf.

1. Szene

ANNIE COSTE

Klingeln einer Hausschelle. Annie, aus dem Nebenraum herbeigeeilt, nimmt einen Schlüsselbund vom Tisch, geht auf den Balkon hinaus und beugt sich über die Brüstung.

ANNIE Hallo, hier! Und die anderen? *Pause* Achtung! Die Schlüssel. *Sie wirft einen Schlüsselbund hinunter.* Schließt hinter Euch wieder zu. Fallt nicht über die Eimer der Anstreicher.
Sie kommt zurück, öffnet die Tür zur Treppe, nimmt das Fernglas vom Tisch und richtet es auf die oberen Stockwerke des gegenüberliegenden Warenhauses Seelhof. Rhoden, der, von ihr unbemerkt, aus dem Nebenraum herein und hinter sie getreten ist, faßt sie um die Taille.

2. Szene

RHODEN, ANNIE

RHODEN Was schauen Sie denn immer hinüber. Grisar denkt nicht daran, das Haus Braun zu überwachen.

ANNIE *schlägt ihm mit der freien Hand auf die Finger*
Und letzten Sonntag?

RHODEN War reiner Zufall. Vielleicht hatte er samstags etwas vergessen und es im Büro gesucht und dabei herübergeschaut, unwillkürlich. Und w e n hätte er schon bei uns schellen sehen! Nur Verkäuferinnen aus kleinen Spezialgeschäften.

ANNIE *setzt das Fernglas ab, skeptisch*
Aber heute!

RHODEN Woher soll Grisar wissen, wer kommt.

ANNIE Das ist nun der dritte Sonntag, an dem ich Dienst tue.

RHODEN Sie beschweren sich! Bei d e m Schweigegeld, das er Ihnen gegeben hat.

ANNIE Ich habe nie verraten, wer hier der Chef ist. Sie werden gleich die Überraschung meiner alten Kolleginnen sehen. Aber wozu hält Herr Braun immer diese Ansprachen? Eindruck machen sie keinen auf die genommenen Bewerberinnen.

RHODEN *affektiert die Hände hebend*
Genommene Bewerberinnen! Logik, wo ist Dein Zuhause! Die s i n d doch genommen, können also nicht mehr Bewerberinnen sein. Aber auch Bewerberinnen sind diese Damen nie gewesen, sondern Umworbene. Von mir Geprüfte und dann Umbuhlte.
Er will ihr die Wange tätscheln, sie schlägt ihm sogleich auf die Hand.

ANNIE Umbuhlte! Daß ein so männlicher Mann wie Herr Braun Sie erträgt, ist mir ein Rätsel.

RHODEN Mir nicht. Er fühlt sich mir unterlegen, intellektuell! Der Bulle.

ANNIE Bulle ist immer noch besser als ein Buhle wie Sie.
Man hört von der unsichtbaren Treppe her die Stimme Hedwigs.

STIMME HEDWIGS Annie!
Annie bewegt sich sofort zur Tür links.

ANNIE *zu Rhoden, der zur anderen Tür hinausgeht*
Herr Braun kommt am besten erst dann, wenn alle fünf da sind.
In den unsichtbaren Treppenvorraum Und die Meyer und die Scholz?
Rhoden ab.

3. Szene

HEDWIG, ANNIE

HEDWIG *außer Atem*
Ich bin vorausgelaufen. *Sie faßt Annie an den Armen und blickt ihr pathetisch in die Augen.* Annie, bist Du glücklich?

ANNIE *auf die Tür zeigend, hinter der Rhoden verschwunden ist*
Mit d e m ! Dem Personalchef? Du hast doch mit ihm Deinen Vertrag besprochen.

HEDWIG Ein Pech hast Du! Nach dem Carl jetzt das!
Sie blicken beide zum Treppenvorraum.
Meyer tritt ein.

4. Szene

MEYER, ANNIE, HEDWIG

MEYER *betroffen in der Tür stehenbleibend*
Vier Etagen und kein Aufzug. Hier scheint ja noch nichts fertig zu sein! Kein elektrischer Türöffner, kein ...

ANNIE Sogar das Telefon fehlt noch. Jede Viertelstunde muß ich mit dem Fernglas zur Konditorei hinüberschauen. Die nimmt Anrufe für uns entgegen, und wenn der Rückruf pressiert, hängen sie ein Fähnchen auf der Terrasse aus. Dann muß Herr Rhoden sich auf die Socken machen. Die Schlüssel?
Sie streckt die Hand aus.

MEYER Die Scholz hat sie. Sie wartet unten auf Irene. Die sitzt noch in der Konditorei und ißt ein Eis.

ANNIE Echt Irene! Läßt ihren neuen Chef warten. Und die Cilla von der Parfümerie, sitzt die a u c h dort?
Annie nimmt das Fernglas vom Tisch, tritt auf den Balkon hinaus und richtet es auf den Münsterplatz hinunter. Meyer und Hedwig folgen ihr auf den Balkon.

HEDWIG *auf das gegenüberliegende Warenhaus Seelhof zeigend, zu Meyer*
Wo der gelbe Vorhang zugezogen ist, das ist Grisars Büro. Wenn der uns hier sähe.

MEYER *mit Hedwig ins Büro zurückkommend*
Dann sähe er, was er verdiente zu sehen.
Während des Folgenden mustert Meyer den Raum, besonders die Klingelanlage an der Wand.

HEDWIG Ehrlich, ich gehe nur deshalb drüben weg, weil Braun besser zahlt. Gegen Grisar habe ich nichts.

MEYER *zuckt mit der Achsel*

Das ist doch kein Direktor. Vor einem rotznäsigen Fahrstuhlführer hat er Angst, nur weil der den Betriebsrat und die Gewerkschaft hinter sich hat ...

HEDWIG Na, na ...

MEYER *hört auf, die Klingelanlage zu betrachten*

Nicht? Und was sagt man zu folgendem ...

HEDWIG Leise. Und nennen Sie Carls Namen nicht. Die Annie ist doch noch immer in ihn verliebt.

MEYER Also neulich hat er morgens, n a c h Einlaß der Kundschaft, mein Lehrmädchen geohrfeigt. Und wo? Im Fahrstuhl! Jedem sichtbar. Eifersucht. Berechtigte. Bei d e r ...! Grisar sieht die Sache zufällig. Und Carl, was geschieht d e m ? Nichts!!

Hedwig sieht Annie vom Balkon zurückkommen.

HEDWIG Still! Die Annie ...

Annie, vom Balkon zurück, geht an beiden vorbei zur Tür, die auf den Treppenvorplatz führt, öffnet, läßt Irene und Scholz ein.

5. Szene

IRENE, HEDWIG, SCHOLZ, MEYER, ANNIE

Scholz reicht Annie den Schlüsselbund, die sofort wieder auf den Balkon geht und auf den Platz hinunterschaut.

IRENE *ironisch*

Ihr, hier! Bei Braun! Herzloses Volk! Wie bringt Ihr es nur über Euch, das dem Herrn Direktor Grisar anzutun! Wenn er uns hier sähe, der Schlag träfe ihn. Kennt Ihr denn gar keine Verbundenheit mit Eurer alten, mütterlichen Firma.

HEDWIG Hör auf, Irene. Du brichst mir das Herz.

Meyer zuckt, skandalisiert, mit der Achsel.

SCHOLZ *ein Taschentuch ziehend*

Mir auch.

IRENE Ein solcher Verrat, undankbare Geschöpfe, drei Wochen nach dem Betriebsfest, wo die Tische sich bogen unter der Last des Kaviars und des Champagners.

MEYER Genug, Irene! Dieser Tag ist zu ernst für uns.

IRENE Mich stimmt der Wechsel fröhlich. Jeder!

Meyer hebt empört die Augen zur Decke.

ANNIE *kommt vom Balkon zurück*

Wo bleibt nur die Cilla?

SCHOLZ *zu Irene*

Nun sag's ihr doch.

Irene läßt sich auf einen Stuhl fallen, streckt latschig die Beine aus.

IRENE Sie steht unten im Hausflur und heult. Weil sie ihren Grisar verraten hat.

ANNIE *geht zur Tür, die auf den Treppenvorplatz führt, blickt zu den anderen zurück*

Den Vertrag mit Braun kann sie nicht mehr rückgängig machen. Ich will mit ihr reden.

Annie ab.

HEDWIG *Annie nachblickend*

Die hat auch nur Pech.

IRENE Die Annie? Sie hat doch jetzt einen, nein? Den Personalchef.

HEDWIG Ihr habt Eure Verträge mit ihm besprochen und nichts bemerkt?

SCHOLZ *wichtigtuerisch*

Der ist vom dritten Geschlecht. Mir macht man nichts vor. Erfahrung.

MEYER *zornig*

Scholz! Und dann: ein drittes Geschlecht, das gibt es gar nicht.

IRENE Und wie es das gibt! Also einmal, da hatte ich einen Kunden. Augen! Ein Schlaganfall! Aber was habt Ihr davon, wenn ich ihn Euch beschreibe. Rendez-vous wird ausgemacht, unter der Nase meiner Rayonchefin, alles geht wie gewünscht, nur, als es dann abends darauf ankam ... Nichts! Wir heulen um die Wette, ich aus Wut, und dann sagt er mir, auf seinem Namen laste ein Fluch.

HEDWIG Dann hieß er Joseph. Ehen, wo der Mann versagt, nennt man deshalb Josephsehen.

MEYER *hochmütig*

Deshalb!

SCHOLZ Wieso muß der Joseph heißen? Das Versagen war doch vorehelich.

IRENE Den Namen erratet Ihr nie. Selbst Fräulein Meyer nicht. Dafür ist es zu lange her, daß sie die höhere Schule besucht hat.

MEYER Doch! Mit H. fängt er an.

IRENE *verblüfft*

Stimmt! Hyacinthus, so hieß er.

SCHOLZ Wie die Hyazinthe?

IRENE Da ist ja der Fluch. Geh mal mit einer Blume. Nein, Du Unterentwickeltes, dieser Hyazinth hatte was mit dem Gott Apollo. Aber eines Tages hat ihn ein anderer Gott aus Eifersucht in eine Blume verwandelt. So was kam häufig vor, dort in der Antike. Das ist nicht umsonst die wärmste Gegend von Griechenland.

MEYER *zu Irene*
Sie halten die Antike für eine Provinz! Und Sie verbreiten sich über Mythologisches!

IRENE Nein, über meinen Hyazinth, Fräulein Meyer. *Dann zu Hedwig und Scholz* Ach, hat das gedauert bis ich den vergaß. Eine ganze Woche. Mindestens.

HEDWIG Wenn die Cilla doch nur Dein Naturell hätte! Seit zwei Monaten heult sie sich die Augen aus. Daß sie auch so verrückt auf Grisar ist!

SCHOLZ Er ist es a u c h auf sie.
Alle blicken die Scholz überrascht an.

MEYER *empört*
Scholz, woher haben Sie d a s denn?

SCHOLZ Wenn ein Mann einer Frau so auffällig aus dem Weg geht, dann ist er ihr hörig. Oder fürchtet es zu werden. Meine Erfahrung!

MEYER Selbst aus dem Munde der Scholz ist daran etwas Wahres, und ich habe es der Cilla auch gesagt: Sie hätte eher Chancen bei Grisar, wenn er nicht mehr ihr Chef ist.

IRENE Dann kann sie sich ihm als Wirtschaftsspionin anbieten. Und ihm die Umsatzziffern des Kaufhauses Braun aufs Kissen legen.

MEYER Typisch Analphabetin! Umsatzziffern! Doch höchstens die von der Parfümerie!

SCHOLZ Cilla tut mir leid. Wenn sie als Kollegin auch etwas ganz Katziges ist.

IRENE Eine Schmachtqualle ist sie. Geworden. Zugegeben. Durch unfreiwillige Keuschheit.

MEYER Da höhnen Sie. Cillas Leidenschaft ist vollkommen legitim. Herr Grisar ist Junggeselle. Und Cilla ist nicht so wechselsüchtig, wie Sie, Irene, so oberflächlich.

IRENE Unterflächlich ist beliebter. Bei wem, sollten Sie in früheren Zeiten bemerkt haben. Hätte die Cilla den Grisar nicht so doof angebrünstet, wäre sie weitergekommen.

SCHOLZ Angebrünstet! Dafür hat er ihr doch gar keine Gelegenheit gegeben. Angehimmelt hat sie ihn. Dabei kommt nie etwas heraus! Meine Erfahrung!

Die Tür zum Treppenvorplatz öffnet sich, Annie kommt herein.

6. Szene

ANNIE, CILLA, IRENE, HEDWIG, MEYER, SCHOLZ

ANNIE Die Cilla! Seid nett.

CILLA *erscheint, scheu und gehemmt*

Morgen.

Alle lächeln ihr gezwungen zu, nur Irene bleibt unbewegt hingelatscht auf dem Stuhl und sieht ihr kalt entgegen.

IRENE *schneidend*

Ausgeheult?

HEDWIG *zu Irene*

Du bist schrecklich.

MEYER Cilla, es ist so besser. Sie dürfen nicht an Grisar zugrunde gehen.

ANNIE Nun redet doch nicht darüber. Soll der Herr Braun sie in dem Zustand sehen!

IRENE Und wenn! Engagiert ist sie, und bei Braun hat selbst eine Cilla keine Chancen. Der soll auf ganz Junges stehen. Ist außerdem verheiratet.

Zu Annie Stimmt's?

ANNIE *lächelt vieldeutig*

Ich muß ihn jetzt holen.

Annie ab.

MEYER *den Arm um Cillas Schulter, zu Irene*

Wenn man alle Monate einen anderen Mann verputzt, wie Sie es tun, kann man das nicht nachfühlen, was die arme Cilla durchmacht.

IRENE *erhebt sich vom Stuhl, tritt vor Meyer*

Ihr Neid auf mich tut mir wohl, Fräulein Meyer, aber der Cilla was nachfühlen . . . ! Daß sie nicht Frau Direktor Grisar geworden ist, daran krepiert sie! Und den Grisar hätte ich nicht geschenkt gemocht.

In dem Augenblick, als Cilla die Hand gegen Irene hebt, öffnet sich rechts die Tür, Annie und Rhoden stürzen herein. Die Tür bleibt halboffen.

7. *Szene*

ANNIE, RHODEN, BRAUN, CILLA, IRENE, MEYER, SCHOLZ, HEDWIG

ANNIE und RHODEN, *gleichzeitig, aufgeregt mit gesenkter Stimme*
Herr Braun!
Rhoden mit einem Schritt zur Tür zurück, stößt sie auf und läßt Braun eintreten. Braun in napoleonischer Pose, zwei Finger in der Weste, die andere Hand auf dem Rücken, mustert, zunächst an der Tür bleibend, mit militärischem Blick Cilla, Irene, Meyer, Scholz und Hedwig.

RHODEN Dies ist Herr Braun. Ab 1. Oktober Ihr Chef.
Lebhaftes Mienenspiel der Fünf, die Braun wiedererkennen. Annie nimmt von dem Tisch, auf dem die Schreibmaschine steht, die Verträge und gibt während des folgenden jeder ein Exemplar.

BRAUN Meine Damen, wenn Sie ein geübtes Personengedächtnis haben, unerläßliche Eigenschaft der guten Verkäuferin, haben Sie mich gewiß gleich wiedererkannt. Denn nicht nur Herr Rhoden, auch ich selber habe vor zwei Monaten, als mich noch niemand in der Stadt kannte, Probekäufe drüben gemacht und Sie gründlich schikaniert. Der Erfolg war für S i e : ich überreiche Ihnen heute Ihre Verträge.
Rhoden hat inzwischen mit leichten Bewegungen der Hand die Damen zu einem fast militärischen Sichaufstellen gebracht. Braun beginnt ihre kleine Reihe abzuschreiten und mustert sie von Kopf bis Fuß.
Sie kündigen also drüben erst in eineinhalb Monaten. Am fünfzehnten September scheiden Sie dort aus, machen Ferien und beginnen bei mir am ersten Oktober. Natürlich brauche ich Sie schon ein paar Tage vor der Eröffnung. Seien Sie also am dreiundzwanzigsten September hier. Ich hoffe auf eine gedeihliche Zusammenarbeit, bei gegenseitigem guten Willen. Was mir wichtig ist: Ehrlichkeit, Fleiß, Pünktlichkeit, Interesse für die Firma, dezentes Auftreten. Eine Uniform wie bei Seelhof brauchen Sie bei mir nicht zu tragen. Hier zieht sich jede an wie sie will. Und was ihr steht. Allerdings, aufgedonnert dürfen Sie nicht kommen, das verärgert die weibliche Kundschaft. Aber da werde ich wohl nie etwas zu beanstanden haben ... Außer der besseren Bezahlung wird hier alles moderner sein als drüben. Die Augen werden Ihnen übergehen, wenn Sie meine Kantine sehen und erst meine Toiletten. Die sind geradezu eine Sehenswürdigkeit. Der Takt

verbietet es mir, Zahlen zu nennen. Aber Geld haben sie eine Menge gekostet, diese Örtlichkeiten. Solche Einrichtungen für das Personal können Sie suchen ... Also ...

Er schlägt die Hände zusammen, als wolle er ein Abschiedswort sagen, da flüstert Rhoden ihm etwas ins Ohr.

Ach ja! Das Wichtigste, das Allerwichtigste! Dichthalten, meine Damen. Absolutes Schweigen. Wenn Sie drüben kündigen, kein Wort, wohin Sie wechseln. Wir leben hier nicht in einer Großstadt; da will ich keine Gerüchte. Was ich will: überraschen! An unserem Eröffnungstag – groß aufgezogen! – am 1. Oktober soll es sich zeigen, daß die liebenswürdigsten Verkäuferinnen der Stadt nicht mehr dort drüben, sondern im Kaufhaus Braun zu finden sind. So, das wäre es, meine Damen. Auf gute Zusammenarbeit!

Er entläßt sie mit einer freundlichen Geste. Rhoden gibt zu verstehen, daß sie schnell verschwinden sollen.

MEYER
CILLA
HEDWIG
SCHOLZ
IRENE } *im Hinausgehen*
Auf Wiedersehen! Guten Morgen! Vielen Dank!

Meyer, Cilla, Hedwig, Scholz, Irene ab.

Annie schließt die Tür zur Treppe und verschwindet durch die Tür rechts.

Annie ab.

BRAUN *setzt sich an den Schreibtisch*
So, die fünf hätten wir. Und nun zur Sechsten. Wie steht es?

RHODEN *verlegen*
Nicht ganz einfach.

BRAUN Achtung!

Annie tritt ein, schon mit Handschuhen und Hut. Sie bringt einen Schlüsselbund.

8. Szene

ANNIE, BRAUN, RHODEN

ANNIE Hier ist der Schlüsselbund für die Herren. Mit dem zweiten sperre ich hinter mir ab. Die Schelle des kleinen Eingangs habe ich hierher durchgestellt. Brauchen Sie mich wirklich nicht mehr, Herr Braun?

BRAUN *ungeduldig*
Danke.

ANNIE Mahlzeit und angenehmen Sonntag!

BRAUN *mürrisch*
Mahlzeit.

RHODEN Mahlzeit! Mahlzeit!
Annie ab.

BRAUN Endlich! Sind Sie ganz sicher, daß sie von nichts weiß?

RHODEN Den Vertrag für Fräulein Schmidt habe ich eigenhändig getippt – im Hotel – und das Kohlepapier vernichtet.
Er öffnet eine Mappe und gibt Braun die Dokumente.

BRAUN Der Vertrag, der Vertrag! Die Person will ich sehen!

RHODEN Fräulein Schmidt kommt heute morgen.

BRAUN Und der Sohn?

RHODEN Auch.

BRAUN *in den Papieren suchend*
Und wo ist der Vertrag für den?

RHODEN Wollen Sie sich absolut das Auge der Gewerkschaften in den Betrieb ziehen, mit diesem Burschen!

BRAUN Ohne ihn bekomme ich die Mutter nicht.

RHODEN Sie bekommen beide nicht. Der Bursche verhandelt nur zum Schein mit mir. Sowohl für sich als auch für seine Mutter. Daher seine immer neuen Forderungen. Jedesmal, wenn er zu mir ins Bahnhofshotel gekommen ist, hat er mir gesagt, seine Mutter gehöre *Pause, ironisch* »zum Inventar der Firma Seelhof, zu den Mauern des Hauses«, sie sei »überhaupt der Grundstein der Firma.« *Er tippt sich an die Stirn.* Den gleichen Größenwahn hat er für sich. Er ist der beste Elektriker der Welt.

BRAUN Rhoden. *Pause* Ich tue und sage niemals etwas ohne Grund, das sollten Sie längst bemerkt haben. Zweimal habe ich Ihnen von der Reise geschrieben, daß ich die Schmidt um jeden Preis haben will.

RHODEN Aber doch nicht zu solchen Bedingungen! Selbst nicht in Zeiten, wo es schwer ist, Personal zu finden. Das nenne ich Geld zum Fenster hinauswerfen.

BRAUN Dann bliebe es immer noch m e i n e s und nicht Ihres. Das da, das sollten Sie jeden Morgen machen.
Braun putzt sich mit dem Finger die Ohren.
Einer, der Personal ab- und anwirbt, muß feine Ohren haben. Am ersten Oktober will ich hier eröffnen und S i e , seit einem

Vierteljahr ständig hier, wissen nicht, was bei der Konkurrenz, gleich uns gegenüber, im Gange ist. I c h weiß es doch. Sie werden ja sehen, was für ein Gesicht die Schmidt und ihr Sohn machen werden, wenn die mich sehen, und wenn ich denen sage, was i c h weiß.

RHODEN Lassen Sie sich dann aber nicht von Ihrer Rednergabe hinreißen!

BRAUN Rednergabe! Ich!

Er lacht.

Meine Schnauze, Menschenskind! Was ich h e u t e bin, meiner Schnauze verdanke ich das, d e r ! Und meinem Köpfchen natürlich. Was war ich denn mit sechzehn Jahren! Fliegender Händler. Hosenträger und Krawatten. Auf der Straße. Was war da mein Attut! Doch nicht die Qualität meiner Waren! Aber aufgeredet habe ich sie den Kunden. Brauns Schnauze hat die ersten Groschen ins Sparbuch gebracht. Darum hatte ich in Ihrem Alter, Herr Rhoden, schon ein eigenes Geschäft. Ist der Grisar sein eigener Herr dort drüben? Einen Generaldirektor, ein Vieh von Chef, hat er über sich im Stammhaus des Konzerns. Und dem muß er gehorchen. D e n kenne ich nämlich. Wir sind alte Feinde, Grisars Chef und ich. Ich war mit dem in der Volksschule. D a schon wollte er die ganze Klasse beherrschen. Die habe ich aber immer gegen ihn aufgewiegelt. Ich bin kein feiner Mann mit Bildung, aber e i n s kann ich: reden! Der erste Stein auch zu diesem neuen Haus, da –

Er zeigt auf seinen weit geöffneten Mund.

– da ist er herausgekommen. Und Sie werden gleich sehen, wie schnell ich mit meiner Schnauze aus der Mauer dort drüben einen Stein für mein Haus herausbreche. Sagten Sie eben nicht, die Schmidt sei ein Teil der Mauer des Seelhofkonzerns?

RHODEN Vergessen Sie nicht: die beiden geben sich als Tante und Neffe aus.

BRAUN Also Neffe! Tante! Und jetzt mache ich einen Gang durchs Haus.

Braun tritt vor die Klingel- und Lichtanlage und drückt auf einen der Knöpfe. Man hört alsbald ein starkes, gongähnliches Signal.

Aha, das ist also das Rufzeichen für mich.

Braun drückt befriedigt wieder auf den Knopf und geht zur Tür hinaus. Das Rufzeichen tönt nach Brauns Abgang aber weiter. Rhoden versucht aufgeregt, es abzustellen, drückt auf alle Knöpfe, zieht an Hebeln, entfesselt damit aber ein ohrenbetäubendes Läuten von allerlei Glocken und Klingeln und das irre Aufleuchten bunter Lichtknöpfe auf der Tafel, vor der er kopflos hin- und herrennt. Braun erscheint mitten in das Getöse, das Gesicht von Zorn entstellt und stößt Rhoden von der Tafel weg.

BRAUN Was ist denn d a s ! Weg da. Diese Elektriker, alles Schufte! Rhoden, notieren Sie für morgen: Elektriker rüffeln. Und gehen Sie den Strom abstellen.

RHODEN Wo? Wo ist der Schalter?

Auch Braun gelingt es nicht, das Geklingel und Lichtgeflimmer abzustellen.

BRAUN Auf dem Dach. Am Blitzableiter!

RHODEN Herr Braun, a l l e s kann ich schließlich nicht wissen.

BRAUN Ein Personal habe ich . . .! Oh!

Braun hält plötzlich inne, als sei ihm eine gute Idee gekommen.

Rhoden, Hauselektriker will er bei mir werden, der Sohn der Schmidt. Darauf komme ich nachher zurück. Gehen Sie den Strom abstellen. Drüben ist der Schalter. Ah, ich mache es schon selbst.

Er wendet sich zur Tür rechts, die ihm Rhoden, eingeschüchtert, öffnet.

Braun ab.

RHODEN *ihm nachrufend*

Bulle!

Rhoden tritt vor das Schaltbrett, betrachtet es mit Mißtrauen und nähert immer wieder einen Finger dem einen oder anderen Lichtknopf, zuckt aber jedesmal vor der Berührung zurück. Plötzlich sieht er auf die Uhr. Im gleichen Augenblick ertönt die Hausschelle. Rhoden läuft auf den Balkon und beugt sich hinunter.

Herr Schmidt! Und Ihre Tante?

Stille.

Wann?

Rhoden kommt zurück, packt den Schlüsselbund in eine Zeitung und wirft ihn vom Balkon hinunter.

RHODEN Achtung!

Als er sich zurückziehen will, stutzt er, beschattet sich mit der Hand die Augen, holt das Fernglas und schaut gespannt hinaus. Bald lächelt er befriedigt, bringt das Fernglas auf den Schreibtisch zurück und öffnet die zur Treppe führende Tür. Einen Augenblick später tritt Carl ein. Er trägt eine leichte Sommerhose und ein offenes Hemd.

9. Szene

CARL, RHODEN

CARL Hier, die Schlüssel.
Gibt Rhoden den Schlüsselbund zurück.

RHODEN Wenn man sich um eine Stellung bewirbt, kommt man da in einem solchen Aufzug?

CARL Aufzug ist gut. Ist ja noch keiner da.

RHODEN Soll wohl geistreich sein?

CARL War es. Die Klettertour durch die Etagen hatte ich vorausgesehen. Deshalb keine Jacke. Soviel zu Punkt Anzug und Aufzug. Sie gestatten doch?
Zeigt auf einen Stuhl und setzt sich.

RHODEN Dann also gleich zu Punkt zwei.

CARL Gern. Meine Tante und ich haben uns nie bei Herrn Braun beworben. Es war umgekehrt: Herr Braun hat sich bei uns beworben.

RHODEN *ironisch*
Beworben um was?

CARL Um die Position eines Arbeit-gebers, eine etwas schwierige heute, wenn man der Unternehmerpresse glauben darf.

RHODEN Sie sehen es doch, Herr Braun hat auf das Erscheinen Ihrer Frau Tante gerechnet, aber wer ist nicht da!

CARL Für die Zeit, die Herr Braun vorgeschlagen hatte, konnte sie sich nicht freimachen.

RHODEN Also sie kommt wieder nicht.

CARL Sie kommt.

RHODEN Und wann wird sie uns diese Ehre erweisen?

CARL Bald.

RHODEN Und Sie meinen, Herr Braun wird so lange warten? Hier, sehen Sie mal ...
Rhoden nimmt das Fernglas vom Tisch und fordert mit einer Geste Carl auf, es zu nehmen und mit ihm auf den Balkon zu treten. Carl weist das Glas zurück.

CARL Ich sehe auch so.

RHODEN Hoffentlich!
Rhoden schaut durch das Glas auf den Münsterplatz.

CARL *steht jetzt neben Rhoden, ironisch*
Unser Münsterplatz! Wie schön aus dieser Höhe.

RHODEN Dennoch kann man die Leute auf der Terrasse der Konditorei dort unten erkennen.

CARL Wirklich.

RHODEN Es sitzt da eine Dame. An dem Ecktisch, auf dem eine Flasche Mineralwasser steht. Und ich kann Ihnen sogar sagen, wer die Dame i s t.

CARL Wenn Sie es sagen können, warum tun Sie es dann nicht? Darf ich?

Rhoden reicht ihm das Glas.

Durch so ein Ding muß man doch das Etikett auf der Flasche lesen können. Tatsächlich! Kalt zu servieren ... ein tolles Glas. Donnerwetter!

RHODEN *zornig*

Herr Schmidt!

CARL *ironisch-erstaunt*

Herr Rhoden?

RHODEN Ich schließe aus Ihrem Verhalten nur das eine: Ihnen liegt nichts daran, daß die beiden Verträge zustande kommen.

CARL Und warum warte ich hier mit übermenschlicher Geduld auf Herrn Braun?

RHODEN Ich gehe ihn holen. Aber einen Rat: Legen Sie eine andere Platte auf vor Herrn Braun.

Rhoden ab.

10. Szene

BRAUN, CARL

Carl kommt, weniger selbstsicher als zuvor, vom Balkon zurück und knallt das Fernglas wütend auf den Tisch. Er geht nachdenklich auf und ab. Plötzlich kehrt er auf den Balkon zurück, zieht sein Taschentuch heraus und gibt damit deutlich sichtbar Zeichen in Richtung der Konditorei. Braun erscheint von rechts und geht bis vor die Balkontür.

BRAUN, *zwei Finger zwischen den Westenknöpfen, eine Hand auf dem Rücken*

Lassen Sie Ihre Tante noch ein bißchen auf der Terrasse.

CARL *wendet sich langsam um*

Habe ich die Ehre mit Herrn Braun ...?

BRAUN Ja, die Ehre. Und das sollten Sie wörtlich denken.

CARL *mit übertriebener Artigkeit*
Mit einem Napoleon des Einzelhandels kann man nur die Ehre haben, nicht das Vergnügen.

BRAUN *geschmeichelt, aber mißtrauisch, droht ihm mit dem Finger*
Im Sprüchemachen schlage ich Sie, da kenne ich mich aus. *Plötzlich trocken* Wo haben Sie das gelernt?

CARL Nicht Sprüchemachen. Das Richtige sagen. Ich bin Wortführer im Betriebsrat. Drüben!

BRAUN Mit zwanzig Jahren! Also politisch. Und links natürlich.

CARL Die Gewerkschaft vertritt meine Interessen wie der Arbeitgeberverband Ihre.

BRAUN *verächtlich*
Arbeitgeberverband! Ja, ich bin Mitglied. Habe aber nur Scherereien davon. Wenn ich Leute, die es verdienen wie Ihre Tante, über Tarif bezahlen will, kräht der Verband mich an.

CARL Wie richtig war also mein Vergleich mit Napoleon. Hat Ihnen nicht behagt. Aber muß denn der Alleinbesitzer, der Kaiser sozusagen, eines neuen Kaufhauses, dem etablierten Trustkapital, diesen Mammutkonzernen wie Seelhof, nicht ein ähnlicher Dorn im Auge sein wie Napoleon es den Erbmonarchen Europas war? Heute ausgestorben wie der Mammut. Was haben die seinerzeit in Napoleon gesehen? Sein Genie? Nein, einen illegitimen Konkurrenten. Die brauchten Waterloo.

BRAUN, *der mit steigender Verblüffung zugehört hat, schiebt Carl einen Stuhl hin und setzt sich an den Tisch*
Sie denken also, ich würde von denen dort drüben zur Strecke gebracht, wie Napoleon?

CARL *stehengeblieben bis Braun sitzt, setzt sich*
Wenn Sie nicht umsichtig sind, besteht diese Gefahr.

BRAUN *ironisch*
Bin aber sehr gerührt, daß Sie dennoch bei mir eintreten wollen.

CARL »Gefahr« habe ich gesagt. Mehr nicht. Aber denken Sie an Waterloo. Mit was für Mitteln – denen eines Riesenkonzerns – der neue Direktor, Herr Grisar, gegen Sie kämpfen wird, das werden Sie dann zu spüren bekommen, wenn Sie es am wenigsten erwarten.

BRAUN *verschmitzt lächelnd*
Müßte Sie als Marxisten doch freuen, wenn es denen gelänge, mich zu schlucken. Je mehr Konzentration in Handel und Indu-

strie, um so leichter könnt Ihr Roten enteignen, einmal an die Macht gekommen. Ein Mann wie ich, ein wirklich Selbständiger, der ist Euch im gleichen Maß ein Dorn im Auge, wie er es den Konzernen ist. Aber lassen wir das. Sagen Sie mir lieber:

Pause. Braun beugt sich vor gegen Carl, der sein Erstaunen über Brauns Worte nicht verbergen kann, sieht ihn scharf an, dann ihn mit der Frage überrumpelnd

Warum haben Sie Ihre Tante in der Konditorei gelassen?

CARL Wir waren dort verabredet, aber sie war noch nicht da, als ich fortgehen mußte, um hier nicht unpünktlich zu sein. Sie arbeitet sonntags im Paramentenverein. Nur Frauen. Sie sticken dort Meßgewänder.

BRAUN Kann man heute fertig beziehen. Noch gestern hat mir ein Paramentenfabrikant im Speisewagen seinen Katalog aufgedrängt und Offerte gemacht. Von dem habe ich überhaupt erfahren, daß es hier Domherren gibt, ein ganzes Kapitel voll. Aber nun zur Sache! Was wollen Sie eigentlich von mir erreichen, für Ihre Tante und für Sie? *Carl lacht und spricht dann in einem offenherzig wirkenden Ton.*

CARL Herr Braun, ich will Ihnen lieber gleich und ohne Umschweife sagen was ich wünsche. Ich wünsche, daß nur meine Tante bei Ihnen eintritt. Ich will nämlich drüben b l e i b e n , bitte Sie aber, meine Tante nachher glauben zu lassen, ich sei mit Ihnen für den Posten des Elektrikers noch nicht einig geworden. Sagen Sie ihr, meine Ansprüche seien zu hoch.

BRAUN Gut. Sie werden Ihre Gründe haben. Aber kommt Ihre Tante denn?

CARL Darf ich Sie etwas fragen? Weshalb liegt Ihnen so viel daran, meine Tante zu engagieren? Finden Sie sie so attraktiv?

BRAUN Ich spezialisiere mich auf die ländliche Kundschaft und auf die Arbeiter. Eine elegante Verkäuferin wäre nicht das Richtige. Darf ich meinerseits Sie nun fragen, weshalb Sie Herrn Rhoden so große Schwierigkeiten machen, obwohl Sie offenbar doch wünschen, daß ich Ihre Tante von drüben weg zu mir herüberengagiere.

CARL *zögernd*

Ich habe drüben eine Freundin. Meine Tante sieht die Sache nicht gern, und weil ich so egoistisch bin, sie von Seelhof, wo sie uns ständig unter den Augen hat, entfernen zu wollen, muß ich ihr wenigstens einen guten Vertrag herausholen.

BRAUN Gut muß der für b e i d e Teile sein.

CARL Meine Tante ist fähig, die Abteilung allein, ohne einen kostspieligen Rayonchef, zu leiten.
Plötzlich hart
Garantieren Sie ihr die Stelle als Erste Verkäuferin auf Herrenwäsche, bis zur Pensionierung.

BRAUN Aber das hat Herr Rhoden Ihnen längst zugesagt!

CARL Mit einer Einschränkung, die mir nicht gefällt.

BRAUN *geht zur Tür, ruft hinaus*
Herr Rhoden, bitte.
Rhoden tritt ein.

11. Szene

BRAUN, RHODEN, CARL

BRAUN Herr Rhoden, was ist das für eine Einschränkung in dem Vertrag? Dem für Fräulein Schmidt.

RHODEN Die übliche Klausel: daß die Angestellte sich verpflichtet, jede ihr aufgetragene Arbeit auch an anderen Abteilungen zu verrichten als an ihrem Rayon und gegebenenfalls auch in anderer Stellung.

CARL Und wenn sie ins Souterrain auf die Versandabteilung oder unters Dach in die Kontrolle der Reservelager versetzt wird, soll sie das annehmen müssen? Nein, meine Herren, man muß ihr garantieren, daß sie ausschließlich auf Herrenwäsche zu arbeiten hat.

BRAUN Junger Mann ... Ich lege Wert auf Branchenkenntnisse und versetze mein Personal nicht von einem Rayon zum anderen. Wenn ich Fräulein Schmidt für die Abteilung Herrenwäsche verpflichte, so habe ich auch vor, sie dortselbst zu lassen.

CARL Dann streichen Sie die Klausel.

RHODEN Eine Gewohnheitsfloskel, Herr Schmidt, sie steht nur pro forma da.

CARL Um so leichter zu streichen!

BRAUN Also weg damit, Rhoden! Und schreiben Sie »in der Abteilung Herrenwäsche«, setzen Sie »ausschließlich« hinzu ...
Zu Carl
Und Sie gehen mir jetzt Ihre Tante holen.

CARL Noch nicht, Herr Braun.

BRAUN Wie? Was wollen Sie denn noch? Mein Hemd? Die Hemdenabteilung genügt Ihnen nicht?

CARL Und die Pension?

BRAUN Sie bekommt ihre Angestellten-Versicherung und eine Pension, wenn sie fünfundsechzig ist!

CARL Achtzig Prozent ihres Gehaltes?

BRAUN Achtzig Prozent! Bei dem Gehalt, das Sie ihr hier herausgeschunden haben! Sie sind wohl nicht bei Trost!

RHODEN Ich habe Sie gewarnt, Herr Schmidt, Ihre Forderungen waren immer übertrieben, jetzt sind sie verstiegen!

CARL Verstiegen! Wo ich für meine Tante überall einen Posten als Abteilungsleiterin finden könnte . . .

BRAUN Abteilungsleiterin!

Rhoden hebt die Arme.

CARL Jawohl! Abteilungsleiterin!

BRAUN *packt Carl und drängt ihn zur Tür*

Machen Sie, daß Sie hinauskommen!

RHODEN Er ist größenwahnsinnig! . . . Vollkommen übergeschnappt!

CARL *kommt noch einmal von der Tür zurück*

Meine Tante bleibt also drüben. Schade . . . für beide Teile. Leben Sie wohl, meine Herren.

Carl ab.

12. Szene

RHODEN, BRAUN

RHODEN Dann soll sie doch bei Seelhof bleiben, die Schmidt!

BRAUN *beherrscht sich mühsam*

Nun sind Sie zufrieden, nicht wahr!

RHODEN Ja, lieber Gott . . .

BRAUN *bitter*

Fräulein Schmidt bleibt bei Seelhof. Sie gehört ja zu den Mauern des Hauses und nicht zum Personal, wie Sie sagten.

Er erhitzt sich immer mehr.

Und im Louvre zu Paris? Die Venus von Milo, steht die dort in einem schönen Saal und zieht die Touristen an und wird zu Ausstellungen in andere Städte geliehen oder ist die auch nur ein unbewegliches Stück der Mauern?

RHODEN *verdutzt*

Die Venus von Milo, die Statue ...?

BRAUN Und die anderen Marmordinger, diese Nike von Samothrake oder ich weiß nicht woher. Und die Mona Lisa. Gerade die!

RHODEN Aber die Schmidt ist doch nicht ...

BRAUN *mit wachsender Tonstärke*

Die Schmidt ist die Venus, die Mona Lisa, die Nike der Herrenabteilung bei Seelhof. Das bestimmt ihren Wert und deswegen, Herr Rhoden, deswegen wollte ich sie denen wegschnappen! Können Sie zählen?

RHODEN Zählen? ... Ja ...

BRAUN Bis wie weit?

RHODEN Ich weiß nicht ... ich ...

BRAUN Hat Abitur und weiß nicht, bis wie weit er zählen kann! Wie lange ist Fräulein Schmidt schon bei denen?

RHODEN Seit der Urgründung, ich sagte es Ihnen ja schon ... als dort drüben nur das kleine Lädchen des Fräulein Merz stand.

BRAUN Und wieviele Jahre ist das her?

RHODEN Oh! Das sind ungefähr ...

BRAUN Das sind nicht ungefähr, das sind genau fünfundzwanzig Jahre! Und wann? Am ersten Oktober! Fünfundzwanzig Jahre, Herr Rhoden, das ist etwas, wofür es einen Namen gibt: man nennt das ein Jubiläum! Ein Jubiläum für Fräulein Schmidt! Da ... Am ersten Oktober! Ausgerechnet am Tag unserer Eröffnung werden die das Jubiläum ihrer ältesten Verkäuferin feiern! Eine Riesenreklame! Ein Feuerwerk, eine Atombombe der Reklame!

RHODEN Oh! Oh! Herr Braun! So groß doch sicher nicht ...

BRAUN So groß nicht? Die ganze Stadt wird nur von diesem Jubiläum reden! Die Zeitungen werden tagelang von nichts anderem berichten! Alles wird zu Seelhof laufen und bei der Jubilarin Hemden kaufen, und mit was für einem Rabatt, Dutzende von Hemden, ganze Pakete, Lastwagen voll Hemden, Eisenbahnzüge voll! Und ich, Braun, ich armer Lackierter, werde bei mir auch nicht den Schatten eines Kunden sehen!

RHODEN Aber ... Herr Braun ... meinen Sie wirklich ... das Jubiläum wird so groß aufgezogen?

BRAUN Nicht wegen der Schmidt. Nur meinetwegen! Grisars Chef hat sich geschworen, mir auch hier, gerade hier, wieder im Wege zu stehen. Wie oft habe ich Ihnen schon gesagt, daß ich damit rechnen muß. Bei dem Haß, mit dem dieser Mensch mir seit Jahren Knüppel zwischen die Beine wirft, weiß ich, was mir blüht, wenn ich denen nicht vor dem ersten Oktober die Schmidt weggenommen habe. Rhoden, der Seelhofkonzern wird sich die Sache etwas kosten lassen! Das wird ein Jubiläum werden! Eine ganze Woche wird es dauern. Zuerst ein Riesenfest für das gesamte Personal! Freibier, Knackwürste mit Kartoffelsalat, echte Knochenbrühe! Eine enorme Summe öffentlich der Schmidt überreicht! Und ein imponierendes Geschenk ... Eine komplette Möbelgarnitur, im Schaufenster ausgestellt, ich sehe schon das Schild: »Die Firma ihrer getreuen Angestellten«. Was für eine Reklame für die Möbelabteilung ... Wie soll ich dagegen an? Mein Kapital ist erschöpft, und mein Kredit, dieses Haus hier hat alles verschlungen! Und an meinem Eröffnungstag stehe ich machtlos der Reklame gegenüber, die der Grisar auf Befehl des Generaldirektors loslassen wird.

RHODEN Gewiß, Herr Braun, aber ...

BRAUN Deswegen lasse ich mich ja von diesem Lausejungen von Liftführer derart hochnehmen! Ich, Braun! Ein Napoleon des Einzelhandels! Rhoden, das Jubiläum der Schmidt wird mein Waterloo!

RHODEN Aber es ist doch noch nicht alles verloren ...

BRAUN Los, Rhoden, nichts wie los! Holen Sie mir schleunigst die beiden, die Mutter und den Sohn, die Schmidt und ihren Fahrstuhlführer. Sofort! Nun laufen Sie doch!

Rhoden stürzt zur Tür, besinnt sich, nimmt den Schlüsselbund vom Tisch und hält ihn Braun vor die Nase.

RHODEN Er kann ja gar nicht hinaus!

Geht zur Tür und prallt auf Carl, der gerade eintritt.

13. Szene

CARL, BRAUN, RHODEN

CARL *ruhig, zu Rhoden*

Die Tür ist gesperrt. Würden Sie mir bitte unten aufschließen?

BRAUN Augenblick, Herr Schmidt.

CARL Herr Braun?

BRAUN Als wir uns eben nicht einigen konnten, sagten Sie: »Schade für beide Teile«. Wieso schade für Ihre Tante? Sie soll es doch so gut haben, drüben!

CARL Ich dachte an mich dabei. Ich sagte Ihnen doch, warum ich meine Tante lieber hier sähe.

BRAUN *als fiele es ihm wieder ein*
Ach, ja. Daß Ihre Tante das Verhältnis nicht gern sieht, kann ich verstehen.

CARL *abweisend*
Wieso?

BRAUN Ich habe die Schwäche, manchmal, wenn ich für einen Tag hier bin, das Fernglas auf die Konkurrenz zu richten. Da habe ich Sie einmal abends am Personalausgang warten und mit einer auffallend aparten Person fortgehen sehen. Aber sehr jung. Höchstens sechzehn.

CARL Ja und?

BRAUN *falsch-väterlich*
Mädchen von dieser Klasse, mit solchen Beinen, wollen hoch hinaus. Wissen Sie, was Ihnen da blühen kann? Verständlich, daß Ihre Tante das nicht gerne sieht. Das ist nun alles schade.

CARL Auch für Sie, Herr Braun.

BRAUN Für mich?

CARL Ich nehme es an.

BRAUN Und was nehmen Sie an?

CARL Ich nehme an, Sie wissen, daß, wenn meine Tante von Seelhof fortgeht, dort ein gewisses Ereignis nicht stattfinden wird. Eine Festlichkeit.

BRAUN Eine Festlichkeit? *Pause.* Ach, Sie meinen das Jubiläum Ihrer Tante?

CARL Genau das.

BRAUN Kennen Sie den Seelhofkonzern so wenig? Die und die treuen Dienste einer Verkäuferin belohnen! Wissen Sie, was der Hauptbuchhalter des Stammhauses zum Silberjubiläum bekommen hat? Fünf Nelken im Drahtkorsett, leicht vergammelt.

RHODEN So klein!

CARL Das war damals und vor allem nicht hier. Jetzt aber und hier gibt es das Kaufhaus Braun. Dank dieser Konkurrenz wird meine Tante in jedem Fall ihren Vorteil finden. Entweder, sie tritt bei Ihnen zu den besten Bedingungen ein, oder sie bleibt drüben und feiert ein großartiges und einträgliches Jubiläum.

BRAUN Da würde ich mich nicht allzu großen Illusionen hingeben. Herr Grisar wird irgendetwas in Szene setzen. Weil ich da bin, muß er das ja, aber etwas Bescheidenes.

RHODEN *ironisch*

Ich weiß, was Fräulein Schmidt bekommt. Die Dienstmedaille.

BRAUN *biegt sich vor Lachen*

Natürlich! Die Dienstmedaille. Dünn versilbert!

CARL *unbeirrt*

Fünfundzwanzig Jahre im gleichen Haus! Was läßt sich nicht darüber zum Ruhm der Firma Seelhof sagen und machen. Und wäre es nur, um Ihnen gründlich in Ihre Eröffnung hineinzufunken.

BRAUN Ich bin nicht an ein bestimmtes Datum gebunden, ich kann sie verschieben.

CARL Dann wird das Jubiläumsfest gleichfalls verschoben.

BRAUN Man kann das Datum eines Jubiläums nicht fälschen.

CARL Das ist aber gerade das, was Herr Grisar bereits tut! Wissen Sie, wann meine Tante wirklich fünfundzwanzig Jahre bei Seelhof sein wird? ... Am ersten August! Wenn Herr Grisar die Feier des Jubiläums auf den ersten Oktober festgesetzt hat, so deswegen, weil Sie am ersten Oktober eröffnen wollen. Schieben Sie Ihre Eröffnung hinaus, so wird das Datum des Jubiläums ebenfalls verlegt. Dieses Jubiläum klebt Ihnen am Hintern wie der Sozialismus dem kapitalistischen Regime.

BRAUN *nach kurzem Überlegen*

Können Sie mir beweisen, daß der erste August das wahre Datum des Jubiläums ist?

Carl zieht einen Briefumschlag aus der Tasche, entnimmt ihm ein Papier und legt dieses auf den Tisch.

CARL Das Lehrzeugnis meiner Tante. Eintritt: am 1. August.

Braun blickt prüfend auf das Zeugnis und hält es dann Rhoden hin.

BRAUN *fährt Rhoden an*

Weshalb haben Sie das nicht bei Ihren Akten gehabt? Setzen Sie einen neuen Vertrag auf.

CARL *sehr bestimmt*

Pension von achtzig Prozent!

BRAUN Sechzig!

CARL Achtzig! Es ist ja nicht nur die Jubiläumsgratifikation, die sie verliert! Seit Jahren freut sie sich auf das große Ereignis. Jeder will einmal geehrt sein, im Mittelpunkt stehen.

RHODEN *süffisant*

Ach! Ihre Tante erschien mir wie die Verkörperung der Bescheidenheit. Psychologisch interessant, diese schlummernde Geltungssucht.

CARL *nach einem Blick der Verachtung auf Rhoden*
Herr Braun, haben Sie noch nie, wenn keiner es sah, unten auf dem Platz vor diesem Neubau gestanden und waren stolz, Ihren Namen so groß auf der Fassade zu sehen?

BRAUN Mir sind sogar dabei einmal die Tränen gekommen. Ich habe doch mit nichts angefangen.

CARL Und ich! Als ich das erste Mal in der Gewerkschaftszeitung gelobt wurde, habe ich das Blatt mit ins Bett genommen und des Nachts dutzendemale das Licht angemacht und die Stelle wieder gelesen. Dies zum Kapitel Geltungssucht. Und wenn wir, Sie, Herr Braun, und ich, jeder aus einem anderen egoistischen Beweggrund, die arme Frau um dieses einzige Fest ihres Lebens bringen, dann müssen Sie und ich sorgen, daß sie dafür entschädigt wird.

BRAUN *er nickt voll Anerkennung und schaut Carl voll Bewunderung an*
Reden können Sie, und Köpfchen haben Sie auch. *Zu Rhoden* Schnell, schreiben Sie den Vertrag. Wenn ich d e n da weiter reden lasse, zieht er mir hundert Prozent Pension aus dem Herzen. Also siebzig.

CARL Achtzig.

BRAUN Achtzig. In Gottesnamen. Aus Ihnen wird entweder ein großer Geschäftsmann, oder aber etwas ganz Gefährliches.

CARL Gefährliches! Kommt darauf an: für w e n.

RHODEN *hat die auf dem Tisch liegenden Papiere an sich genommen, geht kopfschüttelnd zur Tür*
Achtzig Prozent!
Rhoden ab.

BRAUN *mit wohlwollendem Blick*
Was haben Sie nur bei den Roten verloren. Das Geld, das Sie auf der anderen Seite der Barrikade machen würden! Ich habe es doch a u c h geschafft!

CARL *lacht*
Barrikade? Überalterte Vorstellung! Nicht Ihre einzige. Ihre Existenz! Nur auf Geldscheffeln gerichtet. Lehne ich ab. Und da verstehe ich keinen Spaß.

BRAUN Dann gebe Gott, daß Sie nie Politiker werden. Da sitzt nämlich Ihr Ehrgeiz. Habe ich Sie durchschaut?

CARL Wenn, werden Sie es ja selber sehen. Aber jetzt hat meine Tante wirklich lange genug gewartet.

Er geht auf den Balkon hinaus, sieht zuerst über den Platz hinüber, beugt sich dann über die Brüstung und schaut nach unten.

Hallo! *Zu Braun* Sie steht schon vor der Tür.

Er nimmt die Schlüssel vom Tisch.

BRAUN Wir lassen Sie zunächst mit ihr allein. Erklären Sie ihr die Klauseln des Vertrages.

CARL *bleibt vor der zur Treppe führenden Tür stehen und wendet sich um*

Und wenn sie fragt, ob auch ich bei Ihnen eintrete...

BRAUN Werde ich sagen: Sei so gut wie perfekt.

Carl ab.

Braun heftet lächelnd den Blick auf die Tür, durch die Carl sich entfernt hat. Rhoden kommt zurück, von rechts.

14. Szene

RHODEN, BRAUN

RHODEN Von einer Frechheit ist dieser Kerl...!

BRAUN *grob*

Ach Sie! Vom richtigen Datum des Jubiläums zu schweigen, daß überhaupt ein Jubiläum fällig war, sogar das war Ihnen nicht bekannt!

RHODEN Er hat es mir verheimlicht, dieser Bursche... Er ist...

BRAUN Ihnen über.

RHODEN Anmaßend kann jeder sein!... Sie hätten ihn doch am liebsten geohrfeigt.

BRAUN Im Gegenteil. Es tut mir leid, daß er nicht bei mir eintreten will.

RHODEN *losbrechend*

Die Tante genügt! Achtzig Prozent Pension!

BRAUN *faßt Rhoden an der Jacke*

Keine Ahnung von Psychologie! Eine Person wie die Schmidt läßt sich nie pensionieren. Sie schuftet, bis sie tot umfällt.

Er drängt Rhoden zur rechten Tür hinaus, ohne ihn dabei loszulassen.

Braun und Rhoden ab.

15. Szene

CARL, MARIE SCHMIDT

Die andere Tür öffnet sich. Carl läßt Marie Schmidt den Vortritt. Sie ist kleinbürgerlich-sonntäglich gekleidet. In der Hand ein Meßbuch.

Carl betont das Wort »Mama« auf der ersten Silbe.

CARL *scharf*

Mama!

MARIE SCHMIDT Ich sag es Dir zum letzten Mal: ich bringe es nicht über mich. Gib mir einen Stuhl. Ich bin ganz fertig.

Sobald Marie Schmidt sitzt, öffnet Carl die Tür rechts und vergewissert sich, daß niemand lauscht. Dann hockt er sich vor Marie Schmidt.

CARL *sanft, versuchend, sie umzustimmen*

Also wenn Du mich zwingst, hier alles rückgängig zu machen, wie stehe ich denn da vor den beiden Herren!

MARIE SCHMIDT Dann werde ich mich selber bei ihnen entschuldigen. Und wenn sie Dir dann die Stelle als Elektriker a u c h nicht mehr geben wollen, der Herr Kaplan hätte eine gute für Dich.

CARL Was hat er Dir überhaupt gesagt, der Kaplan?

MARIE SCHMIDT Abgeraten hat er mir. Und wie! Ich war nach der Frühmesse im Pfarrhaus und hab die Sachen für den Paramentenverein zurechtgelegt, da kam er herein und hat mich gleich gefragt, was ich hätte. Da sind mir die Tränen gekommen und ich hab ihm alles erklärt.

CARL Und dann hat er Dir abgeraten. Gut. Aber wie hat er es begründet?

MARIE SCHMIDT Man kündigt nicht im Juli, wenn man am ersten Oktober sein silbernes Dienstjubiläum feiern kann, hat er gesagt...

CARL *hart*

Dein Jubiläum fällt auf den ersten August.

MARIE SCHMIDT *greift sich an den Kopf, weinerlich*

Es ist am ersten Oktober! Ein wahres Verhängnis, daß Du dieses Lehrzeugnis gefunden hast.

CARL Es existiert und es ist echt. Ich habe es nachgeprüft.

MARIE SCHMIDT Die haben sich im Datum vertan. Damals auf der Handelskammer.

CARL Das ist unwahrscheinlich. Du verschweigst mir da etwas. Du bist überhaupt groß im Verschweigen. Selbst Deinem Beichtvater gegenüber. Denn niemals hätte der Dir abgeraten, von Seelhof wegzugehen, wüßte er, wie Grisar Dich wirklich behandelt hat.

MARIE SCHMIDT Herr Grisar ist jetzt sehr nett mit mir. Mit dem ganzen Personal.

CARL *lacht*

Seitdem er weiß, daß Braun ihm die Leute abwirbt! Mama, ich beschwöre Dich! Denke dieses eine Mal nur an Dich selber. Hier wird Dir eine unkündbare Stellung und Pension vertraglich geboten. Grisar kann Dir jeden Ersten kündigen. Du hast keinen Vertrag mit Seelhof.

Marie Schmidt steht auf und geht nachdenklich bis zum Balkon.

MARIE SCHMIDT Wenn ich dorthinüber schaue ... fünfundzwanzig Jahre ... Was soll ich nur tun?

CARL Das fragst Du noch! Hast Du denn vergessen, daß Grisar Dich hinauswerfen wollte, weil Du Dir die Schweinereien eines Kunden nicht hast gefallen lassen? Und Du wärst vor die Tür gesetzt worden, hätte ich nicht die Gewerkschaft hinter mir gehabt.

MARIE SCHMIDT Die Gewerkschaft ...

CARL Ja. Für d i e keine Anerkennung! Aber einem Grisar, dem wird alles verziehen.

Marie Schmidt geht langsam wieder zum Balkon und blickt zum Warenhaus Seelhof hinüber.

MARIE SCHMIDT Nach fünfundzwanzig Jahren, zu wildfremden Leuten. Der Herr Braun ist doch von auswärts.

CARL Grisar auch. Und neu bei Seelhof.

MARIE SCHMIDT *sich zu Carl umwendend*

Was hat man Dir hier zugesagt? Was für eine Pension?

CARL Achtzig Prozent! Das ist einzig!

MARIE SCHMIDT *vor sich hinflüsternd*

Achtzig Prozent ...

CARL Alles vertragsmäßig garantiert. Wie lange willst Du die Herren noch warten lassen?

MARIE SCHMIDT Ich werde doch nicht sofort unterschreiben müssen?! Zuerst muß ich wissen, ob Herr Grisar mich gehen läßt.

CARL *verzweifelt, aber beherrscht*

Nein. Zuerst mußt Du Deinen Vertrag in der Hand haben.

MARIE SCHMIDT Morgen früh ist ja Sprechstunde fürs Personal. Da melde ich mich als erste ...

CARL Du kündigst drüben erst dann, wenn ich es Dir sage.

MARIE SCHMIDT *zornig*
Hier engagiert sein und Herrn Grisar im Ungewissen lassen! Nein, Carl, das gehört sich nicht.

CARL Mama, gib es doch zu: Du zögerst nur, weil Du, wenn Du hier eintrittst, um Dein Jubiläum kommst.

MARIE SCHMIDT Wenn ich Dir sage, warum mir so viel an dem Jubiläum liegt, lachst Du mich aus.

CARL *umhalst sie*
Nein, Mamachen.

MARIE SCHMIDT *zögernd*
Der Herr Kaplan weiß es schon, und er will das für mich beantragen.

CARL Habe ich längst getan: die silberne Dienstmedaille! Und Du bekommst sie, dafür sorgt die Gewerkschaft. Obwohl sie im Prinzip diese Scherze verurteilt.

MARIE SCHMIDT *gekränkt*
Scherze ...

CARL Jawohl. Mit der Medaille kauft man sich billig los für fünfundzwanzig Jahre Ausbeutung.

MARIE SCHMIDT Und Du hast sie dennoch für mich beantragen lassen. Und sogar durch die Gewerkschaft.
Marie Schmidt bricht in Tränen aus.

CARL Was weinst Du denn?

MARIE SCHMIDT *schluchzend*
Weil Du so gut bist. Aber ich, ich bin schlecht. Ich verschweige, ich verleugne. Dich, mein einziges Kind, seit zwanzig Jahren verleugne ich Dich, wegen der Leute. Und dann belüge ich Dich auch noch ...

CARL Mich?

MARIE SCHMIDT *pathetisch*
... und auch alle meine Chefs der letzten zehn Jahre! Hintergangen habe ich die. Wie noch eben Dich. Carl, das Datum meines Jubiläums ist tatsächlich der erste August!

CARL *macht große Augen*
Wieso steht aber in der Personalkartothek erster Oktober als Beginn Deiner Lehrzeit?

MARIE SCHMIDT Vor zehn Jahren, als wir wieder einmal einen anderen Besitzer bekamen und wieder einmal Fragebogen für die Personalien ausfüllen mußten, habe ich die Fälschung gemacht.

CARL Aber warum denn?

MARIE SCHMIDT Beim Kleiderkönig am Markt hatte damals eine Verkäuferin am ersten August ihr silbernes Jubiläum. Und sie haben es nicht gefeiert! Am ersten August beginnt überall der Sommerausverkauf. Da hat keine Firma Zeit für Feste, das stimmt, aber der geizige Kleiderkönig war froh über den Vorwand. Jetzt weißt Du, warum ich mein Datum gefälscht habe.

CARL Deinen neuen Chef darfst Du aber nicht belügen. Sag Herrn Braun nur wahrheitsgemäß: es war der erste August.

Er öffnet die rechte Tür.

Herr Rhoden!

16. Szene

RHODEN, BRAUN, MARIE SCHMIDT, CARL

Rhoden tritt ein.

RHODEN *schwenkt Akten in der Hand*

Ah, da ist ja Fräulein Schmidt!

Zu Carl

Herr Braun kann nicht mehr warten.

Schon erscheint von rechts Braun. Lächelnd und mit ausgestreckten Armen geht er auf Marie Schmidt zu. Diese starrt ihn entsetzt an und weicht schon bei seinen ersten Worten langsam zur Tür zurück.

BRAUN Endlich! Endlich habe ich Sie hier! Mein liebes Fräulein Schmidt ...

MARIE SCHMIDT *schreit*

Carl! Das ist der Herr mit den Unterhosen ...

Sie bedeckt sich das Gesicht mit der Hand. Carl starrt von Braun zu Rhoden, seine Überraschung kann er nicht verbergen.

BRAUN Ja, Fräulein Schmidt. Er ist es. Derselbe!

RHODEN *boshaft zu Carl*

Das haben Sie nicht gewußt. Der Vertrag.

Rhoden reicht ihm das Aktenstück. Carl nimmt es achtlos, er starrt, von Rhoden belächelt, zu Braun und Marie Schmidt hinüber. Braun ist zu Marie Schmidt getreten, hat ihr die Hand vom Gesicht genommen.

BRAUN Fräulein Schmidt, ich fand das großartig, wie Sie mich damals so kurzerhand hinausgesetzt haben. Sie provozieren, das habe ich ja gewollt. Wie soll ich eine Verkäuferin von Herrenwäsche anders auf die Probe stellen! Für eine so heikle Abteilung suchte ich gerade eine Dame wie Sie, die Zweideutigkeiten nicht duldet.

MARIE SCHMIDT Aber Herr Braun ... Lieber Gott. Ich bin noch ganz durcheinander. Wer hätte das gedacht, daß dieser Herr Sie gewesen sind ...

BRAUN *zu Carl*

Herr Schmidt, prüfen Sie den Vertrag für Ihre Tante drüben im Büro von Herrn Rhoden.

Rhoden berührt Carl am Arm.

CARL Ich kann ihn auch hier lesen.

RHODEN *fast flüsternd*

Herr Braun soll wohl mit Ihrer Tante nicht unter vier Augen sprechen.

CARL *lächelt*

Bitte.

Carl ab. Rhoden geht ihm vor nach rechts, öffnet aber nur die Tür, zeigt ihm den Weg und schließt die Tür hinter ihm.

BRAUN *zu Marie Schmidt, die durch Rhodens Worte und Carls Verschwinden offensichtlich beunruhigt ist*

Ein netter Bursche, Ihr Neffe. Und er soll ja ein schon sehr tüchtiger Elektriker sein. Leider ist hier aber nur die Stelle eines Zweiten noch frei.

MARIE SCHMIDT Herr Braun, ich bin ja viel zu froh, daß der Junge aus dem Aufzug rauskommt und überhaupt von Seelhof weg. Er tat da nicht mehr gut die letzte Zeit.

Rhoden, der sich Braun genähert hat, sucht diesen durch Gesten an etwas, das er nicht ausspricht, zu erinnern. Braun nickt ihm diskret zu und spricht wieder zu Marie Schmidt.

BRAUN Ich bin im Bilde, Fräulein Schmidt. Diese sechzehnjährige, drüben auf Damenkonfektion.

MARIE SCHMIDT Ach, Herr Braun, ist das nicht ein Jammer! Mit d e r kann er doch nicht glücklich werden, ein so guter Junge. Wie der um m i c h besorgt ist ...

BRAUN Das haben wir gesehen, nicht wahr, Herr Rhoden. Einen Vertrag hat der für Sie herausgeholt ...

RHODEN *zu Braun*

Dazu ist noch eine gewisse Frage zu stellen.

BRAUN *zu Rhoden*

Später.

Zu Marie Schmidt

Ja, Ihr Neffe weiß, was ein Vertrag ist. Lernt er wohl in den Abendkursen seiner Gewerkschaft?

MARIE SCHMIDT *ängstlich*

Sie wissen das also ...

RHODEN Über unser Personal sind wir immer bestens informiert. Ich habe gerade da noch eine kleine Frage.

MARIE SCHMIDT Wo Sie es schon wissen, Herr Braun, die Gewerkschaft, das ist mein Kreuz. Ich will ja nichts sagen, weil er sonst ein so guter Junge geblieben ist, aber seitdem er immer bei denen steckt, diesen Roten, und die vielen Bücher liest, geht er mir nicht mehr in die Kirche.

BRAUN *den Ungeduld zeigenden Rhoden mit einer Geste zur Geduld mahnend*

Fräulein Schmidt, setzen Sie sich doch.

MARIE SCHMIDT *sitzt, fährt sogleich fort*

Ihm ist nichts zu viel für mich. Alle Gänge nimmt er mir ab. Denken Sie ...

Sie senkt die Stimme.

Er bügelt sogar seine Sachen selber und putzt mir die Fenster. So gutmütig ist der! Nur wenn ich ihm sage, »Heute ist Sonntag, geh in Deine Messe«, da bockt er. Nicht bösartig, aber er bockt und geht nicht hin.

Beunruhigt

Was tut er denn so lange dort drüben?

RHODEN Er prüft Ihren Vertrag. Dazu eben muß Herr Braun Sie noch etwas fragen.

BRAUN Ja, Fräulein Schmidt. Wann haben Sie eigentlich zum allerersten Mal als Lehrmädchen hinter dem Ladentisch eines Herrenwäschegeschäftes gestanden?

Marie Schmidt hat bei der Frage den Kopf gesenkt, lächelt, aber als sie den Kopf wieder hebt, sieht sie, mit welcher Spannung die beiden sie anstarren und erschrickt.

MARIE SCHMIDT Was ist denn? Sie machen mir Angst.

RHODEN *nach einem Blick zu Braun mit gespielter Biederkeit*

Soll ich Ihren Neffen holen?

Rhoden läuft nach rechts zur Tür und ruft hinaus.

Herr Schmidt!

BRAUN *tätschelt Marie Schmidt die Hand*
Wir wollen uns ja nur bestätigen lassen, daß alles stimmt in unseren Personalakten.
Carl erscheint, sieht böse zu Rhoden und Braun.

17. Szene

CARL, BRAUN, MARIE SCHMIDT, RHODEN

CARL Bitte?
BRAUN *in väterlichem Ton, zu Marie Schmidt*
Also meine Frage. Wann haben Sie Ihre Lehrzeit begonnen?
MARIE SCHMIDT *mit Lächeln und nur zu Braun*
Als ich aus der Schule kam, bin ich vom Waisenhaus zu Fräulein Merz gegeben worden. Eigentlich als Dienstmädchen. Aber schon am ersten Morgen hat sie mich in den Laden gerufen. Der war genau dort, wo heute Seelhof steht, nur klein wie ein Fingerhut, verglichen ...
BRAUN *ungeduldig*
Wir wissen das. Was sollten Sie im Laden tun?
MARIE SCHMIDT Ei, bedienen! Ich tat es so gut, daß sie mich noch am gleichen Tag als Lehrling angemeldet hat. Ich war gerade vierzehn Jahre alt. Mein erster Kunde, einen steifen Kragen und Manschetten hat er gekauft, war ein hübscher, junger Mann. Ich sehe ihn noch vor mir in dem Laden stehen, die Sonne schien herein, es war ein herrlicher Tag, nämlich erster August ...
BRAUN *nach einem triumphierenden Blick zu Rhoden*
Danke, Fräulein Schmidt. Das wollte ich wissen. Und jetzt ist unser Vertrag gültig.
Braun lächelt Carl zu, der näher kommt, während der Vorhang fällt.

AKT III

Drei Wochen später. Grisars Büro in der Filiale des Seelhof-Konzerns. Durch die rechts hinten gelegenen Fenster sieht man die Fassade des Kaufhauses Braun. Zwei Telefone auf dem Schreibtisch. An den Wänden graphische Darstellungen des Umsatzes. Die große, fast immer geöffnete Tür im Hintergrund führt zu einem Podest, wo die Haltestelle eines Aufzugs sichtbar ist. Im Vordergrund links eine gepolsterte Tür zum Zimmer der Sekretärin. An einer der Wände ein kleines Kontrollfenster, von dem man in die Verkaufsräume hinuntersehen kann. Neben der großen Eingangstür ein Bänkchen und ein Kleiderständer.

1. Szene

CARL, GRISAR

Beim Aufgehen des Vorhangs liegt die Bühne im Halbdunkel. Man hört den Aufzug kommen. Wenn Carl Grisar aussteigen läßt, wird das beleuchtete Innere der Kabine sichtbar.

CARL Bitte sehr, Herr Direktor ...

Grisar, sehr gut gekleidet, legt Hut und Regenschirm ab.
Carl zieht die Vorhänge der Fenster auf.

CARL Herr Direktor sind wieder einmal der erste im ganzen Haus.

GRISAR Denken Sie nach, ehe Sie reden. Weshalb sind Sie so früh hier? Sonst kommen Sie doch gerade montags immer zu spät.

CARL Wenn, dann höchstens um ein paar Sekunden, Herr Direktor. Die Kontrolluhr ist Zeuge.

GRISAR Sie haben sich umsonst so zeitig aus den Federn bemüht, Herr Schmidt. Die Untersuchung des Zwischenfalls vom Samstag beginne ich, ohne Sie vorher zu konsultieren. Also ...

Er bedeutet Carl, sich zu entfernen und setzt sich an den Schreibtisch. Carl, schon unterwegs zum Lift, will umkehren. Als er Grisar das Telefon abnehmen sieht, geht er weiter und wartet am Lift.

Portier? Unsere Lichtreklame auf dem Dach hat wieder einmal die ganze Nacht gebrannt. Abgeschaltet sein soll nach der Vorschrift wann? Keine Erklärungen gefälligst. Wieder einmal haben Sie Ihren Durst und nicht das Licht gelöscht. Weiter: vorgestern, am Samstag, haben Sie, zwischen elf und halb zwölf, die Zweite Verkäuferin von Herrenwäsche, Fräulein Krekovius ...

Pause.

Jawohl, dieselbe, die bis vor vierzehn Tagen auf Parfümerie war. Sie haben ihr nicht den grünen Passierschein abverlangt.

Man hört das Läuten des zweiten Telefons.

Außerdem haben Sie zu melden vergessen, daß diese Verkäuferin den ganzen Tag nicht an ihren Arbeitsplatz zurückgekommen ist. Ende.

Er hängt ein und greift nach dem Hörer des anderen Apparats.

GRISAR *verärgert*

Grisar!

Plötzlich liebenswürdig

Herr Generaldirektor?

Pause.

Verzeihung. In meinem Bericht ist nichts übertrieben. Dieses Fräulein Schmidt wird vollends unmöglich. Den neuen Zwischenfall kann man ihr nicht durchgehen lassen.

Pause.

Ich habe Fräulein Krekovius von Parfümerie zur Herrenwäsche versetzt, weil sie eine Verkaufskanone ist. Fräulein Schmidt hatte eine Hilfe bitter nötig.

Pause, dann zögernd

Gut, das Jubiläum geht vor. Wenn Fräulein Schmidt darauf besteht, die Krekovius opfern?

Pause.

Mit Bedauern, Herr Generaldirektor.

Er hängt ein. Carl kommt indessen an den Schreibtisch.

Was suchen Sie noch hier?

CARL Die Sprechstunde für das Personal beginnt erst in zehn Minuten. Ich bin für heute vorgemerkt. Hätten Sie schon jetzt für mich einen Augenblick Zeit?

GRISAR Eine Ausnahme verlangen! Fehlen Sie damit nicht gegen Ihre marxistischen Prinzipien?

CARL Eine so geistesgegenwärtige Antwort n i c h t zu verfehlen, ist, objektiv gesehen, ein Fehlen gegen die Großherzigkeit, die jedem Chef ansteht.

GRISAR *ihm scherzhaft mit dem Finger drohend*

Als ob ich Ihnen jemals etwas abgeschlagen hätte.

CARL Wenn Sie nur halb so nett mit meiner armen Tante wären, wie Sie es mit mir sind, müßte ich Sie heute morgen nicht belästigen.

GRISAR Da haben wir's. Hätte ich Ihre Tante am Samstag nicht einfach vor die Tür setzen können? Also, wenn wir schon von ihr reden: ihre Zweite Verkäuferin ins Gesicht zu schlagen, ohne jeden Anlaß! Und sie hinterher noch unqualifizierbar zu beschimpfen ... Und das in Gegenwart eines Kunden ...!

CARL Man kann, auch ohne daß Worte fallen, allein durch das arrogante Gesicht einer Person zum Äußersten gebracht werden.

GRISAR Ob Fräulein Krekovius Ihre Tante provoziert hat, wird die Untersuchung ergeben.

Er hat Papiere in die Hand genommen und stutzt nach einem Blick darauf.

Merkwürdig! Ihre Tante hat sich für heute morgen nicht einmal vormerken lassen. Betrachtet sie sich bereits als entlassen?

CARL Sie spricht nicht mit mir. Seit Tagen.

GRISAR Wegen Ihrer neuen Freundin? Und Sie, Carl? Immer noch böse Szenen mit der Kleinen?

CARL *abweisend*

Ich spreche von meiner Tante. Verdiente eine so treue Angestellte nicht selbst dann eine gewisse Nachsicht, wenn sie schuldig wäre?

GRISAR *steht auf und fängt an, im Zimmer umherzugehen*

Treue Angestellte! Carl! Wo bleibt Ihre marxistische Schulung? Sie greifen ja zum Wortschatz der Kapitalisten. Da bin i c h aber aufrichtiger und sage Ihnen mit dem Zynismus, den mir Ihre Gewerkschaft so gern ankreidet: Ich glaube nie an die Treue der Angestellten.

CARL Und die Loyalität der Firma uns gegenüber?

GRISAR Ist immer noch die größere. Aber Eure Anhänglichkeit an die Firma! Eine Legende. Selbst wenn Ihre Tante bald fünfundzwanzig Jahre bei Seelhof ist, so nicht aus Treue, sondern weil sie nicht anders kann. Wer nähme sie denn? Der da gegenüber vielleicht!

Grisar öffnet, indes Carl spricht, das Kontrollfenster und wirft einen Blick in die Verkaufsräume, aus denen verworrener Lärm aufsteigt, ehe er Carl antwortet.

CARL Wenn alle Ersten Verkäuferinnen ihr Fach von jung an gelernt hätten, wie meine Tante, brauchten Sie keine Rayonchefs.

GRISAR Stimmt für die Branchenkenntnis, stimmt nicht für den Rest, und der ist die Hauptsache. Soll ich Ihnen den Umsatz der Abteilung Herrenwäsche zeigen? Die Zahlen von Mai, Juni und von diesem Monat? Wie es sich ausgewirkt hat, daß dort seit vierzehn Tagen die neue Zweite Verkäuferin steht. Und sie ist nicht einmal aus der Branche.

CARL *bitter*

Es fragt sich nur, w o m i t Fräulein Krekovius meine Tante aussticht.

GRISAR *streng*

Mit ihrem Verkaufstalent! In Ihrem marxistischen Idealstaat käme ich als Volksschädling ins Gefängnis, wenn ich eine Genossin Angestellte irgendwo arbeiten ließe, wo sie keine Höchstleistungen bieten kann.

CARL Mit anderen Worten: selbst wenn die Untersuchung so ausgeht, daß man meine Tante nicht hinauswerfen kann, wird sich doch ein Vorwand finden, sie zu versetzen. Irgendwohin! Auf die Reservelager oder in den Versand, wo sie nie einen Kunden zu sehen bekommt.

GRISAR *bedauernd*

Der Skandal am Samstag hat die Dinge nur beschleunigt. Nach dem Saisonausverkauf habe ich Zeit. Da Sie ja praktisch der Vormund Ihrer Tante sind, wollen wir dann überlegen, wo wir sie unterbringen.

Er bedeutet Carl, daß die Unterredung beendet ist.

CARL Wenn ihr das Haus hier nur nicht schon ganz verleidet ist.

GRISAR Dann muß sie sich eben anderwärts umsehen.

CARL Bei Braun wären Aussichten, der sucht ja überall Personal.

GRISAR Wissen Sie, wer jener Kunde war, den Ihre Tante vor ein paar Wochen wie einen Sittlichkeitsverbrecher vor die Tür gesetzt hat? Der Braun! Malen Sie sich den Empfang aus, wenn sie sich bei Braun vorstellte.

CARL Braun! Hier als Kunde aufzutreten! Und zu spionieren! Auf so etwas kommt nur so ein vorsintflutlicher Solokapitalist. Das ist ja nicht einmal eine Aktiengesellschaft, Braun.

GRISAR Vorsintflutlich oder modern, er kam als Kunde! Ihn hinauszujagen war unverzeihlich.

CARL Hat Sie hinterher aber gewiß gefreut!

GRISAR *ein Lachen unterdrückend, zeigt zur Tür*

Carl, Ihr Dienst!

CARL Soll sie noch vor dem Jubiläum von ihrer Abteilung weg?

Man hört ein langgezogenes Glockenzeichen.

GRISAR Ihr Dienst!

CARL Also noch vor dem Jubiläum.

GRISAR Das alles erkläre ich Ihnen beizeiten.

CARL Ein Wort noch, bitte ...

GRISAR Das war schon die zweite Glocke.

Er drängt Carl hinaus, kehrt an den Schreibtisch zurück und blättert in Akten.

CARL *kommt noch einmal vom Aufzug her herein.*

Herr Direktor ...

Carl schöpft tief Atem und setzt dann wie zu einer Rede an.

Sie und ich sind die einzigen im Hause, die etwas von den soziologischen Problemen verstehen und die wissen, wieviel Uhr es ist im Weltgeschehen. Nur daß Sie, Herr Direktor, gegen besseres Wissen und Gewissen, in der Praxis bei den Restaurativen stehen.

GRISAR *lacht auf*

Tut mir in der Seele weh, daß ich Ihnen diesen Kummer mache.

CARL Ich bin Ihr Feind, Herr Direktor! Und Sie wissen es. Dennoch können Sie mich ganz gut leiden. Deshalb möchte ich Sie warnen. Nicht vor dem Rückhalt, den ich in der Gewerkschaft habe, sondern vor einem typisch bürgerlichen Fehlschluß.

GRISAR Ich bin ganz Ohr.

CARL Denken Sie nur ja nicht, daß ich Ihnen gegenüber die geringste Dankbarkeit verspüre, was immer auch Sie für meine Tante tun. Ich warne Sie vielmehr ausdrücklich vor meiner Undankbarkeit.

GRISAR Zur Kenntnis genommen.

CARL *nachdem er sich zum Lift zurückgezogen hat*

Daß ich so loyal bin, Sie zu warnen, ist von meiner Ideologie aus gesehen ein moralischer Luxus.

GRISAR Ein Luxus, der Sie immerhin weniger kostet als mich, wenn ich Ihre Gewerkschaft hier in aller Freiheit gegen mich wühlen lasse.

CARL Ein Mann Ihres Bildungsgrades weiß ganz genau, daß die Idee der Freiheit die allerverlogenste Erfindung der bürgerlichen Gesellschaft ist.

GRISAR *heftig*

Eine Erfindung, der Sie sich aber reichlich bedienen! Ende der Unterhaltung!

Carl verschwindet im Aufzug, ab.

Die Tür zum Vorplatz des Lifts bleibt offen.

2. Szene

LISERT, GRISAR

LISERT *steckt nur den Kopf durch die Tür*
Guten Morgen, Herr Direktor.

GRISAR *mit einem Blick auf die Uhr*
Morgen.

LISERT Was für ein herrlicher Tag!

GRISAR Kunststück ... Im Juli!

Lisert ab. Grisar macht nachdenklich ein paar Schritte hin und her, hebt plötzlich einen der Telefonhörer ab und nimmt ein Papier vom Schreibtisch.

GRISAR Fräulein Lisert? Sollte die Schmidt, obwohl nicht eingeschrieben, zur Sprechstunde heraufkommen, ist sie vorzulassen – und sogar als erste.

Pause. Er hängt ein, liest in dem Papier und spricht wieder ins Telefon.

Wenn das Fräulein Krekovius anrufen sollte, sagen Sie ihr, nur ein persönliches Erscheinen könne sie vor der fristlosen Entlassung bewahren.

Man sieht und hört den Aufzug kommen. Carl steigt aus und bringt einen Stoß Briefe.

3. Szene

CARL, GRISAR

CARL Die Post, Herr Direktor.

GRISAR Die Post? Wie kommt die in Ihre Hand?

CARL Der Portier ...

GRISAR Ja, ist k. o. Völlig erledigt. *Ins Telefon.* Portier? Gehen Sie sofort ins Personalbüro und lassen Sie sich auszahlen.

Er knallt den Hörer auf die Gabel.

CARL Herr Direktor, den Mann trifft keine Schuld. Er hat geglaubt, Sie hätten mich um die Post geschickt.

GRISAR Dann erst recht durfte er sie Ihnen nicht aushändigen. Der Mann ist entlassen.

CARL *schon von der Tür her*
Das kann die Firma einen Streik des gesamten Personals kosten. Und morgen beginnt der Saisonausverkauf ...

GRISAR Schicken Sie mir nur die Herren von Ihrer Gewerkschaft! Der Portier hat das strengste Verbot, die Post irgend jemandem mitzugeben. Ich habe meine Gründe für diese Anordnung.

Er steht auf und nähert sich Carl.

Wer garantiert mir zum Beispiel, daß Sie, Carl, nicht ein Spion für Braun sind?

CARL Diesmal ist Ihr Nachrichtendienst nicht auf der Höhe, Herr Direktor.

GRISAR *kehrt an den Schreibtisch zurück*

Ich habe nur eine Möglichkeit angedeutet. Haben Sie selber mich nicht soeben vor Ihrer Undankbarkeit gewarnt? Zwischen Braun und unserer Firma besteht offene Feindschaft. Erstklassige Verkäuferinnen hat er mir abgeworben. Hier, auf meiner Sprechstundenliste habe ich die Namen von dreien, die sich an ihn verkauft haben und die heute kündigen. Schuhwaren, Handschuhe und Konfektion.

CARL *immer noch an der Tür, lächelnd*

Nicht um zu kündigen, kommen die drei. Was wetten Sie? Wenn dies nicht unter Ihrer Würde ist.

GRISAR Um was Sie wollen!

CARL Wenn ich verliere, schenke ich der Firma die Idee für eine glänzende Reklame.

GRISAR Die können Sie mir gleich verraten. Sie verlieren.

CARL Und Ihr Einsatz?

GRISAR *überlegt*

Ja ...

CARL Machen Sie die Entlassung des Portiers rückgängig, das wäre ein Einsatz.

GRISAR Den riskiere ich zehnmal. *Ins Telefon* Fräulein Lisert, bitte die drei Damen!

4. Szene

GRISAR, CARL, MEYER, IRENE, HEDWIG

Meyer, Hedwig und Irene treten von links ein und nehmen, durch eine Geste Grisars aufgefordert, Platz. Sie schweigen verlegen.

GRISAR *kühl*

Sie sitzen ... Auf was warten Sie denn?

CARL *zu Grisar*

Darauf, daß ich verschwinde.

MEYER *tritt vor, entrüstet*

Ja, Herr Direktor! Gerade wegen dieses Menschen sind wir gezwungen, Ihre Zeit in Anspruch zu nehmen.

GRISAR *zu Carl*

Ah?!

CARL Ich überlasse es diesen rachedurstigen Damen, Ihnen alles so schwarz wie möglich darzustellen.

Will verschwinden.

GRISAR Hiergeblieben!

CARL *kommt wieder zurück*

Ich wollte Ihnen nur die Langeweile einer Gerichtssitzung ersparen.

GRISAR Ich bin gar nicht zu Scherzen aufgelegt.

Zu Meyer

Also. Fassen Sie sich kurz.

MEYER Ich habe ihn auf meiner Abteilung für Kinderkonfektion in der Probierkabine erwischt, der, worin ein Sofa steht für die Mütter, die während der Anprobe sitzen wollen – Sie wissen doch, Herr Direktor?

GRISAR Kurz, Fräulein Meyer! Kurz!

MEYER Da habe ich ihn auf dem Sofa erwischt. In der geschlossenen Kabine! Mit meinem jüngsten Lehrmädchen!

GRISAR *boshaft*

Mit! Wie mit? Waren Sie in Begleitung des Lehrmädchens? Mit wem befand er sich dann auf dem Sofa?

MEYER Ganz sicher befand nicht ich mich auf dem Sofa, sondern das junge Ding! Diese Helene! Noch keine sechzehn Jahre alt! Von ihm dorthin gelockt, aber ich habe sie ertappt!

GRISAR Ertappt, wobei?

MEYER Sie lag. Sitzen kann man das nicht mehr nennen.

GRISAR Und e r , der Lift?

MEYER Er kniete vor ihr.

GRISAR Und?

MEYER Seine schlechten Absichten lagen klar auf der Hand.

GRISAR Falls Absichten, dann haben Sie diese in dem Augenblick doch wohl irgendwo anders abgelesen als an seiner Hand. Oder hat er Ihnen die hingehalten wie einer Wahrsagerin. Wenn Sie ihn anklagen, dann gefälligst mit Präzision.

MEYER Ich ziehe es vor, Sie nicht zu verstehen. Aber ich frage Sie, Herr Direktor: wenn ich nun ahnungslos, mit einer Kundin und deren Töchterchen, zum Anproben eines Kleidchens dorthin gekommen wäre und der Dame den Vortritt in die Kabine gelassen hätte ... mit dem Kind! ...

CARL Fräulein Meyer, waren Kunden in der Nähe?

MEYER Ha! Er gibt zu, daß es wahr ist!

CARL Sie aber werden zugeben, daß sich weder in der Nähe Kundschaft befand noch überhaupt im Hause. Es war nämlich Dienstag, vor neun Uhr. Dienstags wird die Kundschaft erst um 10 Uhr eingelassen. Because Einkaufszeit für das Personal!

GRISAR Noch etwas, Fräulein Meyer?

MEYER Ich denke, es reicht.

GRISAR Ganz meine Meinung. Ich sehe, daß Sie Ihre Lehrmädchen sehr schlecht beaufsichtigen.

Zu Hedwig und Irene

Und Sie? Was führt Sie zu mir?

Telefonzeichen

Einen Augenblick.

Er hebt ab, horcht und lächelt.

Sagen Sie dem Fräulein Krekovius, daß sie vorläufig vom Dienst suspendiert ist. Und lassen Sie sie nicht im Wartezimmer sitzen. Geben Sie ihr einen Stuhl in Ihrem Büro.

Pause. Er legt den Hörer auf, dann zu Hedwig und Irene, die sich beim Hören des Namens »Krekovius« angeblickt haben.

Nun?

IRENE *weist auf Hedwig*

Ich spreche zugleich im Namen meiner Kollegin. Wir haben uns bitter zu beklagen.

GRISAR Zu beklagen, das genügt. ›Bitter‹ ist Zeitverschwendung. Also zu beklagen, worüber?

IRENE *auf Carl zeigend*

Morgens, wenn wir oben von der Etage des Reservelagers hinunterfahren wollen, wir und unsere Lehrmädchen, beladen wie die Packesel, und nach dem Aufzug klingeln, dann läßt dieser freche Kerl ...

GRISAR *ungeduldig*

Was läßt er?

IRENE Uns warten! Aber wie!

HEDWIG Mit all der Ware, die wir auf den Armen haben!

IRENE Während e r im Aufzug von oben nach unten und von unten nach oben saust.

HEDWIG Ohne anzuhalten!

IRENE Mit diesem Lehrmädchen von der Konfektion ...

HEDWIG Immer mit derselben!

IRENE Und die Kunden können sich die Finger wund klingeln ...

HEDWIG Er läßt sich nicht stören und macht weiter seine Knutschfahrt im Lift!

IRENE Und wenn sie Knutschfahrt sagt ...

HEDWIG ... dann nur, um nicht ein deutlicheres Wort zu gebrauchen!

GRISAR Also Sie nehmen die Aufzüge für den Transport der Ware auf Ihre Abteilungen auch wenn die Kundschaft bereits eingelassen ist? Wie oft schon habe ich das untersagt? Nach neun Uhr dürfen Sie nur die Lastenaufzüge benutzen. Und Sie, Lift! Was heißt das, dieses Geschaukel durch's Haus mit jener Person?

CARL Ist vorgekommen. E i n Mal! Sie erinnern sich vielleicht, wer mich da erwischt hatte. Aber damals haben Sie mir verziehen. Sie waren so nobel.

GRISAR Ich werde Ihnen ›nobel‹ geben. In der nächsten Lohntüte finden Sie einen Abzug.

Er notiert etwas. Dann zu Meyer, Irene und Hedwig. Das gleiche blüht Ihnen, wenn Sie noch ein einziges Mal nach Einlaß der Kunden die Aufzüge benutzen. Sonst noch etwas?

IRENE Nein.

MEYER Nein.

GRISAR Nein? Dann halte ich Sie nicht länger hier.

Zeigt auf die Tür.

Meyer, Irene und Hedwig ab.

Zu Carl:

Und ebensowenig Sie.

CARL *triumphierend*

Die drei haben nicht gekündigt.

GRISAR *wütend ins Telefon*

Fräulein Lisert, die Entlassung des Portiers ist annulliert.

CARL *zum Aufzug gehend, ironisch*

Das erspart Ihnen einen Streik.

Carl ab.

Grisar lacht vor sich hin, dann schließt er die Haupttür, die zum Vorplatz des Aufzugs führt. An den Schreibtisch zurückgekehrt, scheint er plötzlich besorgt. Er nimmt zögernd den Hörer ab.

GRISAR *ins Telefon*

Fräulein Krekovius bitte. Die anderen schicken Sie fort. Und stellen Sie fest, ob Fräulein Schmidt gekommen ist.

5. Szene

GRISAR, CILLA

Cilla Krekovius tritt vom Büro der Sekretärin her ein. Grisar blickt sie streng an, als sie unaufgefordert auf dem Stuhl vor dem Schreibtisch Platz nimmt. Er bleibt stumm, auch als sie ihm zulächelt. Erst als sie sich eine Zigarette anzündet, steht er auf und nimmt sie ihr aus der Hand. Er drückt die Zigarette im nächsten Augenblick aus, als er zu dem Kontrollfenster geht, um zu sehen, was sich in den Verkaufsräumen zuträgt, deren Geräusche (Frauenstimmen) ins Zimmer dringen. Cilla beobachtet wütend sein Tun.

GRISAR *zum Schreibtisch zurückkehrend*

Man weiß, daß ich nicht rauche.

CILLA *haut ihre Handtasche auf den Tisch*

Aha!

GRISAR *schiebt die Tasche an den Rand des Tisches*

Was, aha! In diesem Büro habe ich es Dir nie erlaubt.

CILLA Nie! So eine Ewigkeit ist es noch nicht her ...

Grisar zuckt die Achseln.

Gestern waren es genau vierzehn Tage. Der Empfang war ähnlich liebenswürdig wie heute.

Sie macht Grisars Stimme nach.

Was wünschen Sie, Fräulein Krekovius? Und in meiner Wohnung? Und am Sonntag?

Wieder mit ihrer natürlichen Stimme.

Ach, Du warst so komisch!

Grisar bleibt stumm.

Cilla, nervös

Und einen Stuhl hast Du mir damals erst angeboten, als ich Dir meinen Vertrag mit Braun zu lesen gab. Dir muß man etwas bieten, das für die Firma interessant ist, sonst bist Du nicht die Spur galant.

Grisar schweigt. Er fixiert sie.

Cilla, immer unsicherer

Die drei haben also gekündigt? Heute schon?

Grisar bleibt weiter stumm.

Seit zwei Wochen weißt Du, wer von Deinen Leuten zu Braun geht. Wem verdankst Du das?

GRISAR Bitte nicht wieder die Arie von Deiner Anhänglichkeit an die Firma. Heute morgen bin ich nicht aufgelegt für Märchenopern.

CILLA Märchen! Also nur aus Berechnung bin ich von Braun schnurstracks zu Dir gegangen. Und nur aus Berechnung habe ich mich Dir an den Hals geworfen.

Grisar ist wieder aufgestanden und steht jetzt vor dem Kontrollfenster, das er öffnet.

Cilla folgt ihm und schreit so laut, daß sie den Stimmenlärm aus den Verkaufsräumen übertönt

Und nur, weil die Kartenschlägerin es mir vorausgesagt hat, daß wir eines Tages einen Junggesellen namens Grisar als Direktor haben würden, hat all die Jahre keiner, der mir nachgelaufen ist, irgend etwas bei mir erreicht!

GRISAR *schließt das Kontrollfenster*

Habe ich jemals das Wort ›Berechnung‹ Dir gegenüber gebraucht?

CILLA *schlägt sich mit beiden Fäusten an die Stirn*

Aber da oben ist es! Und da oben denkt das seit vierzehn Tagen: Die will mich aufs Standesamt lotsen!

GRISAR *kehrt an den Schreibtisch zurück*

Immer das Intime hier im Büro.

CILLA *ihm folgend*

Wer hat mir denn gesagt: »Bilde Dir nur nichts ein, ich werde Dich nie heiraten«?

Sie sinkt auf den Stuhl und bricht in Schluchzen aus.

Und vorgestern erst! Von der Schmidt Ohrfeigen und von Deiner schnippigen Sekretärin den Bescheid, ich solle mich am Montag beschweren wie jede andere. In Deiner Denunziantenaudienz!

GRISAR Gerade für D i c h konnte ich keine Ausnahme machen.

CILLA Doktor der Rechte, und so wenig Herz!

GRISAR *mit sehr milder Stimme*

Cilla!

Er streckt ihr die Hand hin und steht zugleich mit ihr auf. Sie küssen sich.

Was hast Du mir am Samstag nur für Sachen gemacht?

CILLA Wie die Schmidt mich gepiesackt hat, das habe ich Dir nie sagen wollen, Du hast genug andere Sorgen.

GRISAR War es wirklich so schlimm?

CILLA Mich von der Abteilung fortekeln, das wollte sie. Aber ich habe – wie dir versprochen! – die bescheidene Zweite Verkäuferin gespielt und nie gegen sie aufgemuckt. Auch am Samstag nicht. Da hatte ich Trikots, die für den Saisonausverkauf etikettiert werden sollten, an den falschen Platz gelegt. Gleich fuhr sie mich an: »Jetzt sind Sie schon zwei Wochen bei mir und wissen hier noch immer nicht Bescheid.« Gegen elf kam dann dieser Unglückskunde. Blick natürlich nur für mich! Ein Hemd wollte er. »Den Herrn bediene ich«, wirft sie mir giftig hin und drängt mich von der Theke weg. Ich sage nichts. Kein Wort, ich schwöre es. Nur als sie dann dem Kunden sagte: »Dieses Fräulein kann Wolle nicht von Baumwolle unterscheiden, sie gehört irgendwo ganz anders hin als hinter einen Ladentisch«, da habe ich ihr geantwortet: »Fräulein Schmidt, wissen Sie überhaupt noch, was Sie sagen.« Das war alles. Aber da hatte sie auch schon angefangen zu schreien: »Ich weiß nicht, was ich sage? Hier.« und schlug mich ins Gesicht. Da erst habe ich ihr a u c h eine geschmiert.

GRISAR *nachdenklich*

Wo nimmt eine Schmidt den Mut her und führt sich derart auf? Sie wird doch nicht ... bei Braun?

CILLA So dumm ist keiner, die zu nehmen. Nein! Wir waren ja auch alle zusammen, als Braun uns den Vertrag übergab.

GRISAR Wenn Du es mit der Schmidt nicht aushältst, ist es schlimm.

CILLA Für mich? Wieso? Du selber nennst sie doch einen Kundenschreck! Und Du hast jetzt endlich einen Grund, sie hinauszupfeffern!

GRISAR Ich darf die Schmidt jetzt nicht entlassen.

CILLA *außer sich*

Aber das soll doch nicht heißen ... nein!

GRISAR *versucht, aber ohne Erfolg, Cilla an sich zu ziehen*

Cilla! ... Ich handle in Deinem Interesse, und ich bitte Dich um eins: streite Dich niemals mehr mit der Schmidt.

CILLA Die Schmidt! Immer die Schmidt! Wirf sie raus, und gib mir die Abteilung.

GRISAR Rauswerfen! Zwei Monate vor ihrem Jubiläum!

CILLA *schlägt sich auf die Stirn*

Ach ja! Und ich Schaf habe dafür auch noch etwas gegeben! Für einen Teppich.

GRISAR Wir müssen die Schmidt überraschen. Wegen Braun. Das Jubiläum wird riesig aufgezogen. Als Reklame gegen ihn. Er eröffnet ja am gleichen Tag. Die Generaldirektion hat mir ein Programm auferlegt ... lachhaft übertrieben! Jeder meiner Einwände ist übel aufgenommen worden. Dahinter steckt ein persönlicher Haß des Generaldirektors gegen Braun. Verstehst Du jetzt, wieso die Schmidt bis zum 1. Oktober Narrenfreiheit hat?

CILLA Die mißbraucht sie nach Noten.

GRISAR Das ist es ja, was mich beunruhigt. Von den Jubiläumsplänen weiß außer mir nur ihr Sohn und der auch nicht alles. Cilla, wenn Du meinen Weisungen blind folgst, bist Du im Herbst Erste Verkäuferin, mit den Rechten einer Rayonchefin.

CILLA Aber morgen muß ich doch nicht zu der Schmidt zurück, auf Herrenwäsche!

GRISAR Hoffentlich zu der. Wenn s i e jetzt ginge, was Gott verhüte, schickt mir die Zentrale sofort eine andere Erste Verkäuferin. Dich als Nachfolgerin der Schmidt vorzuschlagen, dafür ist es mindestens einen Monat zu früh. Du bist noch nicht lange genug in der Branche. Und das ist mein letztes Wort, überleg es Dir also, und nimm die Schuld an dem Vorfall auf Dich.

CILLA *versucht, ihn zu umarmen.*

GRISAR *entzieht sich ihr, geht zur linken Tür und öffnet*
Fräulein Lisert! Lassen Sie Fräulein Krekovius im Kartothekzimmer warten und rufen Sie mir Carl, ja?

CILLA *schließt die Tür und umarmt ihn*
Ich verstehe jetzt. Bis zu dem Jubiläum stecke ich alles ein von der Schmidt. Sie wird mir ja nicht jeden Tag eine langen! Soll sie nur jubilieren an ihrem Jubiläum. Nach dem Fest aber ... jeder ist einmal dran! Ich jubiliere, Du jubilierst, wir jubilieren.

GRISAR Bis heute abend.
Dann scherzhaft-laut
Ende der Unterhaltung!
Cilla ab.
Mit sorgenvoller Miene öffnet Grisar die Haupttür. Man sieht Carl aus dem Aufzug kommen. Er tritt ein.

6. Szene

CARL, GRISAR

CARL Herr Direktor ...

GRISAR Setzen Sie sich.

Verweist ihn auf das Bänkchen. Ins Telefon.

Lassen Sie Fräulein Schmidt heraufkommen und bei Ihnen warten.

Carl steht unruhig auf. Grisar setzt sich auf das Bänkchen und zwingt Carl, neben ihm Platz zu nehmen.

Also kurz ... zunächst einmal: Schwamm über das, was Ihre Tante am Samstag getan hat. Ferner: Die Generaldirektion hat mir endlich Genaueres für das Jubiläum mitgeteilt ... Ihretwegen, Carl, habe ich einiges einstecken müssen. Hatte ich Sie nicht davor gewarnt, mich die Pension überhaupt, und dann in solcher Höhe, beantragen zu lassen? Ich wußte es doch: Nie würde man einen Präzedenzfall dieser Art schaffen. Dafür, und entgegen Ihren Prophezeiungen, ist die Firma auf andere Weise großzügig. Sie schenkt Ihrer Tante ein Kapital.

CARL *betroffen*

In bar?

GRISAR Wenn ich sage Kapital, meine ich Geld.

CARL *steht auf*

Ein Kapital!

Nach kurzem Nachdenken

Aber doch nicht das, was man ein Kapital nennt?

GRISAR *ironisch*

Marxistisch betrachtet ist es eine kompromittierende Summe. Ihre Tante kann sich damit selbständig machen und in einem eigenen Laden zur Stärkung des Kapitalismus beitragen.

CARL Wenn man mit diesem Geschenk die Nebenabsicht verfolgt, mich in meiner Eigenschaft als Mitglied des Betriebsrats zu beeinflussen, Fehlanzeige.

GRISAR *geht zurück an seinen Schreibtisch*

Die Generaldirektion wird untröstlich sein. Gerade Sie zum Kapitalismus zu bekehren, ist der heißeste Wunsch des Verwaltungsrates, des Aufsichtsrates und unserer sechzigtausend Aktionäre.

Pause. Dann sachlich

Außer diesem Kapital bekommt sie natürlich ihre Medaille, ... überreicht durch den Generaldirektor persönlich, im Rahmen einer großen Feierlichkeit.

CARL Aber ursprünglich hatte die Firma sich an dem Jubiläum vorbeidrücken wollen. Geben Sie es doch zu.

GRISAR Die Feier soll eine Überraschung sein! Und das Geschenk erst recht! Setzen Sie sich ... Es handelt sich um nicht weniger als um fünfundzwanzigtausend! Fünfundzwanzig Tausender bekommt Ihre Tante auf die Hand. Dieses enorme, noch nie gemachte Geschenk ist freilich an Bedingungen geknüpft: Daß Ihre Tante diese annimmt, sollten Sie, Carl, erreichen. Sie muß die Konsequenzen aus dem Skandal ziehen, sich mit Fräulein Krekovius versöhnen und – das alles noch heute! – schriftlich ihre Versetzung auf einen ruhigeren Posten beantragen, wo sie nichts mehr mit der Kundschaft zu tun hat. Bis zum Jubiläum mag sie auf Herrenwäsche bleiben.

CARL *überlegt, dann*

Verzichten Sie lieber gleich auf jede Feier.

GRISAR Fünfundzwanzig Tausender – immerhin eine massive Vergoldung der Pille.

CARL Ja, ... aber die Versetzung von ihrer Abteilung!

GRISAR Steht unwiderruflich fest! Sie wollen das Beste für Ihre Tante. Also bringen Sie die Frau zur Einsicht.

CARL *zögernd*

Ich rede heute abend mit ihr.

GRISAR Nein. Hier und sofort. Eine Feier von dieser Bedeutung kann nicht von heute auf morgen improvisiert werden.

CARL Erfahren, daß sie von Herrenwäsche wegversetzt wird und daß sie sich dann auch noch mit der ...

Pause. Carl blickt Grisar fest an.

... mit der versöhnen soll, die doch wohl ihre Nachfolgerin wird, das, Herr Direktor, scheint mir etwas zu viel verlangt von der armen Frau.

GRISAR Gut. Die Versöhnung mit Fräulein Krekovius, später. Ich spreche mit ihr noch heute morgen. Aber dann soll Ihre Tante nachher besser nicht auf die Abteilung zurückgehen, sondern nach Hause. Für den Rest des Tages. Hier, der Passierschein für sie.

Grisar reißt einen grünen Schein von einem Block, der auf dem Schreibtisch liegt, unterschreibt ihn und reicht ihn Carl. Dann öffnet er die Tür zum Zimmer der Sekretärin.

Fräulein Schmidt bitte!

Marie Schmidt tritt ein.

7. *Szene*

GRISAR, MARIE SCHMIDT, CARL

GRISAR *ernst, zu Marie Schmidt*
Fräulein Schmidt, ich habe den Carl beauftragt, Ihnen etwas zu sagen. Ich lasse Sie allein mit ihm.
Grisar geht zur Tür.

MARIE SCHMIDT Nur eine Minute hören Sie mich bitte an.

GRISAR Ich bin eilig.

MARIE SCHMIDT Mein Brief ... es tut mir sehr leid ...

GRISAR Was für ein Brief?

MARIE SCHMIDT Haben Sie ihn nicht bekommen?
Mit leiser Stimme und ängstlichem Blick auf Carl
Er enthielt meine Kündigung.

GRISAR Ihre Kündigung! Sie ... ?

MARIE SCHMIDT Ich schämte mich, hier zu bleiben ... nach dem, was mit Fräulein Krekovius vorgefallen ist ...

GRISAR *achselzuckend*
Auch darüber wird Carl mit Ihnen sprechen.
Er wendet sich zur Tür des Zimmers der Sekretärin, dreht sich aber plötzlich um.
Wann haben Sie Ihre Kündigung abgegeben?

MARIE SCHMIDT Ich habe sie mit der Post geschickt. Vorgestern, Samstag. Während der Mittagspause.

GRISAR Gleich nach dem Vorfall also.
Nach einem langen Blick auf Carl.
Carl, wußten Sie nichts von diesem Brief?

MARIE SCHMIDT *zwischen sie tretend*
Wir sind böse miteinander. Ich spreche nicht mit ihm.

CARL *zu Grisar*
Aber ich wußte, daß sie ihn schreiben würde, den Brief. Ich habe ihn abgefangen ...

GRISAR Wie ...!

MARIE SCHMIDT Abgefangen ...?

CARL *zu Grisar*
Ja. Ich habe ihn aus der Morgenpost weggenommen.

MARIE SCHMIDT Carl, Du hast Dich an der Post von Herrn Grisar vergriffen?

GRISAR Das ist unqualifizierbar.

CARL Heute morgen noch haben Sie mir gesagt, daß Sie mich als den Vormund meiner Tante betrachten.

GRISAR Und in dieser Eigenschaft haben Sie den Brief unterschlagen?

CARL Damit die Sache für meine Tante nicht noch schlimmer wird.
Heftig zu Marie Schmidt
Denn nach dem, was Du am Samstag gemacht hast, war es nicht an Dir, der Firma zu kündigen, sondern an der Firma, Dir den Laufpaß zu geben! Und mit was für einem Zeugnis! Jeder andere als Herr Grisar hätte Dich auf der Stelle entlassen. Daß er es nicht getan hat, verdankst Du einzig seiner Besonnenheit.
Zu Grisar gewandt
Im Gegensatz zu Dir weiß Herr Grisar sich zu beherrschen, auch wenn sein Zorn noch so berechtigt ist.

MARIE SCHMIDT Ich weiß, Herr Grisar, ich verdiene nicht, daß Sie mich behalten.

CARL Laß das.
Zu Grisar
Haben Sie meine Gründe verstanden?

GRISAR Auf das, was Sie sich mit meiner Post erlaubt haben – auf Kosten des armen Portiers! – kommen wir noch zurück. Diesen Übergriff lasse ich Ihnen nicht durchgehen!

MARIE SCHMIDT Er hat es meinetwegen getan und damit Sie sich nicht ärgern.
Heftig zu Carl
Sieh endlich Dein Unrecht ein. Das ist etwas sehr Schlimmes, wenn man fremde Post an sich nimmt. Noch dazu die vom Chef!

CARL *mühsam beherrscht*
Ich bitte Dich.
Zu Grisar
Soll ich dennoch mit meiner Tante reden?

GRISAR *widerstrebend*
In dieser Hinsicht hat sich nichts geändert.
Zu Marie Schmidt, unfreundlich
Sobald Carl Ihnen alles erklärt hat, gehen Sie nach Hause und kommen erst morgen wieder.
Grisar ab.

MARIE SCHMIDT *faßt Carl fest ins Auge*
Wie lange willst Du dieses Spiel noch treiben?

CARL Was für ein Spiel?

MARIE SCHMIDT Vor vierzehn Tagen habe ich bei Herrn Braun unterschrieben. Vor v i e r z e h n Tagen! Und Herr Grisar weiß es noch immer nicht. Ich kann es nicht länger aushalten mit meinem schlechten Gewissen.

CARL Aha, deswegen der Krach mit der Krekovius! Vom Zaun gebrochen! Du wolltest vor die Tür gesetzt werden ...

MARIE SCHMIDT Seit vierzehn Tagen komme ich mir vor wie der leibhaftige Judas.

Zunehmend lauter

Oh, was habe ich gegrübelt und gegrübelt! Du bist eine gemeine Betrügerin ... Tag und Nacht sage ich mir das ... Da bleibst Du auf Herrenwäsche, ein Schloß vor dem Mund, und während dieser ganzen Zeit ahnt einer von gar nichts: Herr Grisar. Und der bereitet heimlich, aber ganz gewiß, auf den 1. Oktober ein schönes Jubiläum für Dich vor! Gerade auf den Tag, an dem ich drüben anfangen soll. Das ist doch gemein, ihn in diesem Irrtum zu lassen.

Carl zuckt die Achseln.

Gut! Gut! Für Dich ist er der Chef, der Feind. Aber meine Kollegen. Du, der Du Dich immer zu ihrem Anwalt machst, kannst es ruhig mitansehen, daß Fräulein Lisert heimlich sammelt für den Kauf eines Teppichs, den sie mir schenken wollen, wo Du doch weißt, daß ich am 1. Oktober nicht mehr ihre Kollegin bin ...

CARL Glücklicherweise nicht!

Pause

Eine schöne Enttäuschung hätte Dich hier erwartet!

MARIE SCHMIDT Und das weißt Du so genau!

CARL Weshalb hat Grisar sich denn eben gedrückt und mich mit Dir allein gelassen? Weil es ihm peinlich war, Dir etwas mitzuteilen. Etwas Unangenehmes: Die Generaldirektion hat Deine Versetzung aufs Reservelager angeordnet. Schon vor einer Woche!

MARIE SCHMIDT *erschüttert*

Carl! Das ist nicht möglich ...

ausbrechend

Oh ... fünfundzwanzig Jahre ... hinter dem Ladentisch ... immer auf den Beinen ... Und das wollten sie mir antun? ... Oh! ...

CARL Ich hatte es kommen sehen, Mama. Verstehst Du jetzt, warum ich Dich bei Braun untergebracht habe!

MARIE SCHMIDT *schweigt düster, dann laut*

Geh, hole ihn mir her, den Direktor! Ich will ihm ins Gesicht sagen, was ich von der Firma halte. Er soll alles hören, alles, was ich immer bestritten habe, wenn D u es gesagt hast, alles von der Schlechtigkeit der Arbeitgeber.

CARL Grisar ist die falsche Adresse. Der ist selber nur ein Angestellter. Er ist empört darüber, daß man ihm zumutet, Dir diese Versetzung mündlich mitzuteilen. Seit einer Woche hat er schon den Brief und ist krank davon.

MARIE SCHMIDT Deswegen war er so melancholisch all die letzten Tage.

CARL Also sei folgsam, geh nach Hause und denke nach, ob Du bereit bist zu tun, was er vorschlägt.

MARIE SCHMIDT Er?

CARL *seufzt, dann*

Du sollst ihm einen Brief schreiben. Einen Brief, den er, Dein Chef, denn das ist er ja noch, Dir nicht gut diktieren kann. Du sollst darin erklären, daß Du diese beleidigende Verbannung, diese Trennung von der Kundschaft nicht hinnehmen kannst und daß Du lieber gehst.

MARIE SCHMIDT *nach kurzem Überlegen*

Das heißt doch, daß ich kündige?

CARL *überrascht von der törichten Frage*

Natürlich! Und auf diese Weise sicherst Du Dir einen feinen Abgang.

MARIE SCHMIDT Endlich! Mir fällt ein Stein vom Herzen.

Pause

Aber nach Hause gehen, das kann ich jetzt nicht! Morgen beginnt der Saisonausverkauf. Da ist noch viel vorzubereiten.

CARL Auf Deiner Abteilung ist die Krekovius.

MARIE SCHMIDT Sie bekommt meine Stelle, nicht wahr?

Carl zuckt mit den Achseln.

Das wird etwas geben, wenn ich nicht da bin und die Herren Unterwäsche verlangen.

CARL Also gehorche jetzt Herrn Grisar und geh nach Hause.

MARIE SCHMIDT *ärgerlich*

Ja, ja. Er hat es mir ja selbst gesagt.

Pause.

Aber ich weiß nicht, ich weiß nicht, Du hast etwas vor. Diesen

Brief, den Du unterschlagen hast ... Carl, Du machst mir Angst!

Sie setzt sich erschöpft auf das Bänkchen.

Immer diese Gewerkschaftssachen ... und diese Broschüren, die Du verteilst ... Und jetzt, was ich da jetzt wieder machen soll, dieses Schreiben an Herrn Grisar. Carl, ist das auch nicht wieder so was ... so was Marxistisches?

CARL Keine Angst. Es ist nur Dialektik, Mama.

MARIE SCHMIDT Was ist d a s denn wieder?

CARL Eine Methode, zum richtigen Denken und richtigen Handeln.

MARIE SCHMIDT Aha! Dialektik ... Oh, ich gebe es auf! Dich ändern, das bringe ich doch nicht zuwege.

Schon im Gehen

Komm nicht zu spät zum Essen. Ich muß wohl den Fahrstuhl nehmen?

Bereits im Aufzug

Weißt Du, daß ich der Krekovius am Samstag ein paar geklatscht habe, das freut mich noch hinterher.

Marie Schmidt ab.

Sobald der Aufzug verschwunden ist, zieht Carl aus seiner Brieftasche ein Papier, knäuelt es zusammen und wirft es auf den Boden.

Er tritt einen Schritt zurück, betrachtet es prüfend, stellt dann die Stühle ein wenig um und legt das Papier auf einen anderen Platz am Boden. Dann öffnet er die Tür zum Zimmer der Sekretärin.

CARL *mit tonloser Stimme*

Ist Herr Grisar bei Ihnen?

Im nächsten Augenblick kommt Grisar herein.

8. Szene

GRISAR, CARL

Carl blickt Grisar mit dem Ausdruck eines vernichteten Menschen an, hebt die Arme.

GRISAR Nichts ausgerichtet?

CARL Sie ist auf und davon und hat mir die Fahrstuhltür vor der Nase zugeschlagen. Die Versetzung von ihrer Abteilung, o je, o je! Und das war noch nicht das Schlimmste.

Er faßt sich mit beiden Händen an den Kopf.

Herr Direktor! Herr Direktor! Das Schlimmste wissen Sie noch nicht. Da liegt es, am Boden. Sie hat es mir an den Kopf geworfen.

Er hebt das Papier auf, faltet es auseinander und reicht es Grisar.

Da, da haben Sie die Erklärung für ihre Verbitterung, warum sie alle Welt in der letzten Zeit so oft daran erinnert hat, wie lange sie zum Hause gehört. Auch den Ausbruch gegen die Krekovius begreife ich jetzt.

GRISAR Ihr Lehrzeugnis? Was soll das heißen?

CARL Schauen Sie auf das Datum.

GRISAR Erster August! Das wäre ja morgen!

Carl zuckt mit den Achseln, bleibt stumm und läßt sich auf das Bänkchen fallen, steht aber gleich wieder auf.

CARL Auch ich war überzeugt, genau wie Sie, es sei am 1. Oktober!

GRISAR *sehr erregt ins Telefon*

Fräulein Lisert, lassen Sie mir von der Personalabteilung die ganze Kartothek vom Buchstaben »S« bringen.

CARL Sie hat geglaubt, die Firma wolle sie nicht feiern. Stellen Sie sich vor: Die fünfundzwanzig Jahre sind morgen um!

GRISAR *während er mit der Hand auf das Lehrzeugnis klopft*

Wenn es schon morgen ist, wie kommt es dann zu dem falschen Datum? Oktober!

CARL Vierzehn Umbauten, sechs Besitzerwechsel und jedesmal eine neue Personalkartothek. Kein Wunder.

GRISAR *ins Telefon*

Lassen Sie mir auch die alten Kartotheken heraufbringen.

CARL Da sehen Sie, Herr Direktor: das Jubiläum sollte eine Überraschung sein, für meine Tante. Nun ist es eine, aber für Sie. Sie kommen zu spät.

GRISAR Zu spät!

CARL Eine Feier von dieser Bedeutung läßt sich nicht von einem Tag auf den anderen improvisieren.

GRISAR Wenn es kein Jubiläum gibt, fliege ich! . . . Ich fliege!

CARL *ironisch, auf das Telefon weisend*

Fliegen Sie, Herr Direktor. Aber in der guten Richtung!

Er nimmt den Hörer ab und drückt ihn ihm in die Hand.

Carl ab.

GRISAR *brüllt ins Telefon*
Blitzverbindung mit dem Herrn Generaldirektor persönlich! Dann die Handelskammer, die Gewerkschaft, und die Presse. Und die Kasse! Vor allem die Kasse!

Vorhang

Während der Pause kann bereits die gleiche Musik gespielt werden wie beim Aufgehen des Vorhangs zum IV. Akt.

AKT IV

Am nächsten Morgen.
In den Verkaufsräumen der Filiale des Seelhofkonzerns. Der Hintergrund der Szene ist durch einen mit silbernen Sternchen besteckten Tüllvorhang abgeschlossen, hinter dem sich der auf diese Weise in ein Zelt verwandelte Lichthof befindet. Im Vordergrund das gleiche Bühnenbild wie im ersten Akt: die Abteilung »Herrenwäsche«, der Aufzug, der Eingang für das Personal. Daneben das Telefon. Ehe der Vorhang aufgeht, hört man das Hämmern der Dekorateure, die im Lichthof arbeiten, sowie das holprige Spiel eines Amateurorchesters, das einen Festmarsch probt.

1. Szene

GRISAR

Grisar in Cut und gestreifter Hose

GRISAR *zum Lichthof hin, sehr laut*

Meine Herren, meine Herren! ... Genug geprobt. Trinken Sie schnell einen Kaffee und halten Sie sich dann für den Begrüßungstusch bereit. Und Sie dort, Herr Dekorateur! Bitte etwas weniger Lärm im Lichthof.

Grisar tritt an den Hauptladentisch, schiebt einen Ständer, an dem Krawatten hängen, beiseite und entnimmt einem Paket ein rotes Samtkissen, bläst den Staub ab und steckt die Schleife, an der die Dienstmedaille baumelt, an dem Samt fest. Das gleiche tut er mit einem durch eine silberne Schnur zusammengehaltenen Bündel Banknoten und mit dem gerollten, von einer Silberschleife umbundenen Diplom für die Jubilarin. Dann trägt er, zufrieden vor sich hinlächelnd, das Kissen auf beiden Händen in den Lichthof.

Grisar ab.

2. Szene

SCHOLZ, MEYER, HEDWIG, IRENE

Scholz, Meyer, Irene und Hedwig tragen, wie im I. und III. Akt, die gelben Arbeitskittel. Sie kommen in ganz kurzem Abstand durch den Personaleingang herein. Jede stutzt vor dem Tüllvorhang. Scholz und Irene nähern sich diesem zögernd, indes Meyer sich an den Ladentisch lehnt.

SCHOLZ Was machen die nur da im Lichthof?

MEYER Scholz, hierher! Der Portier hat gesagt: »Zur Herrenwäsche und dort warten . . .« Wir warten also hier.

Hedwig kommt vom Hof herein, trägt einen Kamm in der Hand, stutzt mehr als die anderen vor dem Tüllvorhang.

HEDWIG *etwas ängstlich*
Ich werde auf Herrenwäsche geschickt. Warum?

IRENE *auf Meyer und die Scholz zeigend, ironisch*
Bist in bester Gesellschaft. Die Moralpräsidentin von Konfektion mit ihrer Dorfidiotin.

HEDWIG Was ist denn los?

MEYER *nach einem bösen Blick zu Irene hinüber, trocken*
Das werden wir ja bald sehen.

HEDWIG *berührt den Tüllvorhang*
Oh, das Zelt! Für den Saisonausverkauf haben wir sonst doch nie speziell dekoriert.

IRENE *zu Scholz*
Merkwürdig! Warum sollen gerade wir vier hier warten?
Gefäß des Wissens, an was erinnert Dich das?

HEDWIG Ja! Wir vier! Dieselben, die zusammen bei Braun gewesen sind.

SCHOLZ Dann weiß es Grisar.

IRENE Und wenn! Wir haben doch unseren Vertrag mit Braun! Schon vergessen, Intelligenzbestie?

MEYER Fräulein Krekovius ist offenbar aber nicht herbestellt.

IRENE *hißt sich auf den Ladentisch*
Oder sie kommt einmal wieder zu spät, die Tragödin.

HEDWIG Seit sie auf Herrenwäsche ist, nie mehr!

IRENE Hat ihr bei der Schmidt nichts genutzt. Am Samstag, Päng, Päng!

SCHOLZ Und die Schmidt? Entlassen oder nicht?

HEDWIG Gestern morgen hat Grisar sie zu sich zitiert und dann hat man sie nicht mehr gesehen.

SCHOLZ *anzüglich*

Und die Cilla hat ganz allein die Abteilung auf dem Buckel gehabt. Abends war sie aber so guter Stimmung, daß ich mir gleich was gedacht habe.

HEDWIG Tue ich schon längst. Seit vierzehn Tagen ist die nicht mehr die alte.

MEYER Jetzt klatscht doch nicht wieder. Es ist ihr Vertrag mit Braun. Auch ich fühle mich seit vierzehn Tagen wie neugeboren.

IRENE Schade, daß man es Ihnen so wenig ansieht.

SCHOLZ Die Cilla hat einen gefunden, glaubt mir! Erfahrung. Sie himmelt den Grisar ja auch nicht mehr an und abends kommt sie nicht schnell genug in die Garderobe.

HEDWIG Stimmt! Nicht einmal die Strafversetzung unter die Knute der Schmidt hat ihr etwas ausgemacht.

IRENE *in affektiertem Ton, auf Hedwig und Scholz weisend*

Fräulein Meyer, dieses oberflächliche Volk kennt die Bedürfnisse der Seele so wenig wie die Satten die des leeren Magens.

Sie wendet sich zu Hedwig und Scholz.

Was wundert Ihr Euch, daß die Cilla so glücklich aussieht und daß sie gestern sogar dem Carl gesagt hat, sie verzeihe der Schmidt die Ohrfeigen vom Samstag. Ja, könnt Ihr denn nicht verstehen? Nach den Jahren auf Parfümerie, einer so ausgesprochenen Weiberabteilung, kann die Verbannung auf Herrenwäsche der Cilla doch nur wie die Zulassung ins Paradies vorkommen. Da hat sie den ganzen Tag mit M ä n n e r zeug zu hantieren und fast nur M ä n n e r zu bedienen.

Sie fixiert Fräulein Meyer.

Wer von uns ohne Liebhaber lebt, sollte nie zu viele Jahre hindurch ausschließlich Weiberkram verkaufen. Das muß ja den Charakter verderben. Finden Sie doch auch, Fräulein Meyer?

MEYER Ihre primitiven Impertinenzen können mich gar nicht erreichen ...

In diesem Augenblick ist Grisars Stimme, vom Lichthof herkommend, zu hören. Meyer, Hedwig, Scholz und Irene fahren erschreckt zusammen und horchen zum Lichthof hin.

GRISARS STIMME Sie da ...! Rücken Sie den Buchsbaum etwas weiter vom Podium weg. Die Redner müssen den Arm bewegen können. Und der Teppich! Der liegt ja schief! Da! Vor den Sesseln ... Machen Sie doch vorwärts ...

Grisar verstummt, man hört nur mehr das Hämmern und – undeutlich – die Stimmen der Dekorateure.

In diesem Augenblick kommt Grisar aus dem Lichthof.

3. Szene

IRENE, GRISAR, MEYER, SCHOLZ, HEDWIG

Im Laufe dieser Szene treten Irene, Meyer, Hedwig und Scholz mehrere Male kurz ab und treten sogleich wieder auf.

Grisar überquert im Eilschritt die Bühne, öffnet, ohne Meyer, Scholz, Hedwig und Irene beachtet zu haben, einen Flügel des Personalausgangs und streckt den Kopf hinaus.

IRENE Guten Morgen, Herr Direktor!

Grisar dreht sich nicht um und ruft in den Hof.

GRISAR Portier! Niemand darf sich im Hof aufhalten. Das gesamte Personal soll sich sofort nach Eintreffen in der Kantine versammeln.

Er überquert von neuem im Eilschritt die Bühne, diesmal in Richtung zum Lichthof, hält dann aber plötzlich vor Meyer, Scholz, Hedwig und Irene.

Und Fräulein Krekovius?

MEYER Haben wir nicht gesehen.

IRENE *frech*

Ist sie auch herbeordert?

GRISAR *kalt und ironisch*

Offenbar. Deshalb wiederholen Sie Ihrer Kollegin, was ich Ihnen jetzt sage:

Zeigt auf das Tüllzelt.

In einer halben Stunde feiern wir die fünfundzwanzig Dienstjahre einer treuen Angestellten, Ihrer Kollegin Fräulein Schmidt. Die Überraschung ist während der Nacht vorbereitet worden. Sie, meine Damen, sollen es als erste erfahren, weil Sie – Sie vier und Fräulein Krekovius – unsere besten Verkäuferinnen sind; selbst in den Augen der Konkurrenz. Draußen stehen Körbe mit Blumen. Die tragen Sie in den Lichthof und dekorieren damit das Rednerpult. Später, während des Festaktes, schmücken Sie dann die Abteilung unserer guten Jubilarin.

MEYER Beim Festakt sind wir demnach nicht dabei?

GRISAR Überlegen Sie, meine Damen. Wir ehren heute fünfundzwanzig Jahre treuer Anhänglichkeit an unsere Firma. Fragen Sie sich selbst, aus welchem Grunde ich gerade Ihnen das Schauspiel dieses Festes ersparen möchte. Gehen Sie! Und beeilen Sie sich, meine Damen!

Er entläßt sie durch eine Handbewegung. Meyer, Irene, Hedwig und Scholz gehen.

Fräulein Meyer! Bitte.

Meyer bleibt stehen. Die anderen ab zum Hof. Grisar lehnt sich an den Ladentisch und wartet, bis Meyer vor ihm steht. Während diese mit Grisar spricht, bringen Hedwig, Irene und die Scholz Blumensträuße herein, die sie ihr, zu ihrem Ärger, in den Arm legen oder auf die Ladentische werfen. Zuletzt tragen sie zu dritt eine lange Girlande vom Hof über die Bühne und verschwinden damit in den Lichthof hinter dem Tüllvorhang.

GRISAR Fräulein Krekovius wird bald da sein, nehme ich an. Richten Sie es so ein, daß sie von Fräulein Schmidt, wenn diese kommt, nicht sofort gesehen wird.

MEYER Oh, Fräulein Schmidt sieht heute morgen sicher nicht sehr klar!

GRISAR Wieso?

MEYER Sie hat die ganze Nacht geweint.

GRISAR *beunruhigt*

Etwas passiert?

MEYER Die arme Frau hat mich aus dem Bett geschellt.

GRISAR Und was wollte sie?

MEYER Die Adresse meines Lehrmädchens natürlich, der Helene. Als ob ich deren Vormund wäre! Ich bedanke mich! Bei der hat die unglückliche Schmidt ihren Neffen gesucht, aber nicht gefunden.

GRISAR Carl ist doch nicht die ganze Nacht weggeblieben?

MEYER Doch. Wußten Sie es nicht: Er ist frech und frühreif, im Laster so schlimm wie in der Politik.

GRISAR Er hatte mir versprochen, dafür zu sorgen, daß seine Tante heute morgen etwas später erscheine als sonst. Wegen der Überraschung.

MEYER Heute, wo der Saisonausverkauf beginnt! Da kommt sie gewiß eher früher als später. Sie unterschätzen das Pflichtbewußtsein Ihrer Angestellten.

GRISAR *hebt verzweifelt die Arme und weist auf die Blumen, die sich auf dem Arm der Meyer und auf dem Ladentisch angehäuft haben* Bringen Sie die Blumen hinüber in den Lichthof.

Nach einem giftigen Blick auf Grisar, Meyer ab zum Lichthof. Grisar faßt sich an die Stirn, dann läuft er zum Personalausgang, macht aber kehrt und läuft zurück zum Lichthof. Von dort kommend, wohin sie Blumen gebracht hatten, erscheinen Irene, Hedwig, Scholz, Meyer. Grisar, die Arme in die Hüften gestemmt, mustert sie, als sie an ihm vorbei dem Personalausgang zustreben.

Hopp! Machen Sie zu! In fünf Minuten muß alles fertig sein.

Zu Irene, die als letzte provozierend langsam geht.

Und Sie, die Lumpensammlerin! Los, los! Etwas dalli gefälligst.

Er läuft zu dem Vorhang und ruft in den Lichthof.

Dekoration! Lassen Sie das Personal direkt herein, nicht erst durch die Kantine.

Meyer, Irene, Hedwig und Scholz kommen vom Hof her und bringen, im Eilschritt, Girlanden zum Lichthof, aus dem sie sofort wieder herauskommen. Grisar läuft ihnen voraus zum Personalausgang und schaut hinaus. Dann wischt er sich mit dem Taschentuch die Stirn, lehnt sich an einen der Ladentische und sieht Meyer, Irene, Hedwig und Scholz nach, die in Richtung Hof verschwinden. Meyer, Irene, Hedwig und Scholz ab.

4. Szene

GRISAR, CILLA

Cilla tritt strahlend, vom Hof her, ein. Grisar nimmt sie in die Arme und küßt sie. Plötzlich drängt er sie von sich weg und blickt sie lächelnd an. Die Hammerschläge und ein langsam angewachsenes Stimmengewirr, das ununterbrochen vom Lichthof her herübergedrungen war, setzen sich wechselnd laut und weniger laut fort.

GRISAR Verbrecherin! Wann solltest Du hier sein?

CILLA Du hast mir gesagt: nicht zu früh!

GRISAR Aber doch auch nicht s o spät! Die anderen fragen sich schon, wieso ausgerechnet Du nicht hier bist.

CILLA Ich habe so sehr an Dich gedacht! Da ging es mit dem Anziehen nicht vorwärts!

Grisar nimmt sie wieder in die Arme und küßt sie, bis sie sich von ihm löst.

Laß mich jetzt. Ist besser.

Sie stürzt sich von neuem in seine Arme.

O Paul, ich bin ja so glücklich! ... Zum ersten Mal! Wirklich und ganz glücklich! Und Du?

GRISAR *zärtlich*

Liebes ...

CILLA Du denkst es doch nicht mehr, nicht wahr?

GRISAR Was?

CILLA Daß ich Dich aufs Standesamt schleppen will.

GRISAR Habe ich doch nie geglaubt.

Kurze Pause. Sie blicken sich zärtlich an. Grisar droht ihr plötzlich mit dem Finger.

Jetzt heißt es vernünftig sein.

Zeigt auf das Zelt.

Die anderen müssen den Lichthof schmücken, geh und hilf ihnen. Wenn die Schmidt nur nicht zu früh kommt.

Cilla geht in Richtung Lichthof. Bevor sie das Zelt erreicht, kommen Meyer, Hedwig, Irene und Scholz vom Hof, mit Girlanden beladen, herein und begeben sich zum Lichthof. Sie blicken erstaunt auf Cilla, die sich nach ihnen umgewandt hat.

5. Szene

GRISAR, MEYER, CILLA, HEDWIG, IRENE, SCHOLZ

GRISAR Fräulein Krekovius, geruhen Sie gefälligst, Ihren Kolleginnen ein bißchen zu helfen. Fräulein Meyer, hat Ihnen die Dekoration erklärt, wie die Girlanden im Lichthof hängen sollen?

MEYER Ja, Herr Direktor.

GRISAR Und werden Sie mir nicht hysterisch, Fräulein Krekovius, wenn von Fräulein Schmidt die Rede ist.

Meyer, Irene, Hedwig, Scholz und Cilla in Richtung Lichthof ab. Von ebendorther erscheint in diesem Augenblick eine Rundfunkreporterin. Sie trägt ein Mikrophon und einen viereckigen Apparat, an dem ein Telephon hängt. Die Kabel der beiden Apparate verlieren sich hinter ihr auf der anderen Seite des Tüllvorhangs.

6. Szene

REPORTERIN, GRISAR

REPORTERIN Wenn ich in dem komischen Zelt nicht kampieren soll, wo denn dann, Herr Direktor?

GRISAR Dort, hinter dem Ladentisch. Die Jubilarin darf Sie nicht bemerken. Erst wenn sie den Lichthof betreten hat, können Sie mit der Reportage beginnen.

REPORTERIN Bedaure, wir übertragen direkt, ich muß pünktlich anfangen. Auf die Sekunde! Daß Sie den Rundfunk überhaupt herbekommen, ist Ausnahme genug. Muß die Firma einen langen Arm haben!

GRISAR *keß*
Hat sie.

REPORTERIN Und das Fernsehen? Dafür hat der Arm wohl nicht gereicht.

GRISAR Die Kameras hätten die Jubilarin erschreckt, und sie wäre uns sofort weggelaufen.

REPORTERIN *ungläubig*
Na, na ...
Sie zieht ein maschinenbeschriebenes Papier, einen Diktatblock und einen Kugelschreiber aus ihrer Handtasche und überfliegt kurz das Blatt.

REPORTERIN Ihr Text! Zuviel Reklame. Sagen Sie: Soll ich wirklich die Höhe des Geldgeschenks erwähnen? Üblich ist das nicht, wissen Sie.

GRISAR Wir sind es müde, immer als schäbig hingestellt zu werden.

REPORTERIN Nicht vom Rundfunk!

GRISAR Von dessen Zuhörern aber.

REPORTERIN Gut, ich sage die Ziffer. Fünfundzwanzigtausend ...

GRISAR Weiter können Sie sagen, daß die Dekoration die ganze Nacht gearbeitet hat. Ein Rekord! Sie hat Wunder vollbracht.

REPORTERIN Sachte, Opa, nicht so schnell! ... Ich bin keine Stenotypistin!

GRISAR *zuckt vor der Anrede ›Opa‹, beherrscht sich aber und diktiert langsam weiter*
Der Generaldirektor ...
Er verbessert sich.
Der Herr Generaldirektor ...

REPORTERIN Der Herr Generaldirektor ...

GRISAR ... ist eigens für den Festakt hergereist.

REPORTERIN ... ist eigens für den Festakt hergereist.

GRISAR So! Das wäre es.

REPORTERIN So! Das wäre es.

GRISAR Aber nicht doch! Streichen Sie die letzten vier Worte.

Pause.

Das wäre alles ... Oma!

Wütender Blick der Reporterin. Grisar eilt zum Personaleingang.

Portier! Wenn Fräulein Schmidt erscheint, schicken Sie sie mir sofort in den Lichthof.

Man hört ein langes Glockenzeichen.

REPORTERIN *blickt auf ihre Uhr*

Geht's schon an?

GRISAR Nein, das war für mich. Ich muß jetzt zum Hauptportal. Dort empfange ich unsere Ehrengäste. Machen Sie mir ja eine schöne Reportage!

7. *Szene*

MEYER, GRISAR, IRENE, SCHOLZ, REPORTERIN, HEDWIG, CILLA

Meyer, Irene, Scholz, Hedwig und Cilla kommen aus dem Lichthof.

MEYER Herr Direktor, wir sind fertig im Lichthof.

GRISAR Fräulein Schmidt hat nicht die leiseste Ahnung von der Ehrung, die sie erwartet. Bleiben Sie hier, und sobald sie erscheint, sagen Sie zu ihr: »Sie müssen sofort in den Lichthof. Herr Direktor Grisar verlangt Sie.« Verstanden?

MEYER Ja, Herr Direktor.

Grisar ab zum Lichthof.

Während die Reporterin ihre Apparate zurechtmacht, setzen sich Meyer, Irene, Scholz und Hedwig auf die Stühle, die dort für die Kundschaft stehen, nur Cilla nicht.

IRENE Und wenn die Schmidt gar nicht kommt? Ein Jubiläum ohne Jubilarin – das wäre zum Jubilieren! Für uns.

SCHOLZ Und warum sollte die Schmidt denn n i c h t kommen?

IRENE Sie läuft doch ihrem Carlchen nach, ihr Carlchen aber seiner Helene, und diese Helene ihrer verlorenen Unschuld – das kann dauern.

REPORTERIN Meine Damen, wer gibt mir rechtzeitig einen Wink, wenn die Heilige des Tages ihren Einzug hält?

IRENE Die erkennen Sie schon: fünfundzwanzig Jahre ... »Mitarbeiterin« bei Seelhof, das geht nicht spurlos vorüber, sehen Sie diese Kollegin an.

Sie zeigt auf die Meyer.

Und die ist erst zehn Jahre hier.

MEYER *nach einem entrüsteten Blick auf Irene*

Ich gehe auf den Hof und komme sie ankündigen.

REPORTERIN *zu Meyer*

Danke!

Meyer ab.

Die Reporterin spricht in ihr Telefon:

Alles fertig? Hier ja. Aber die, an der das Wunder geschehen soll, ist noch nicht erschienen. Bis sie da ist, mache ich Schmonzetten.

Sie hängt ein, macht sich Notizen und achtet während des folgenden nicht auf das, was um sie vorgeht.

Grisar tritt, vom Lichthof kommend, ein.

8. Szene

GRISAR, IRENE, REPORTERIN, HEDWIG, SCHOLZ, CILLA

GRISAR *ironisch*

Ihnen geht es gut?

Mit einer Handbewegung auf die Ladentische weisend zu Irene, Hedwig, Scholz, die noch sitzen, und zu Cilla, plötzlich in scharfem Ton.

Holen Sie doch schon Girlanden und schmücken Sie die Abteilung. Gewonnene Zeit!

IRENE *ohne sich zu erheben*

Wir dachten, das sollten wir erst machen, wenn Fräulein Schmidt drüben im Zelt vergewaltigt wird.

GRISAR Sie darf gar nicht dazu kommen, die Girlanden zu bemerken! Los, los!

Hedwig, Irene und Scholz ab. Cilla, die ihnen langsam gefolgt ist, kehrt vor der Tür noch einmal um und tauscht mit Grisar einen Kuß. Cilla ab.

Die Reporterin, die ihnen den Rücken zukehrt, hat nichts gesehen.

Grisar kehrt zu dem Zelt zurück und verschwindet im Lichthof. Grisar ab. Inzwischen hat die Reporterin, immer wieder auf die Uhr blickend, ihr Mikrophon so untergebracht, daß man es beim Eintreten vom Personaleingang her nicht sieht. Sie stellt ein Spiegelchen auf den Ladentisch und holt ihren Lippenstift hervor. Nach einem letzten Blick auf die Uhr spricht sie ins Mikrophon. Während ihrer Reportage frisiert und schminkt sie sich. Sie hat kaum begonnen zu sprechen, da kommen Hedwig, Irene, Scholz und Cilla, vom Hof her, mit Girlanden und einem Emblem zurück, auf dem eine große Fünfundzwanzig prangt.

9. Szene

REPORTERIN, HEDWIG, IRENE, SCHOLZ, CILLA

Hedwig, Irene, Scholz und Cilla steigen auf die Ladentische und hängen die Girlanden über die Regale der Abteilung, während die Reporterin spricht.

REPORTERIN Liebe Zuhörerinnen, liebe Zuhörer, ich wende mich heute morgen speziell an die Hausfrauen, die das immer seltener werdende Privileg haben, nicht in einer Fabrik, in einem Büro oder hinter einem Ladentisch ihr Brot verdienen zu müssen. Meine Damen, Sie haben gewiß bereits die Betten gemacht und die Zimmer abgestaubt, Ihr Mann ist auf der Arbeit oder im Dienst, die Kinder sind in der Schule, und Sie selbst sitzen vielleicht gemütlich in der Küche beim Kartoffelschälen, oder die besonders Begünstigten unter Ihnen noch am Kaffeetisch. Sie, meine Damen, frage ich nun: Ermessen Sie, was es heißt, fünfundzwanzig Jahre lang, Tag für Tag, von morgens bis abends, hinter dem Ladentisch zu stehen und Kunden zu bedienen, die sehr oft alles andere als Engel sind? Das ist aber gerade die Geschichte der Marie Schmidt, deren Jubiläum heute gefeiert wird. Ich befinde mich hier in dem ältesten Warenhaus der Stadt, am Eingang des Lichthofs, und werfe jetzt einen Blick auf die bereits vollzählige Festversammlung, die dort das Kommen der Jubilarin erwartet. *Die Reporterin steigt auf den Ladentisch. Grisar erscheint, vom Lichthof her.*

10. Szene

REPORTERIN, GRISAR, HEDWIG, IRENE, SCHOLZ, CILLA

Grisar stellt sich vor den Ladentisch. Die Reporterin schaut Grisar ironisch an.

REPORTERIN Der Anblick ist märchenhaft. Eine enorme Tüllwolke hat aus dem Lichthof ein mit silbernen Sternchen besetztes, gigantisches Zelt gemacht. In der Mitte steht das Pult für die Festredner, daneben – als eines der Fräulein Schmidt zugedachten Geschenke – ein fabelhafter Fernsehapparat, und auf einem Tischchen liegen, in nagelneuen Scheinen unter einer Silberschnur verpackt, die Fünfundzwanzigtausend, die der eigens für diese Gelegenheit herbeigereiste Generaldirektor in wenigen Minuten der Jubilarin überreichen wird.

Sie entfernt das Mikrophon vom Mund und deckt die Hand darüber. Zu Grisar, in brüskem Ton.

Und jetzt! Was soll ich denen weiter vorstricken? Ich sehe hier ja nichts.

GRISAR *souffliert der Reporterin die folgenden Worte, die sie jeweils laut ins Mikrophon hinein wiederholt.*

Das Orchester des Hauses ...

REPORTERIN Das Orchester des Hauses ...

GRISAR Wird vom Leiter der Abteilung ...

REPORTERIN Wird vom Leiter der Abteilung ...

GRISAR Aluminium, Blech und Eisenwaren dirigiert.

REPORTERIN Aluminium, Blech und Eisenwaren dirigiert.

GRISAR Dem Rednerpult gegenüber ...

REPORTERIN Dem Rednerpult gegenüber ...

GRISAR Sitzen die Herren Vertreter der Stadtverwaltung ...

REPORTERIN Sitzen die Herren Vertreter der Stadtverwaltung ...

GRISAR Der Handelskammer und der Gewerkschaften ...

REPORTERIN Der Handelskammer und der Gewerkschaften ...

GRISAR Sowie zwei Herren vom Domkapitel ...

REPORTERIN Sowie zwei Herren vom Domkapitel ...

Sie stemmt eine Hand auf die Hüfte.

Und ich sehe auch einen anderen, noch jungen Geistlichen ...

GRISAR Den Beichtvater der Jubilarin.

REPORTERIN *anzüglich*

Den Beichtvater der Jubilarin, wie ich soeben von Herrn Direktor Grisar erfahre ...

Meyer stürzt, vom Hof her, herein.

11. Szene

MEYER, REPORTERIN, GRISAR, IRENE, SCHOLZ, HEDWIG, CILLA

MEYER Sie kommt!
REPORTERIN Es geht los!
GRISAR *wiederholt mechanisch*
Sie kommt!
Begreift auf einmal, ruft kopflos.
Es geht los!
Er versteckt schnell das allzu sichtbare Emblem mit der Fünfundzwanzig, läuft auf den Lichthof zu, brüllend:
Licht! Musik! Achtung!
Grisar ab.
Die Reporterin verbirgt sich mit ihrem Mikrophon hinter einem der Ladentische. Irene, Hedwig, Scholz und Cilla lassen ihre Girlanden los, verstecken rasch die noch nicht aufgehängten und stellen sich, dem Eingang gegenüber, vor den Ladentischen auf.
MEYER *aufgeregt*
Kennt Ihr noch das Stichwort?
IRENE *verdrossen*
Im Schlaf!
Herunterleiernd
»Sie müssen sofort in den Lichthof. Der Herr Direktor verlangt Sie, Fräulein Schmidt.«
SCHOLZ Aber wir werden das doch nicht im Chor aufsagen, wie in der Schule!
MEYER Ich werde es ihr sagen. Mit mir hat sie niemals Krach gehabt. Und Sie, Cilla, verstecken Sie sich ein bißchen ...
Marie Schmidt kommt, werktäglich gekleidet, herein. Sie sieht müde und tief bekümmert aus.

12. Szene

MEYER, MARIE SCHMIDT, REPORTERIN,
HEDWIG, SCHOLZ, IRENE, CILLA

Meyer tritt auf Marie Schmidt zu.
MEYER Fräulein Schmidt, der Herr Direktor will Sie sofort sprechen. Im Lichthof.
MARIE SCHMIDT Der Portier hat es mir schon gesagt.

MEYER *nimmt ihr die Handtasche ab*

Geben Sie mir die und beeilen Sie sich. Der Herr Direktor wartet.

MARIE SCHMIDT *unruhig*

Lieber Gott! Wenn nur dem Carl nichts passiert ist!

GRISARS STIMME *vom Lichthof her*

Musik!

Marie Schmidt stürzt zum Lichthof.

Marie Schmidt ab.

Sobald sie hinter dem Tüllvorhang verschwunden ist, fällt die Musik, untermischt mit Händeklatschen, ein. Meyer, Hedwig, Scholz und Cilla laufen, um zuzusehen, an das Tüllzelt. Irene langsam hinter ihnen her. Die Reporterin, die sich hinter dem Ladentisch versteckt hatte, spricht in das Mikrophon; ihre Stimme übertönt die Musik.

REPORTERIN *sehr laut, am Mikrophon*

Das Klatschen von einigen hundert Händen hat die völlig überraschte, ja man muß schon sagen, überrumpelte Jubilarin empfangen. Direktor Grisar, der ein paar Sekunden lang mit größter Gemütsbewegung die Überraschung seiner alten Verkäuferin genossen hat, löst sich aus der Gruppe der Ehrengäste und kommt ihr, beide Hände herzlich ausgestreckt, entgegen.

Meyer, Scholz, Hedwig, Cilla und Irene schreien auf.

O Gott! ... Etwas Schreckliches, meine Zuhörer! Die Jubilarin, wohl unter dem Schock der Überraschung, ist zusammengebrochen, zu Boden gestürzt, sie wird aufgehoben ... Aber es war gewiß nur eine ganz leichte Ohnmacht, die Ehrengäste kehren zu ihren Sesseln zurück.

Schüttelt zornig ihr Mikrophon.

Verdammt! Unterbrochen, abgeschnitten!

Die Reporterin will zum Lichthof, prallt dabei auf Marie Schmidt, die von Grisar wie eine Kranke von dort herausgeführt wird. Reporterin ab.

13. Szene

GRISAR, MARIE SCHMIDT, MEYER, HEDWIG, SCHOLZ, IRENE, CILLA

GRISAR *zu Meyer*

Schnell einen Arzt!

Meyer läuft zum Personalausgang.

MARIE SCHMIDT Um Gottes Willen, keinen Arzt, Herr Grisar. Ich muß Ihnen etwas sagen.

GRISAR *zu Meyer, Hedwig, Scholz, Irene und Cilla, heftig*
Nein, keinen Arzt. Verschwindet!
Er zeigt auf den Personalausgang.
Meyer, Hedwig, Scholz, Irene und Cilla ab.

GRISAR *äußerst unfreundlich, zu Marie Schmidt*
Also, was ist?

MARIE SCHMIDT Sie dürfen mich nicht feiern, Herr Direktor. Ich bin bei Braun engagiert.

GRISAR Was?

MARIE SCHMIDT Gerade heute wollte ich noch einmal kündigen. Zum zweiten Mal. Was der Carl mit mir anstellen will, ich verstehe es nicht mehr.
Kurze Pause.

GRISAR Der Gauner!

MARIE SCHMIDT Nicht wahr, Herr Direktor, Carl hat uns beide hereingelegt?

GRISAR Das ist nun geschehen!... Aber wenn Sie nicht sofort mit mir in den Lichthof zurückkehren, lacht die ganze Stadt über mich.

MARIE SCHMIDT Aber... Carl...?

GRISAR *sich beherrschend*
Um den machen Sie sich keine Sorgen!

MARIE SCHMIDT Er ist verschwunden, seit gestern!

GRISAR Kein Wunder, nach diesem Streich.

MARIE SCHMIDT Glauben Sie?

GRISAR *zieht sie nach dem Zelt hin*
Los, los, kommen Sie. Und kein Wort von Ihrer Anstellung bei Braun.

MARIE SCHMIDT Was muß ich jetzt tun?

GRISAR Lächeln, Fräulein Schmidt, lächeln Sie: Dies ist doch der schönste Tag Ihres Lebens. Lächeln Sie. Kommen Sie nur.
Er zieht sie mit sich fort.
Grisar und Marie Schmidt ab.
Sobald die beiden hinter dem Tüllvorhang verschwinden, hört man schmetternde Musik aus dem Zelt. Meyer, Hedwig, Scholz, Irene und Cilla treten vom Hof her wieder ein.

14. Szene

MEYER, HEDWIG, SCHOLZ, IRENE, CILLA

Hedwig und Scholz bringen ein Pappschild, einen Eimer mit Farbe und Pinsel, befestigen das Schild an einem der Regale der Herrenwäscheabteilung und malen im Laufe dieser und der nächsten Szene die Worte »WIR EHREN DIE TREUE« *darauf. Cilla, Irene und Meyer bringen Girlanden, die sie an den Regalen der Abteilung und am Gitter des Liftschachtes aufhängen. Sobald die Musik aussetzt und Grisars Stimme vom Lichthof her vernehmbar wird, lauschen sie dorthin, verlassen aber, außer Cilla, während dieser und der nächsten Szene nie ihre Plätze und bleiben mit der Ausschmückung der Abteilung beschäftigt.*

GRISARS STIMME Meine Damen und Herren! Von der Überraschung überwältigt, hat unsere Jubilarin eine leichte Ohnmacht erlitten. Glücklicherweise aber geht es ihr jetzt wieder gut, und ich kann somit unseren Herrn Generaldirektor bitten, das Wort zu ergreifen.

Man hört Beifall und von nun an, bis zur 21. Szene, öfter durch Händeklatschen unterbrochen, daß im Lichthof Reden gehalten werden, die aber nicht zu verstehen sind.

Die Reporterin kommt vom Lichthof zurück und spricht in ihr Telefon.

15. Szene

REPORTERIN, IRENE, MEYER, HEDWIG, SCHOLZ, CILLA

REPORTERIN Studio? Die hatten abgeschaltet, ich mache jetzt im Lichthof weiter.

Sie hängt ein und packt rasch ihre Sachen zusammen.

IRENE *zur Reporterin*

Die Ohnmacht, war die echt?

REPORTERIN *skeptisch*

Altmodisch genug wäre die dafür. Bye, bye, die Damen.

Sie begibt sich hinter den Tüllvorhang.

Reporterin ab.

Carl stürzt aufgeregt vom Hof her herein.

16. Szene

MEYER, IRENE, CARL, SCHOLZ, CILLA

Carl blickt kurz zu dem Zelt.

Er ist nicht in Livree und unordentlich gekleidet, ohne Krawatte. Er geht zum Telefon und blättert fieberhaft im Namensverzeichnis.

MEYER *ironisch*

Herr Schmidt!

IRENE Und in Galakluft für die Galavorstellung dort ...

CARL *heftig, während er im Telefonverzeichnis sucht*

Mir ist nicht nach Jubiläum zumute. Gehen Sie mir lieber Herrn Grisar holen.

MEYER *sie tippt sich höhnisch auf die Stirn*

Mitten in der Feier!

CARL *sich beherrschend*

Ich muß ihn sofort sprechen.

MEYER Aber e r nicht S i e.

IRENE Pfeifen Sie ihm doch.

SCHOLZ *zu Carl*

Warum gehen Sie nicht selber hin!

CARL Wenn meine Tante mich sieht, ist ihr alles verdorben ...

MEYER Geweint hat sie genug Ihretwegen.

CILLA *tritt an ihn heran, freundlich*

Carl ...

CARL *flehend*

Holen Sie mir Herrn Grisar?

CILLA Etwas mit Ihrer Freundin, nicht wahr?

Kleine Pause. Dann erschreckt

Carl, was haben Sie angestellt?

CARL Ich! Sie! Sie ist fort! Durchgebrannt mit einem reichen Kerl, in einem großen amerikanischen Wagen. Und ihre Mutter war dabei, das ist das Schlimmste ...

IRENE Dann kann man ja endlich wieder den Aufzug benutzen. Also Schluß mit den Knutschfahrten durch die Etagen.

HEDWIG War auch Zeit.

Meyer, Hedwig, Scholz und Irene lachen.

CILLA Aber wie kann Herr Grisar da etwas tun ...

CARL Helene ist noch minderjährig, und Herr Grisar ist ihr Chef: da kann er die Polizei alarmieren.

CILLA Und die Eltern?

CARL Ihre eigene M u t t e r war in dem Wagen.

CILLA Warten Sie, ich will sehen, ob ich Herrn Grisar herbringen kann . . .

Cilla geht zum Lichthof.

Cilla ab.

Carl sieht ihr einen Augenblick unschlüssig nach, dann tritt er an das Telefon und nimmt den Hörer ab.

CARL Die Polizeidirektion . . . Für Herrn Grisar. Ich soll am Apparat warten, bis die Verbindung da ist.

IRENE Da hört doch alles auf! Unser Hausrevolutionär ruft die Polizei zu Hilfe! Und noch wegen was und wegen wem!

CARL *am Telefon*

Polizeidirektion? Hier Dr. Grisar, Direktor von Seelhof & Co. Eine dringende Angelegenheit. Ein Lehrmädchen unserer Konfektionsabteilung – minderjährig! – ist gestern von einem älteren Herrn im Auto entführt worden, und wir haben den Verdacht . . .

Die Flügel des Personalausgangs werden mit Krach aufgestoßen. Rhoden erscheint, rückwärts hereinkommend, auf der Schwelle und spricht aufgeregt in den Hof hinein. Im gleichen Augenblick erscheint, gleichfalls rückwärts hereinkommend, Braun.

17. Szene

RHODEN, BRAUN, MEYER, HEDWIG, SCHOLZ, IRENE, CARL

RHODEN Wenn ich Ihnen doch sage, wir sind eingeladen . . .

BRAUN *in den Hof zurückrufend*

Haben Sie jetzt genug, Sie versoffenes Individuum?

Braun zieht seine Jacke und seine Krawatte zurecht und setzt seinen herabgefallenen Hut wieder auf.

RHODEN Ah, da ist er ja . . .!

Er hat den am Telefon stehenden Carl entdeckt, packt ihn von hinten und hält ihn fest.

MEYER Herr Braun!

BRAUN *noch einmal zur Portiersloge hin*

Wollen Sie die Einladung noch einmal sehen . . .

Carl erblickend.

Aha, da haben wir ihn ja, den Burschen!

MEYER
HEDWIG
SCHOLZ
IRENE
Psst, leise, Herr Braun! ... Oh! ...

BRAUN *sehr laut, zu Carl*
Ist das Ihr erster Oktober? Männchen, das zahle ich Ihnen aber heim ...

MEYER
HEDWIG
SCHOLZ
IRENE
Psst! Psst! Herr Braun!

BRAUN *wie vorher*
Sie werden lernen, daß man mit Braun nicht so umspringen kann! Was Verpflichtungen sind, das werde ich Ihnen beibringen ...

MEYER Leiser, Herr Braun, Sie sehen doch, die Feier ...

BRAUN *wie vorher*
Die Gosche, Ihr alle!
Zu Carl, während er zwei Zeitungen aus der Tasche zieht
Hier, heute morgen eine volle Spalte über das Jubiläum von Fräulein Schmidt! Und hier sogar einundeinehalbe! Das Ganze schamlos als Reklame für Seelhof aufgezogen! Und der Rundfunk! Immer nur Seelhof! Fräulein Schmidt! Warenhaus Seelhof! Das Jubiläum! Seelhof! Nichts als Seelhof!
Während dieser und der folgenden Szene macht Rhoden die gleichen Gesten wie Braun, als wolle er alles, was dieser sagt und tut, gutheißen oder bestätigen.

CARL *versucht vergebens, sich aus Rhodens Griff zu befreien*
Meine Tante ist von der Direktion überrumpelt worden! Sie ist heute früh ahnungslos zu Hause fortgegangen und hat von nichts gewußt.

BRAUN Und Sie, Sie haben a u c h von nichts gewußt! Na warte mein Bürschchen, mit dem Braun sollen Sie sich aber verrechnet haben!
Grisar tritt vom Lichthof her ein.
Cilla folgt ihm.

18. Szene

GRISAR, CILLA, BRAUN, CARL, RHODEN, IRENE, SCHOLZ, MEYER, HEDWIG

GRISAR Was ist hier los?

CILLA Das ist Herr Braun . . .

GRISAR *sehr beherrscht*
Das Kaufhaus?

BRAUN *mit dem Hut grüßend*
Derselbe.

GRISAR *äußerst kühl*
Sind Sie gekommen, um unsere Feier zu stören?

BRAUN Ich bin gekommen, um einen Betrug zu verhindern. Einen Betrug, den dieser kleine Schurke eingefädelt hat.
Er wendet sich wieder an Carl, der sich aus Rhodens Griff befreit.
Geben Sie mir sofort meinen Vertrag heraus. Sie denken doch nicht, daß ich Fräulein Schmidt jetzt noch bei mir einstelle.

CARL Vertrag ist Vertrag, Herr Braun.

BRAUN Dieser Vertrag ist unter einer stillen Voraussetzung abgeschlossen worden, und die haben Sie nicht respektiert. Er existiert nicht mehr! Er ist hin! Zerrissen, ungültig, niemals gewesen! Dort, diese Feier hat ihn annulliert.

CARL Dann gehen wir vor Gericht. Stille Voraussetzungen! Das gibt es juristisch nicht, Herr Braun. Fräulein Schmidt wird ihr Recht finden.

BRAUN Das werden wir ja sehen! Auch i c h habe Anwälte. Die werden Ihnen zeigen, was ein Jubiläum ist. Dieses verschiebbare Jubiläum, das mir am Hintern kleben soll, wie Sie mir vor vierzehn Tagen vorlogen, als Sie mich mit dem Lehrzeugnis von Fräulein Schmidt hereinlegen wollten.

GRISAR Wie?

RHODEN *zu Grisar*
Ja, ja, der erste August . . .!

BRAUN So ein kleiner Lift, der noch nicht trocken hinter den Ohren ist, das will Herrn Braun übertölpeln!

GRISAR *entrüstet, zu Carl*
Wie? Schon vor vierzehn Tagen haben Sie dieses Lehrzeugnis gekannt!

BRAUN Und ob er es gekannt hat!
Zu Rhoden
Nicht wahr?

RHODEN Mehr als gekannt hat er es.

GRISAR Also auch das Datum?

BRAUN Erster August? Jawohl, eine schmutzige Kanallje, jawohl! Das ist er.

GRISAR Mein Vertrauen so zu täuschen. Carl!

CARL Sie durften keines haben. Ich hatte Sie ausdrücklich gewarnt.

BRAUN *faßt Grisar bei den Armen, als suche er dessen Zustimmung*
Gesindel, alle beide! Er und sein Fräulein Mutter.
Grisar macht sich wütend frei. Sehr kurze Pause.

GRISAR *sehr scharf*
Seine Tante, Herr Braun. Und wer gibt Ihnen überhaupt das Recht, mein Personal zu beleidigen? Hier – in meinem Geschäft?

BRAUN Ihr Personal?! Ihr Laden! Ihrer!

RHODEN *zu Braun*
Sein Laden . . .!

GRISAR *zu Carl*
Ziehen Sie sich sofort um und marsch in den Lichthof. Es ist unverzeihlich, daß Sie bei der Feier nicht anwesend sind.
Carl bleibt wortlos.
Carl ab.
Zu Meyer, Hedwig, Scholz, Irene und Cilla.
Nun, meine Damen, fertig mit der Dekoration?

CILLA
IRENE
SCHOLZ
MEYER
HEDWIG } Ja, Herr Direktor.

GRISAR *zu Braun, indem er Hedwig unsanft am Arm packt*
Wenn Sie Lust haben, können Sie diese Damen auf der Stelle mitnehmen. Sie werden ohnedies bald Ihre Verkäuferinnen sein, nicht wahr?

CILLA Nicht ich! Herr Braun, ich widerrufe meinen Vertrag mit Ihnen. Sie halten Ihren mit Fräulein Schmidt nicht ein, ich habe kein Vertrauen mehr in Sie.

BRAUN *drohend*
Fräulein Krekovius, wenn Sie nicht bei mir am ersten Oktober anfangen, verlieren Sie laut Gesetz automatisch das Recht, in einem K o n k u r r e n z unternehmen der Stadt zu arbeiten, also weiterhin hier tätig zu sein. Obendrein hätte ich das Vergnügen, Ihnen eine Konventionalstrafe abzuknöpfen.

CILLA Ist das wahr, Herr Direktor?

GRISAR Leider.

CILLA *vernichtet*

Dann muß ich im Oktober also bei Braun anfangen?

GRISAR *obenhin*

Wenn Sie mich bis dahin nicht heiraten, ja.

Cilla erstarrt, die anderen reißen die Augen auf und stoßen sich gegenseitig mit den Ellbogen an.

IRENE *zu Hedwig*

Was habe ich gesagt?

SCHOLZ *zu Meyer*

Wie raffiniert die sich den eingefangen hat.

Cilla, verletzt durch diese Bemerkungen, blickt traurig zu Irene und Scholz. Dann tritt sie vor Grisar.

CILLA Solche Scherze darf man nicht machen, Herr Direktor.

GRISAR Ihren Vertrag mit Braun können Sie nur annullieren, wenn Sie sich vor dem ersten Oktober verheiraten. Ich denke, mit mir wäre es das Beste, – wenigstens für mich.

Cilla schließt die Augen.

BRAUN Dann behalten Sie sie doch meinetwegen. Und Ihr Jubiläum ist mir auch ganz egal. Am ersten Oktober hätte es mich schwer gestört, bei meiner Eröffnung. Aber in den zwei Monaten, die ich noch vor mir habe, wird man das hier vergessen!

Er zeigt auf das Zelt, dann auf Hedwig, Irene, Scholz und Meyer.

Einstweilen nehme ich Ihnen die vier Damen da fort. Prima Verkäuferinnen, Seelhof weggekapert, das hat der Braun doch fein gemacht!

GRISAR Meine Damen, ich halte Sie nicht zurück.

MEYER *zu Hedwig, Irene und Scholz*

In diesem Fall schuldet Seelhof uns zwei Monate Gehalt. Wir schulden der Firma nur das ...

Sie zieht ihren Kittel aus und knallt ihn auf den Ladentisch. Die drei anderen tun dasselbe und gehen, Braun zunickend, zum Personalausgang.

Meyer, Irene, Hedwig, Scholz ab.

Nach einem ironischen Blick auf Grisar folgen ihnen Braun und Rhoden.

Braun und Rhoden ab.

19. Szene

CILLA, BRAUN, GRISAR

CILLA *wirft sich Grisar in die Arme*
Paul ...
Sie fahren auseinander. Braun ist zurückgekommen, den Hut schief auf dem Kopf, er grinst boshaft.

BRAUN Ich vergaß noch etwas: ein Lehrmädchen Ihrer Konfektionsabteilung hat sich gestern mit seiner Mutter in meinen Schutz geflüchtet. Schutz vor dem jungen Schmidt. Eifersucht, gewalttätige. Den Chef hintergehen und seinem Mädchen ans Leben, da weiß ich, wie das endet. Ich habe die beiden Damen für meinen Haushalt engagiert. Morgen lasse ich die Papiere des Fräulein Helene auf Ihrem Personalbüro abholen.

GRISAR *angewidert*
Bekommen Sie, bekommen Sie.
Er kehrt Braun den Rücken zu, zieht Cilla mit sich und geht mit ihr dem Lichthof zu, wo die Feier ihren Fortgang nimmt.
Braun starrt den beiden nach, knipst plötzlich mit dem Finger seinen Hut hoch und lacht.

BRAUN *murmelnd*
Doktor der Rechte ...
Er lacht laut und geht hinaus.
Braun ab.

GRISAR Das ist seine Rache an Carl.

CILLA *schüttelt den Kopf*
Geworden. Hinterher. Entführt hat er sie schon gestern.

GRISAR Als Carl mich hereingelegt hat.

CILLA Straf ihn nicht, Braun hat es ja besorgt.

GRISAR *umarmt sie*
Ich muß mich drüben zeigen.
In diesem Augenblick kommt Carl vom Hof herein.

20. Szene

CARL, GRISAR, CILLA

CARL Herr Direktor ...

GRISAR Warum sind Sie nicht drüben?

CARL Ich kann nicht.

GRISAR Ach. So zartbesaitet. Auf einmal.

CILLA Sei nett zu ihm, ja?

CARL *überrascht*
Danke, Fräulein Krekovius.

CILLA Demnächst Frau Grisar, Carl!

CARL Glückwunsch. Darf ich Ihnen, Herr Grisar, als Verlobungsgeschenk einen Rat offerieren? Daß Fräulein Schmidt zu Braun hinüberwechselt, ist jetzt ganz unmöglich. Die Firma würde sich zu lächerlich machen.

GRISAR Und Fräulein Schmidt bei Braun sehr schlecht aufgenommen werden.

CARL Ich wüßte, wie sie hier nützlicher als je, und doch im Kontakt mit der Kundschaft bleiben könnte: als Aufsichtsdame. Beklagen Sie sich nicht immer, daß bei uns so viel gestohlen wird?

GRISAR *zögernd und säuerlich*
Gut. Vorausgesetzt: die Generaldirektion bewilligt es. Sie, Carl, hätten dann also auf der ganzen Linie gewonnen. Gegen Braun und gegen mich.

CARL Auf einer anderen habe ich verloren.

GRISAR Ach! Ich dachte immer, einem aktiven Gewerkschaftler wie Ihnen dürften Enttäuschungen auf jenem Sektor nichts anhaben.

CILLA Warum kränkst Du ihn?

CARL *zu Cilla*
Verdient hätte ich es.
Zu Grisar
Nicht von Ihnen kommend, natürlich. Aber objektiv. Ja, ich habe zu wenig an die Gewerkschaft gedacht und zu viel an das Private, an mich. Wenn Sie wüßten, warum ich die arme Frau zu Braun verfrachtet habe, den w a h r e n Grund!

GRISAR Aha ...

CARL Ja, die Strafe kam schnell. Wie stehe ich jetzt da! Fertiggemacht von einem verdorbenen jungen Ding, das sich hat kaufen lassen. Mir ist schön elend zumute. Das Schlimmste dabei ist mein schlechtes Gewissen.

GRISAR Wo auch könnten Sie ein gutes hernehmen, mir gegenüber.

CARL Immer Ihre Fehlschlüsse. I h n e n gegenüber, was soll mich da bedrücken. Nein, schuldig fühle ich mich ganz woanders. Da, wo es für mich niemals Spaß geben dürfte.

CILLA *gütig*
Der, den Sie sich mit Ihrer Tante geleistet haben ...

CARL Wenn es nur d a s wäre! Hätte ich denn nicht aus dieser Frau einen denkenden Menschen machen müssen!

GRISAR *sarkastisch*

Ja, eine richtige Genossin, eine Klassenkämpferin . . .

CARL Die auf dieses Jubiläum gepfiffen hätte. Und auf so manches andere!

GRISAR *lauernd*

Aber?

CARL Aber! Ich habe sie modern lassen in Vorurteilen, statt ihr all das auszutreiben, was auch m i r in der Schule eingeimpft worden ist. Nicht einmal von dem Gotteskram habe ich sie abgebracht. In ihrer ganzen Freizeit, Meßgewänder hat sie da gestickt, für Priester, die eine Religion am Leben halten wollen, die längst tot ist und die immer gelogen hat . . .

GRISAR Aber der einzige Trost dieser Frau gewesen ist, als Sie, Carl, noch klein waren.

CARL *betroffen, matt*

Gewiß . . . Wie das Opium.

GRISAR Immer hochmütig.

CARL Ist mir vergangen. M e i n Opium war die Liebe. Das weiß ich. Jetzt, zu spät! Deswegen kündige ich auch. Ich will fort aus dieser Stadt. Hier habe ich mich und andere mit diesem verlogenen Fest zum Komplizen der Unternehmer gemacht.

Man hört Applaus aus dem Zelt und gleich darauf ein Stimmengewirr, Zeichen des Endes der Zeremonie. Carl zeigt zum Zelt.

Gleich gibt es dort Sekt für die Gäste, und der Sekretär meiner Gewerkschaft stößt mit Ihrem Generaldirektor an . . .

GRISAR *aufgeregt*

Ich muß ja hinüber!

Grisar ab.

CILLA Fort also. Und Ihre Tante?

CARL Würden Sie es ihr sagen. Ich bringe es nicht über mich. Sie ist mir mehr als eine Mutter.

Man vernimmt vom Lichthof her die Stimme der Reporterin.

STIMME DER REPORTERIN Fräulein Schmidt!

Carl läßt Cilla, die sogleich zum Lichthof hinüberblickt, stehen und läuft in den Aufzug, dessen Tür er nur zur Hälfte schließt, so daß er sichtbar bleibt. Cilla lächelt, geht zum Lichthof.

Cilla ab.

21. Szene

REPORTERIN, MARIE SCHMIDT, CARL

Die Dienstmedaille auf ihre Bluse gesteckt, erscheint Marie Schmidt und läuft zum Personalausgang. Dort dreht sie sich um, als wolle sie einen letzten Blick auf ihre Abteilung werfen. Dabei entdeckt sie das über dem Ladentisch hängende Schild »WIR EHREN DIE TREUE«. *Sie tritt näher und liest es aufmerksam, ohne zu merken, daß Carl ihr zusieht. Da kommt die Reporterin, ihr Mikrophon nach sich schleifend.*

REPORTERIN Fräulein Schmidt, bitte ein Wort an unsere Zuhörer.

MARIE SCHMIDT Lassen Sie mich!

REPORTERIN Doch! Doch! Unsere Zuhörer erwarten das!

MARIE SCHMIDT *noch zögernd*

Was soll ich denn sagen?

Sie hüstelt, Gesten der Verlegenheit.

REPORTERIN *in das Mikrophon*

Fräulein Schmidt wird jetzt selber zu Ihnen sprechen! Fräulein Schmidt! Fräulein Schmidt: An einem solchen Ehrentag schaut man zurück auf sein Leben. Wenn Sie noch einmal Ihr Leben von vorn beginnen könnten, würden Sie alles wieder genauso machen, wie es gewesen ist?

MARIE SCHMIDT Das ist eine schwere Frage, ich würde, ich würde ...

REPORTERIN Ja, würden Sie vielleicht einen anderen Beruf ...

MARIE SCHMIDT Anderen Beruf? Nein. Nie. Immer wieder würde ich Verkäuferin werden. Aber – ja, vielleicht möchte ich nicht wieder auf Herrenwäsche stehen, da wissen die Kunden was sie wollen, da sind sie kurzangebunden und so sachlich – ich würde lieber auf Parfümerie arbeiten, da wissen die Männer nicht so bestimmt, was sie brauchen, wenn sie Geschenke für Damen suchen – da lassen sie sich beraten – und – und – vielleicht wäre dann einmal einer gekommen, der mich geheiratet hätte.

Vorhang

Anmerkungen

Diesem Text liegt die französisch geschriebene, 1960 im Théâtre Hébertot zu Paris uraufgeführte comédie populaire »La Jubilaire« zugrunde. Als eine, von der Proust-Übersetzerin Frau Eva Rechel besorgte, Übertragung ins Deutsche vorlag, gab der Verfasser, angeregt durch Charles Regnier, dem Stück einen neuen Anfang. Die Änderung weitete sich zu einer so eingreifenden Umgestaltung aus, daß ein deutscher Originaltext entstand. Die hier vorliegende Fassung ist die Überarbeitung der 1968 im Insel Verlag erschienenen Buchausgabe.

Genosse Veygond

Komödie in vier Akten

Einzig gültiger Text

Überarbeitung 1972

Die Deutschen sind in ästhetischen Dingen anspruchsvolle Heuchler. Auch in der Kunst wollen sie immer ein Ding, und zugleich sein Gegenteil. Natürlich gehen sie ins Theater, um sich zu unterhalten. Aber wehe dem Autor, der sie unterhält! Dann werden sie nämlich sehr ungnädig und erklären verstimmt, sie wollten doch nicht unterhalten werden, sie wollten etwas Höheres, Gesellschaftskritik, Dichtung, Weltanschauung, womöglich alles zusammen um drei Mark fünfzig.

Josef Hofmiller, 1921

Wir haben jetzt alle Konflikte verschärft, alle Krisen vertieft. Jetzt heißt es, alles in Komödie umzusetzen, die Schärfe mit der Leichtigkeit zu vereinen, zu amüsieren!

Bertolt Brecht

Wolfgang Mettmann zum Dank

Personen

GUY VEYGOND	berühmter Autor. Dunkler Anzug
ARTHUR ROURET	Inspizient an dem Theater einer großen Provinzstadt. Ca. 40 Jahre. Graue Hose. Sporthemd. Sommerjacke
EMILE	Setzer in der Großdruckerei eines Vorortes von Paris. 25 Jahre. Jeans. Sporthemd. Sommerjacke
FRED	Bühnenarbeiter in einem Pariser Theater. Ca. 28 Jahre. Cordhose. Sporthemd. Sommerjacke
GEORGES	Angestellter in einem Pariser Verlag. Ca. 22 Jahre. Anzug. Krawatte
LEONTINE LENFERTE	Ca. 17 Jahre. Modisch gekleidet
OLGA VEYGOND	40–50 Jahre. Elegant mit Zurückhaltung
CHARLES MARQUET	Ca. 45 Jahre. Departementsleiter der Kommunistischen Partei. Mitglied des Zentral-Komitees. Bürgerlich-korrekt, aber einfach gekleidet

Ort der Handlung:
Die Hauptstadt eines Departements in Frankreich.

AKT I

Schauplatz in allen Akten: die Bühne eines Theaters, von hinten gesehen. Jenseits eines zweiteiligen, den Hintergrund des Bühnenbildes abschließenden Vorhangs hat man sich einen Zuschauerraum vorzustellen. Hochgezogene Kulissen und seitlich hereinstehende Kulissenstücke, die man von der unbemalten Rückseite sieht, zeigen, daß eine Vorstellung stattgefunden hat. Im Vordergrund der Bühne rechts eine Tür, der die Bezeichnung »Sanitätsraum« und ein Rotes Kreuz aufgemalt sind. Links eine ebenso große, mit der Bezeichnung »Inspizient«. Jedem Auftritt von rechts geht ein immer gleiches Klingelzeichen voraus oder man hört, daß eine Tür zur Bühne aufgeschlossen wird.

Erste Szene

VEYGOND, ARTHUR, GEORGES, FRED

Beim langsamen Ausgehen der Lichter im realen Zuschauerraum hört man starken, über Tonband abgespielten Applaus und, aus dem obersten Rang, schrille Bravorufe einer Mädchenstimme. Nach völligem Verlöschen der Lichter im Saal tritt der Darsteller des Veygond, von Scheinwerfern beleuchtet, vor den Vorhang, verbeugt sich, wie um zu danken, vor dem Publikum, verschwindet wieder hinter dem Vorhang und kommt noch zweimal, mit denselben Gesten, an die Rampe. Nach der letzten Verbeugung verlöscht der auf den Schauspieler gerichtete Scheinwerfer. Dann geht der Vorhang auf, und man sieht im Hintergrund der Bühne Arthur, den Rücken zum Publikum, für den Darsteller des Veygond den Schlitz eines den Hintergrund abschließenden Vorhangs aufhalten, von dem man also, vom Zuschauerraum her, die gefütterte Rückseite sieht. Veygond kommt also jetzt, wie in Fortsetzung des Vorspiels, das soeben auf der realen Rampe stattgefunden hat, von der imaginären Rampe her, d. h., von hinten auf die Bühne. Der vom Tonband besorgte Beifall ist nun vom imaginären Zuschauerraum her, allerdings viel schwächer, zu hören, also aus dem Hintergrund der Bühne.

VEYGOND Der wievielte war das?

ARTHUR Der vierunddreißigste.

VEYGOND Warum kommen die Schauspieler nicht mehr mit raus?

ARTHUR Längst in der Garderobe. Schon abgeschminkt. Bei der letzten Vorstellung der Spielzeit ist das immer so. Die meisten fahren noch heute nacht in Urlaub.

VEYGOND *bitter*
Na ja, warum sollen die höflicher sein als der Intendant.

ARTHUR Als Sie uns durch Ihre Sekretärin ausrichten ließen, Sie wollten sich die Vorstellung ansehen kommen, da war der Chef schon weg. Er macht »Sommernachtstraum« in Avignon. Hat man Ihnen das nicht gesagt?

VEYGOND *schlägt sich an die Stirn*
Stimmt. Entschuldigung. Aber sonst! Alles wenig nett hier.

ARTHUR Sie hatten ausdrücklich darum bitten lassen, daß wir Ihre Anwesenheit im Saal erst vor Beginn des letzten Aktes dem Publikum mitteilen dürften. Und Ihre Sekretärin hatte uns eingeschärft, nur ja nicht die Presse und den Kulturreferenten der Stadt zu mobilisieren.

VEYGOND Man klatscht noch.

ARTHUR Gut, gehen Sie noch mal raus.
Veygond schaut in einen Taschenspiegel und kämmt sich. Sobald Veygond den Spiegel wieder eingesteckt hat, verschwindet er vor den Vorhang, kommt aber schnell zurück.

ARTHUR Ich glaube, wir sollten jetzt Schluß machen.

VEYGOND Man applaudiert noch immer.

ARTHUR *ironisch*
Das junge Ding. Oben auf der Galerie.

VEYGOND Also, ein letztes Mal ...
Veygond, im Begriff, wieder vor den Vorhang zu eilen.

ARTHUR Achtung, der Eiserne.
Er hält Veygond zurück.

VEYGOND Das war die fünfzigste Aufführung meines Stückes bei Euch. *Er notiert es in einen Taschenkalender.* Und über dreißig Vorhänge! Scheint hier hinten aber wenig Eindruck zu machen. Die Schauspieler weg. Die Bühnenarbeiter a u c h alle. Gut. Alle draußen.
Man hört den eisernen Vorhang, noch verdeckt von dem Tuchvorhang und somit für die Zuschauer noch nicht sichtbar, auf den Bühnenboden aufstoßen.

ARTHUR Den Bühnenarbeitern hätte ein Fäßchen Beaujolais Eindruck gemacht. Oder lieber noch: ein Kasten Bier. Kulissenstaub macht durstig.

Er drückt auf einen Knopf. Der Tuchvorhang öffnet sich nach rechts und links. Der niedergegangene eiserne Vorhang wird sichtbar, und bildet bis zum Ende des Stückes den Hintergrund der Bühne.

VEYGOND Ich hatte ja vor, eine Runde zu schmeißen. Aber wenn hier alles so ungeduldig ist, dann bleibt mir wohl nichts anderes übrig, als a u c h zu gehen.

ARTHUR Nein, Genosse Veygond. Sie bleiben hier.

Schriller Pfiff Arthurs. Georges und Fred erscheinen aus der linken Kulisse. Sie fesseln und knebeln Veygond. Arthur reißt Veygond die Brieftasche aus der Jacke.

ARTHUR Los, los ...

Georges und Fred schleifen Veygond auf die Versenkung und verschwinden mit ihm unter die Bühne.

Veygond, Georges und Fred ab.

Zweite Szene

EMILE, ARTHUR

Arthur entnimmt der Brieftasche Veygonds zwei Flugscheine und steckt sie nach kurzer Prüfung ein. Er öffnet einen Augenblick den Durchlaß des eisernen Vorhangs und schaut und lauscht in den imaginären, schon dunklen Zuschauerraum hinein, wie um sich zu vergewissern, ob sich dort niemand mehr befindet. Dann zieht er aus der rechten Kulisse ein Telefon und gleich darauf ein Tonbandgerät auf die Bühne. Beide auf kleinen Rolltischchen. Er überprüft, ob das Tonband funktioniert. Schließlich zieht er Stühle, einen Tisch und zwei Koffer auf die Bühne.

EMILE *von rechts kommend*

Arthur, seine Frau lauert draußen auf der Straße. Versteckt. Gegenüber dem Bühneneingang. Das also hat a u c h geklappt.

ARTHUR *selbstbewußt*

Bei mir klappt alles.

EMILE Wenn Veygond mit der Kleinen nicht herauskommt, wird die Alte sich beim Bühnenpförtner erkundigen. Klar. Und dann haben wir beide Weiber in der Falle.

ARTHUR Wenn die Junge nur als erste nach ihm fragen kommt.

EMILE Verlaß Dich auf meinen Bruder. Wie eine Spinne sitzt der in der Pförtnerloge. Der schickt sie schon sofort herauf.

ARTHUR Geh lieber runter. Hol sie.

EMILE Du bist doch sicher, daß es die von der Galerie ist?

ARTHUR Die Genossen waren gute Detektive. Da ... die Flugscheine. Paris – Istanbul. Es ist tatsächlich die Nichte seiner Frau.

EMILE *schaut auf die Flugscheine*

Leontine Lenferte. Kein Irrtum. Auch daß sie hier nur fünf Stunden unterbrechen. *Pause.* Was macht bloß die Air France mit dem Gepäck der beiden?

ARTHUR Kann uns doch egal sein. Das reist direkt nach Istanbul und wird dort abgestellt. Setz Dich mal.

Während des folgenden richtet Arthur zur Probe den Scheinwerfer auf Emile, der sich dorthin setzt, wo Veygond später, während des Verhörs Platz nehmen muß.

EMILE Also ich sage der Kleinen: Veygond hat mich geschickt. Wenn sie aber mißtrauisch ist?

ARTHUR Woher soll sie denn wissen, daß seine Frau ihnen nachgereist ist? Die versteckt sich doch vor den beiden. Wenigstens für's erste.

EMILE Warum hat die Kleine dann aber einen Galerieplatz genommen?

ARTHUR Eine Vorsicht von Veygond. Wegen der Leute. Jeder weiß, daß er verheiratet ist.

EMILE Stimmt. Dann hol ich sie also herauf.

ARTHUR Und richte es so ein, daß die Alte Euch hereingehen sieht.

Emile ab.

Dritte Szene

ARTHUR

Arthur faßt sich besorgt an die Stirn. Dann entnimmt er dem größeren Koffer Bücher und Broschüren, aus denen oben und unten weiße Lesezeichen herausragen und breitet sie auf dem Tisch aus. Dem zweiten Koffer entnimmt er einige Thermosflaschen, Netze gefüllt mit Obst, Brot und Konserven. Deckt alles mit einem Tuch zu. Plötzlich geht er ans Telefon.

ARTHUR *ins Telefon*

Nun? *Pause. Dann plötzlich erleichtert* Prima. Ist das Vorderhaus leer? *Pause.* Die Schauspieler weg? *Pause.* Dann alle Türen zu und Lichter aus.

Vierte Szene

EMILE, LEONTINE, ARTHUR

EMILE *kommt mit Leontine*
Mademoiselle Lenferte will nicht glauben, daß Guy Veygond noch immer von Reportern beschlagnahmt ist.

LEONTINE *zu Arthur*
Ja, wieso Presse? Es war ausgemacht, die nicht zu benachrichtigen.

ARTHUR Nur lokale Zeitungen. Es war doch die fünfzigste Aufführung. Für ein Theater in der Provinz ist das ein Ereignis.

LEONTINE *schnippisch, zu Emile*
Stellen Sie mir gefälligst den Herrn vor.

EMILE *vorstellend*
Inspizient Rouret. Kommen Sie. Legen Sie ab. Das kann dauern.
Sie übergibt Emile ihren Sommermantel. Emile hebt ein daraus gefallenes Buch auf.

EMILE Der Text des Stücks? Und so viele Sätze angestrichen ...

ARTHUR D a h e r der Applaus an den richtigen Stellen, Mademoiselle.

LEONTINE Das gehört sich für eine gute Sekretärin, nein?

ARTHUR Kannten Sie das Stück nicht?

LEONTINE Doch. Aber ich wollte es einmal auf der Bühne sehen. Deswegen haben wir hier den Flug unterbrochen. War das ein Beifall.

EMILE Und heute Nacht geht die große Reise weiter.

LEONTINE Neidisch?

ARTHUR Wer führe nicht gern nach Istanbul.

LEONTINE Sagen Sie ruhig Konstantinopel. So hieß das Nest doch in Ihrer Jugend.
Das Telefon klingelt. Arthur hebt ab, nervös. Emile sieht ihm beunruhigt zu.

ARTHUR *Pause* Wer? *Zu Leontine* Noch jemand für Veygond. Eine Reporterin.

EMILE Veygond ist ein gefragter Mann.

ARTHUR *ins Telefon*
Warten lassen. Ich rufe zurück, sobald Veygond frei ist.

LEONTINE Das kann ja ewig dauern. Wir müssen doch auf den Flugplatz. Und gegessen haben wir auch noch nicht.

ARTHUR Aus der Kantine kann ich Ihnen leider nichts holen lassen. Wir schließen ja heute abend.

LEONTINE *sich umblickend*
Wo gibt er denn das Interview?

ARTHUR Ist für den hiesigen Funk. Da darf man jetzt nicht stören.

LEONTINE Wieso? Ich bin sonst doch auch immer dabei.

ARTHUR Wenn es Ihnen mit uns zu langweilig ist – Emile, bring die Dame in den Sanitätsraum.

LEONTINE Danke, mir fehlt nichts. Ich bin kerngesund.

EMILE Da gibt's Radio. Für den Sanitäter vom Dienst.

LEONTINE Ach so. Dann gern. Leere Bühnen haben etwas Deprimierendes.
Während Emile sich mit ihr dem Sanitätsraum zu bewegt, gehen seine Blicke fasziniert über Leontines Gestalt.

EMILE Kommen Sie. Bei uns ist alles neu eingerichtet. Besser als in jedem Pariser Theater. Wir haben sogar die allermodernste Schallabdichtung. Von ganz Frankreich.
Er läßt Leontine den Vortritt. Sobald sie in der Tür verschwunden ist, dreht sich Emile zu Arthur um und gibt ihm mit einem Schnalzen der Zunge zu verstehen, wie sehr Leontine ihm gefällt. Arthur versteckt den Sommermantel und das Buch in einem der Koffer.
Leontine und Emile ab.

Fünfte Szene

ARTHUR

ARTHUR *der den beiden ungeduldig nachgeblickt hat, schließt hinter ihnen die Tür des Sanitätsraums ab. Dann, sichtlich zufrieden, ins Telefon*
Hat seine Frau nach den b e i d e n gefragt oder nur nach V e y g o n d? *Pause.* Organisation, was! *Pause.* Wäre nicht gegangen ohne Dich. Ernenne Dich zum Ehrenpförtner. Ich warte an der Bühnentür. Was ... ! Die Alte ist schon auf der Treppe!
Arthur hängt ein. Er öffnet die Tür des dem Sanitätsraum gegenüberliegenden Inspizientenzimmers und prüft, ob das Schloß von außen schließt. Dann stellt er das Bandgerät ein und geht Olga an die rechte Kulisse entgegen.

Sechste Szene

OLGA, ARTHUR

OLGA Ich bin Olga Veygond.

ARTHUR Wer kennt Sie nicht.

OLGA Warum ich bis hierher vordringe, dürften Sie erraten.

ARTHUR *hebt beschwörend die Hände*
Keinen Skandal um Veygond. Es darf nicht sein.

OLGA Warum leisten Sie dann dem Skandal Vorschub. Die Person ist doch hier hereingeführt worden.

ARTHUR Das war noch ein Glück. Schon nur Gerüchte um diese Angelegenheit, was für ein Fressen für die bürgerliche Presse! Und I h n e n würde die Partei nicht verzeihen können.

OLGA *überrascht*
Sind Sie Genosse?

ARTHUR Seit meiner Jugend. Sie können offen mit mir reden.
Arthur bietet Olga einen Stuhl an.

OLGA Ich erhielt heute morgen einen Hinweis. Per Telefon.

ARTHUR Von Genossen oder offiziell von der Partei?

OLGA Anonym. Als was hat er die Person hier vorgestellt?

ARTHUR Überhaupt nicht.

OLGA Der anonyme Anrufer wußte sogar, daß in Orly der zweite Flugschein auf den vollen Namen dieses Flittchens ausgestellt war. *Pause, als ob sie etwas nicht sagen wollte* Istanbul sollte das Endziel dieser Reise sein.

ARTHUR Dann kamen Sie ja noch zur rechten Zeit.

OLGA Wenn er einsichtig ist. Vierzehn Tage lang wollte er für niemanden erreichbar sein.

ARTHUR Auch für S i e nicht?

OLGA Auch für m i c h nicht.

ARTHUR Und wenn Ihnen oder ihm etwas zustieße?
Olga zuckt die Achseln.

ARTHUR Vierzehn Tage soll niemand wissen, wo er steckt?

OLGA Keine Post, kein Besuch, keine Familie. Das macht er oft.

ARTHUR Wohl um ungestört zu arbeiten.

OLGA Wenn diese Person wenigstens volljährig wäre. Sie kennen wohl sein letztes Werk. Ich denke daran wegen des Themas.

ARTHUR Ja, sehr dumm jetzt. Das verführte Mädchen war ebenfalls noch sehr jung in dem Roman. Und der reiche Verführer so alt wie Veygond. Und das Buch ist ein Bestseller. Seit Monaten!

OLGA Das wäre nicht das Schlimmste. Dieses Geschöpf kommt aus streng marxistischer Familie. Sie ist meine Nichte. Die Tochter meines Bruders. Ich bin eine geborene Lenferte.

ARTHUR Wer weiß das nicht!

OLGA Dann wissen Sie ja, der Vater sitzt. Und kaum war er verurteilt, da fing s i e , die Tochter eines politischen Gefangenen, der für die Partei leidet, an, sich in Beatlokalen herumzutreiben. Und mit was für Typen. Keine Rede von Klassenbewußtsein. Alles Sumpfblumen. Die glauben, lange Haare und extravagante Kleidung machen den Revolutionär.

ARTHUR Und die Mutter läßt das zu?

OLGA Der ist sie weggelaufen. Zu uns. Wir haben keine Kinder. Ich habe das Mädchen bei mir aufgenommen. Um es umzuerziehen. Das ist nun der Dank.

ARTHUR Ich verstehe Ihre Verbitterung.

OLGA Ich muß meinen Mann sprechen.

ARTHUR Ich könnte ihn unter einem Vorwand in das Inspizientenzimmer bitten, hier, gleich an der Bühne. Es hat den Vorteil, schalldicht zu sein.

OLGA Wenn ich mich erst ein bißchen zurechtmachen könnte.

ARTHUR *fordert sie mit einer Geste auf, mit ihm zu gehen*
Dort finden Sie alles. Wenn es schnell gehen muß, ziehen sich die Schauspieler darin um.
Er öffnet die Tür, auf der »Inspizient« steht.

OLGA Sie sind sehr liebenswürdig ... Wie war noch der Name?

ARTHUR Rouret. G e n o s s e Rouret.
Arthur läßt Olga ein, schließt die Tür leise mit dem Schlüssel, steckt ihn in die Tasche und geht ans Telefon.

Siebte Szene

ARTHUR, LEONTINE, EMILE

ARTHUR Was ist mit Veygond? Hat er sich beruhigt? Gut, Fred! Bringt ihn. Und daß mir keiner ihn duzt.
Arthur hängt ein und schließt die Tür des Sanitätsraums auf. Im nächsten Augenblick kommt, rückwärts, Emile heraus, versperrt dabei der nachdrängenden und schreienden Leontine den Weg und stößt sie zurück.

LEONTINE Ich will raus hier, laßt mich raus ...

Emile und Arthur stemmen sich beide gegen die Tür und schließen sie ab. Der Schlüssel bleibt stecken.

EMILE *mit dem Kopf zum Sanitätsraum weisend*

Klasse. Schade.

ARTHUR *ärgerlich*

Ja, wirklich schade.

Er zieht den Schlüssel aus dem Schloß und steckt ihn ein.

EMILE Ich werde hier doch keine Dummheiten machen.

ARTHUR Schnell jetzt. Die bringen ihn. Und vergiß es nicht: gesprochen wird per S i e mit ihm.

Sie entnehmen einem der Koffer Bücher und Tonbänder, ziehen aus der Kulisse ein zweites Bandgerät auf die Bühne und einen Tongalgen, den sie, im Laufe der Diskussionen, Veygonds Gesicht jedesmal dann nähern werden, wenn sie von Veygonds Aussagen etwas Besonderes erwarten. Emile schaltet das Tonband ein, sobald Veygond, dessen Hemd und Krawatte zerzaust sind, gefesselt zwischen Georges und Fred, erscheint. Arthur sieht Veygond höhnisch entgegen.

Achte Szene

ARTHUR, EMILE, VEYGOND, FRED, GEORGES

ARTHUR Erfreulich, daß Sie endlich ruhig sind.

EMILE Und Ihre Lage begreifen.

VEYGOND Eure ist jetzt schon schlimmer, als meine es je werden kann.

ARTHUR *erheitert*

Je?

FRED Während der nächsten vier Wochen betritt niemand dieses Haus.

Er stößt Veygond brutal auf einen Stuhl am Tisch.

EMILE Nicht einmal die Putzfrauen.

ARTHUR Auch der Pförtner geht in Ferien.

EMILE Dem haben wir eine Vertretung gestellt. W i r !

VEYGOND *lacht*

Und Sie meinen, niemand würde mich vermissen. Wenn ich auf Reisen bin, rufe ich jeden Abend meine Frau an. Sie wartet in diesem Augenblick schon darauf. Spätestens morgen wird sie mein Verschwinden melden, und die Polizei setzt sich in Bewegung. Und noch ein anderer, viel besserer Apparat!

ARTHUR In dem haben auch w i r unsere Leute.

GEORGES Im Spitzelnetz der Partei. Hätten Sie nicht gedacht, was!

FRED Wir wußten schon gestern, wer Sie hierher begleiten würde.

VEYGOND D a m i t also wollt Ihr mir kommen. Wenig fair. Unter Männern.

ARTHUR Nur Abstecken der beiderseitigen Lage.

VEYGOND Fehlanzeige. Kleinbürgerlich! Ich habe vor meiner Frau keine Geheimnisse. Rufen Sie nur bei mir zu Hause an.

EMILE Zuerst speisen Sie aber mit uns zu Abend.

GEORGES Sie müssen jetzt doch hungrig sein.

FRED So wie Sie getobt haben.

EMILE Es gibt freilich nur Brot und Wurst.

FRED Und billigen Roten.

ARTHUR Ein proletarisches Abendessen.

VEYGOND Jetzt aber Schluß! Es wird zu albern. Nehmen Sie mir die Handschellen ab.

Emile knipst den Scheinwerfer an, der, direkt auf Veygond gerichtet, diesen blendet. Fred und Georges stellen sich hinter ihn.

ARTHUR Guy Veygond, wir haben Sie – strafbar nach dem bürgerlichen Gesetzbuch – gekidnappt. Warum? Sie sind ein außergewöhnlich erfolgreicher Schriftsteller, der sich offen zum Kommunismus bekennt. Und in der Partei sind Sie ganz oben.

VEYGOND Ich habe dort keine Funktion.

ARTHUR Aber Sie haben dort Einfluß. Sie gehören zur internationalen Prominenz. Wir wollen durch unser unkorrektes Handeln etwas von Ihnen erreichen.

GEORGES Und von Ihrem Verleger.

VEYGOND Von welchem? Ich habe Verleger in der ganzen Welt.

GEORGES Vom Verlag Galmar. Keiner hat mit Ihren Werken so viel verdient wie er.

VEYGOND Weil er vor vierzig Jahren die Nase hatte, mich zu entdecken und genug Geschick, mich in einem kapitalistischen Land durchzusetzen.

GEORGES In e i n e m ? In fast allen.

VEYGOND Ich warne Euch ein letztes Mal. *Pause.* Wo ist überhaupt meine Brieftasche, mein Geld?

ARTHUR *zieht Veygonds Brieftasche heraus und zählt, während des folgenden, die Geldscheine vor ihn auf den Tisch*
Hier.

EMILE Haben Sie immer so viel Geld bei sich?

VEYGOND *verlegen*
Zufällig. Für die Reise.

ARTHUR *hebt, weiterzählend, den Kopf*
Ach!

FRED Das ist mehr, als ich im Jahr heimbringe. Im J a h r!
Fred steckt ihm die Brieftasche brutal in die Jacke zurück.

VEYGOND Mit meiner Feder verdient. Durch Fleiß.

EMILE Und durch Ausbeutung anderer.

VEYGOND *empört*
Wo beute ich wen aus? Ich schreibe meine Werke ohne die Hilfe irgendeines anderen Menschen. Ich schufte. Ganze Nächte. *Mit steigender Erregung.* Als Autodidakt hatte ich es schwerer als die Studierten. Ich bin Enkel und Sohn von Proletariern ...

ARTHUR Und Sie waren Fabrikarbeiter, bevor Ihr erstes Buch erschien. Das weiß die ganze Welt, und ich wußte, daß Sie mir damit kommen würden.

EMILE Ihre Herkunft hat Sie nicht gehindert, ein Kapitalist zu werden.

GEORGES Und w a s für einer!

VEYGOND Lebe ich vom Mehrwert der Arbeit anderer?

ARTHUR Denken Sie. Ja, das finden wir.

VEYGOND W e n, bitte, bestehle ich um den Mehrwert seiner Arbeit?

EMILE Mich. Ich bin Setzer.

FRED Und mich! Ich bin Bühnenarbeiter.

GEORGES Und mich! Ich bin Angestellter in einem Verlag.

ARTHUR Natürlich ist keiner dieser Herren von hier.

EMILE Wenn es uns nicht gäbe, müßten Sie Ihre Bücher selber setzen, drucken und binden.

GEORGES U n d verkaufen.

FRED Und die Kulissen selber schieben, wenn Sie Ihre Stücke gespielt sehen wollen.

VEYGOND Und wenn es keine Autoren gäbe! Wer gäbe Euch dann Arbeit?

ARTHUR Sie sollten sich schämen für diese Antwort.

VEYGOND Sie verdienen keine andere. Ihre Vorstellungen vom Mehrwert der Arbeit ... einfach kindisch!

EMILE Also hochmütig sind Sie auch. Schon kein Marxist in der Lebensführung, das hätte eigentlich gereicht.

VEYGOND *nach kurzem Schweigen*
Aha. Ihr gehört zu den Phantasten, diesen Urmarxisten, die mich seit Jahr und Tag mit Memoranden verfolgen. Anonymen.

ARTHUR Den anonymen war ein anderes vorangegangen.

FRED Mit vier Unterschriften!

GEORGES Und Adressen.

EMILE Aber für den Setzer, den Drucker, den Verlagsangestellten und den Bühnenarbeiter, die es Ihnen damals brachten ...

GEORGES Jeder ohne Wissen seiner Parteizelle und seiner Gewerkschaft ...

FRED Aus Rücksicht auf Ihre Stellung in der Öffentlichkeit ...

EMILE Für d i e vier Delegierten hatten Sie keine Zeit. Damals.

ARTHUR Die Genossen bekamen auch nie die versprochene Antwort.

GEORGES Dafür aber bald allerlei Schwierigkeiten.

FRED Und mit w e m !

EMILE Wer den nur informiert hat damals? Den Besitzer der Druckerei.

GEORGES Und den des Verlags.

EMILE Und auf wessen Veranlassung wurden gerade diese Genossen zu einem Schulungskurs nach Moskau beordert?

FRED Woher sie immer seltener Ansichtskarten schicken.

VEYGOND Unterstellungen! Pure Unterstellungen. Typische Hysterie von Renegaten und Trotzkisten. Oder Maoisten.

EMILE Sind wir nicht.

ARTHUR Noch haben wir und die Genossen, die so denken wie wir, alle unser Parteibuch.

FRED Noch! Genosse Veygond.

VEYGOND Die Burschen, die mir diese Memoranden geschickt haben, nannten sich selber »Urmarxisten«. *Er tippt sich an die Stirn.* Warum nicht gleich Urchristen. Direkt aus den Katakomben der katholischen Urkommunarden.

GEORGES Die Vorschläge damals waren solid begründet. Dialektisch durchdacht.

VEYGOND Und von Marx persönlich eingegeben. Indiskutabel waren sie! Ein Schriftsteller ist kein Ausbeuter. Er hat selber einen! Seinen Verleger.
Emile, Fred und Georges lachen.

GEORGES Galmar! Sein Galmar beutet ihn aus.

ARTHUR *mahnend*

Jungens! Immer wissenschaftlich bleiben. Es stimmt, der Genosse Veygond wird von dem Kapitalisten Galmar ausgebeutet und ist damit das Opfer eines Wirtschaftssystems, das Kunst in Ware verwandelt. Aber zugleich ist er auch der Nutznießer dieses Systems.

FRED *kratzt sich am Kopf*

Mensch, das haben wir ja im Abendkurs gehabt. Glatt verschwitzt. So was.

ARTHUR *zu Veygond*

So hat das richtige Bewußtsein eines jeden seine Lücken und Tücken, nicht wahr, Genosse? Da darf ich Sie wohl gleich an etwas erinnern: Ihre Bücher werden in Millionen Exemplaren verkauft! Selbst für ein Industrieprodukt wäre das eine schöne Ziffer. Verstehen Sie mich?

EMILE Und ob der Dich versteht.

ARTHUR Sollte ein marxistischer Autor, der an j e d e m seiner Werke so viel Geld verdient wie Sie, sich nicht verpflichtet fühlen, diejenigen an seinen Gewinnen zu beteiligen, die seine Bücher materiell herstellen und das Spielen seiner Stücke ermöglichen?

VEYGOND Wenn ich alle diejenigen an meinen Gewinnen, wie Sie sagen, beteiligte, wieviel käme da auf jeden? Und wie wollen Sie die Verteilung errechnen?

Emile, Fred und Georges lachen.

EMILE Wie redet der denn, unser Paradedichter.

GEORGES Genosse Veygond, Ihr Argument ist das gleiche, das der Klassenfeind geltend macht.

ARTHUR Wenn auf allen Stufen der Produktion, so sagen die Kapitalisten, die Arbeiter und Angestellten an dem Endgewinn, den ein Produkt erzielt, beteiligt wären, fiele für jeden nur ein armseliges Häppchen ab.

GEORGES Die Befriedigung für die Arbeitnehmer sei dann also eine nur moralische, ja eine fast nur optische.

FRED Aber wir hätten nicht mehr das Schauspiel des Reichtums einiger weniger zu ertragen.

EMILE Und wären nicht mehr neidisch.

FRED Was der Klassenfeind uns immer vorwirft.

VEYGOND Ist der Umstand, daß meine Werke so weiten Erfolg haben, eine Schuld?

GEORGES Es ist nicht der literarische Erfolg, den wir Ihnen vorwerfen.

VEYGOND Also dessen finanzielle Folgen.

GEORGES Auch d i e nicht. Aber Ihre Einstellung zu diesen Folgen.

ARTHUR Unsere Antwort war in jedem der Memoranden vorweggenommen.

EMILE *entnimmt einem der Koffer einen großen Umschlag*

Es ist das Beste, wir schicken den Genossen Veygond jetzt schlafen, und als Bettlektüre geben wir ihm die Durchschläge aller Memoranden mit.

ARTHUR Und morgen früh setzen wir die Diskussion fort.

VEYGOND *springt vom Stuhl auf*

Was! Morgen!

Emile, Fred und Georges haben Veygond sofort gepackt und wieder auf den Stuhl gedrückt.

ARTHUR Was nimmt Ihre Nichte zum Frühstück? Kaffee oder Tee?

VEYGOND Nichte? Ich habe keine Nichte.

EMILE Aber Ihre Frau.

ARTHUR *öffnet einen der Koffer*

Kennen Sie diesen Mantel? Und das Exemplar Ihres Stücks, in dem Sie die Stellen angestrichen haben, an denen die schöne Leontine klatschen sollte.

VEYGOND *ungeheuer getroffen*

Ihr habt sie hier. In der Falle. Ihr Unmenschen.

ARTHUR Sie können sie sehen. Unter Bedingungen.

VEYGOND *kalt*

Welchen?

ARTHUR Sie müßten bereit sein, den Sozialismus, den Sie predigen, endlich auch selber zu praktizieren.

VEYGOND Reden wir Klartext: was verlangt Ihr?

ARTHUR Die Sozialisierung Ihrer Einnahmen.

GEORGES Und die der Gewinne Ihres Verlegers.

EMILE Gerecht verteilt.

VEYGOND Wie soll das praktisch aussehen? Bei der Struktur unserer Wirtschaft. Die ist kapitalistisch.

EMILE In den Memoranden hätten Sie die Antwort finden können.

VEYGOND *Pause. Blickt sich um*

Schluß mit der Komödie. Hört zu: ich mache Euren vier Gewerkschaften eine Stiftung. Ein Ferienheim oder so etwas. Und selbstverständlich: Schwamm über Euren Streich.

Emile, Georges und Fred lachen.

ARTHUR *anfangs ruhig*

Komödie. Wir haben im Fundus unseres Theaters die prächtigsten Kleider für ältere Damen.

GEORGES Der einstmals höheren Stände.

ARTHUR In einem solchen Aufzug und mit den Brillanten der Genossin Veygond behängt, sollten wir Sie in den Arbeitervierteln vorführen. *Ausbrechend* Wohltätigkeitsdame!

EMILE Mit Stiftungen sich loskaufen!

FRED *zeigt auf den Büchertisch*

Genau das, was Sie vor Jahren in Ihrem Roman »Die Wohltäter« gegeißelt haben.

GEORGES Und in Ihrem Stück »Der Loskauf«.

ARTHUR Ist bei uns gespielt worden.

GEORGES ... wo die Arbeiter eines großen Werkes ihren Brötchengeber in seinem Büro einsperren, bis er die Beteiligung am Gewinn bewilligt.

FRED Nun wissen Sie, wer uns auf die Idee gebracht hat, hier dasselbe zu machen.

GEORGES In allen Ihren Werken stehen Sie auf seiten der Arbeiter, als strammer, streng wissenschaftlicher Marxist.

FRED Warum nicht hier, Genosse?

VEYGOND *schweigt, senkt den Kopf, dann gebrochen*

Ich bin bereit mit Euch darüber zu sprechen. Aber bringt mir das Mädchen!

ARTHUR Zuerst müssen Sie Ihrem Verleger die freiwillige Sozialisierung Ihrer Einnahmen ankündigen. Und ihn auffordern, mit seinem Verlag das gleiche zu tun.

EMILE Eine gerechte Verteilung der Gewinne auf alle.

VEYGOND *mit spürbarer Freude*

Ich will sofort mit Galmar telefonieren.

EMILE Schlaumeier.

GEORGES Die Verbindung mit Galmar, hier, per Tonband.

FRED Ihre Ankündigung müssen Sie zweimal sprechen. Eines der Bänder bleibt hier. Das andere geht an Galmar, und der soll seine Antwort auf dem gleichen Weg geben.

VEYGOND Und s o lange soll ich hier eingesperrt bleiben? Galmar ist auf seiner Sommerreise.

EMILE Von uns gehätschelt und gepflegt, werden Sie keine Langeweile haben.

VEYGOND Und das Mädchen, wo bleibt es während der Zeit?

EMILE In meiner Obhut.

ARTHUR *blickt ungehalten zu Emile, dann zu Veygond*
In unserer.

VEYGOND *wie hilfesuchend, zu Arthur*
Ich bin doch bereit, mich mit Euch zu einigen. Warum haßt der mich?

EMILE *ausbrechend*
Genosse! Genosse! Ja, ich hasse Dich. Meins, und nicht das Gesicht Deines Betthäschens sollst Du heute genießen.

VEYGOND *fast leise, zu Arthur*
Ich flehe Sie an. Dieses Kind ist die letzte Liebe meines Lebens.

EMILE So reden sie, die alten Böcke, wenn sie nur noch an kleinen Mädchen herumfummeln können.

GEORGES *zeigt wieder auf den Büchertisch*
Ich dachte, es sei schändlich, Liebschaften zwischen so Alten und so Jungen!

EMILE So hat man es in Ihrem letzten Bestseller gelesen.

FRED Da heißt es, daß ein Alter, wenn er Arbeiter ist, nie ein junges Blut ins Bett bekommt. Weil man das kaufen muß. Kaufen!

VEYGOND Gerade w e i l ich schon ein älterer Mann bin, liebt mich dieses Mädchen. Ich hatte es früher nicht geglaubt, aber das gibt es.

EMILE Das wollen wir gleich feststellen. Arthur?

ARTHUR *gibt mit spürbarem Widerstreben Emile den Schlüssel*
Wenn Du es für richtig hältst.

Emile eilt in den Sanitätsraum. Veygond hat ihm unverwandt nachgestarrt. Emile ab.

VEYGOND Wenn es das Mädchen ist, das er holen geht, möchte ich es ohne Zeugen sehen.
Blickt flehend zu Arthur.

ARTHUR Abgelehnt.

VEYGOND Ich beschwöre Sie . . .
Die Tür des Sanitätsraums öffnet sich. Leontine, mit Handschellen gefesselt, tritt heraus. Emile folgt ihr. Veygond springt erregt auf, wird aber von Fred und Georges auf den Stuhl zurückgedrückt.

Neunte Szene

LEONTINE, VEYGOND, ARTHUR, EMILE, GEORGES, FRED

LEONTINE *geht sofort auf Veygond zu*
Ist das mein Istanbul? Handschellen! Und das Hotel am Bosporus? Dieser Sanitätsraum. U n d gefangen! Solange Du nicht etwas unterschrieben hast, sagen sie.

VEYGOND *schmerzlich*
Leontine!

LEONTINE *ungeduldig, seine Stimme nachahmend*
Leontine! Leontine! Unterschreib. Ich will heraus aus diesem Laden.
Während des folgenden hält Veygond seine gefesselten Hände vor das Gesicht.

ARTHUR *zu Leontine*
Mit Ihrem Onkel setzen Sie sich später auseinander.

LEONTINE Nur nicht zu spitz, Herr Inspizient. »Onkel«, ja, ich bin die Nichte seiner Frau. Ich weiß: Ihr wißt es, daß ich nicht seine Sekretärin bin.
Arthur blickt streng zu Emile.

EMILE *verlegen*
Ich habe mich mit der Dame vorhin ein bißchen unterhalten.

ARTHUR Ich habe einige Fragen an Sie zu stellen.

LEONTINE Der hat mir schon die Nase aus dem Gesicht gefragt.
Fred und Georges gehen auf sie zu. Und die zwei Stummen da, die sollen mir wohl Angst machen? Da seid Ihr aber schief gewickelt.

ARTHUR Der einzige, der hier schief gewickelt ist, sitzt dort. Der Mann, den Sie anbeten.

EMILE *zeigt ebenfalls auf Veygond*
Hat e r behauptet. Er.

LEONTINE *zuckt mit der Schulter*
Da haben Sie sich aber etwas verhört, möchte ich annehmen.

ARTHUR Sie stehen doch auf ältere Herren, nein?

LEONTINE Ich kann Sie nicht daran hindern, es anzunehmen.

ARTHUR Lieben Sie Guy Veygond? Wir müssen es wissen.

EMILE Sind Sie in ihn verliebt?

ARTHUR Von Ihrer Antwort hängt für Sie etwas Bestimmtes ab.

LEONTINE Das wäre?

EMILE Ob wir Sie weiterhin dort in dem Sanitätsraum unterbringen oder ob Sie Ihre Haft mit Veygond teilen wollen.

Arthur blickt ärgerlich zu Emile.

LEONTINE Ihr wollt mich doch nicht hierbehalten?

ARTHUR Was denn sonst. Überlegen Sie mal. *Er tippt sich an die Stirn.*

LEONTINE Wie lange soll das denn dauern?

EMILE Eine Woche mindestens.

Arthur stampft, Emile zornig anblickend, mit dem Fuß auf.

ARTHUR *zu Leontine*

Bis Veygond unterschrieben hat.

LEONTINE *heftig, zu Veygond*

Dann unterschreib. Ich will hier heraus.

ARTHUR *sich zu Veygond umwendend*

Sie haben es gehört, Genosse Veygond. Sie ist nicht bereit, Ihnen Gesellschaft zu leisten.

VEYGOND *zu Leontine*

Wenn sie Dich je fortlassen, wenn ... dann fahr heim zu Deiner Mutter. Deine Tante wird Dich nicht wieder aufnehmen.

LEONTINE Zu meiner Mutter? Nie! Lieber bleibe ich hier.

ARTHUR Warum?

Er blickt dabei mißtrauisch auf Emile, der Leontine anstarrt.

LEONTINE Leben Sie mal bei einer strengen Marxistin.

ARTHUR *interessiert*

Ja und? Was i s t da?

LEONTINE Szenen, wenn ich tanzen ging. Weil mein Vater sitzt. Politisch.

ARTHUR Ich habe seinen Prozeß verfolgt. In der Zeitung.

LEONTINE Sitzt der weniger, wenn ich nicht tanzen gehe?

ARTHUR Auch Ihr Vater sähe Sie gewiß lieber in den Schulungskursen der Partei als in Beatschuppen.

LEONTINE *zuckt mit der Achsel*

Diese Unterweisungsabende! Stunden und Stunden in dem muffigen Lokal der Zelle unserer Straße. Mit meiner Mutter und den anderen verbitterten Weibern, diesen Genossinnen. Die hassen Dich schon, wenn Du einen chicen Hintern hast.

EMILE *lauernd*

Umso mehr werden die jungen Genossen hinter Ihnen her sein, oder?

LEONTINE *höhnisch*
Ja, mit Belehrungen! Klassenbewußtsein. Und erst der dialektische Materialismus. Aber der ist nur da oben bei denen. *Sie tippt sich an die Stirn.* W o l l e n Sie mal was, was Materielles von den jungen Marxisten . . .
Alle, außer Emile, platzen in Lachen aus.

EMILE *nach einem unfreundlichen Blick auf die anderen*
Kommunisten sind eben keine Millionäre.

LEONTINE Prediger sind sie, die reinsten Pfarrer. Dauernd soll man Selbstkritik üben. Und vor der ganzen Zelle. Das verlangen ja nicht einmal die Pfaffen.

ARTHUR *ironisch*
Allerdings. Im Beichtstuhl geht das ohne Zeugen ab.

LEONTINE Genau. Die sagen Dich von den Sünden los, und der Fall ist erledigt. Die sind nicht so streng wie der Zellenleiter. Wenn einer mal geklaut hat, der wird gleich ausgeschlossen. *Ironisch* Der klassenbewußte Arbeiter stehle nicht. Wer hat denn nicht schon geklaut, im Warenhaus oder am Zigarettenautomat. Und wenn es den jungen Genossinnen zu fad wird, dann heißt es, erst müsse der Sozialismus bei uns realisiert sein, dann erst käme das Amusement. So sei es in Rußland. Und dann zeigen sie Dir Fotos von Moskauer Tanzlokalen. Die Schwofabende bei der Heilsarmee stelle ich mir so vor . . .

ARTHUR Das reicht. Zu was für einem Bewußtsein haben Sie und Ihre Frau dieses Mädchen erzogen, Genosse Veygond?

LEONTINE *überrascht*
Moment. Bewußtsein. Die Platte kenne ich doch. Meins war noch immer das falsche. *Pause.* Aha, Ihr seid also von der Partei. Und i c h habe Euch für etwas ganz anderes gehalten.

ARTHUR Ihr Pech. Für das Gewitzel über die jungen Genossen werden die sich noch bedanken.

GEORGES Sie wollten sich damit wohl anschmusen bei uns. War die falsche Adresse.

LEONTINE Was habt Ihr dann gegen Veygond? Der ist doch Genosse.

ARTHUR *ungeduldig zu Emile*
Bring sie zurück.

LEONTINE Zuerst die Handschellen ab.
Emile will es tun.

ARTHUR Nein.

LEONTINE *von Emile festgehalten, will auf Veygond zugehen, zornig*

Da siehst Du, in was für einen Schlamassel Du mich gebracht hast. Und ich weiß nicht einmal, was hier gespielt wird.

EMILE *hält sie am Arm und versucht, sie in den Sanitätsraum zu ziehen, ungeduldig*

Kommen Sie, kommen Sie.

LEONTINE *sich wehrend*

So ist das also.

Emile stößt sie hinein, stemmt sich gegen die Tür und schließt zu.

Leontine ab.

Zehnte Szene

ARTHUR, GEORGES, FRED, VEYGOND, EMILE, OLGA

ARTHUR *zu Veygond*

All dem haben wohl auch S i e nichts hinzuzufügen.

GEORGES Aber wir. *Zu Fred* Zeig sie ihm.

Fred öffnet die Tür des Inspizientenzimmers, spricht in den Raum hinein.

FRED Bitte, Genossin.

Olga tritt heraus, die Hände gefesselt.

VEYGOND Olga! Auch das noch!

Der Vorhang fällt rasch.

AKT II

Vier Tage später. Schauplatz wie vorher. Auf der Bühne zusätzlich: ein Sessel, im Hintergrund zwei Betten, von denen eines mit einem Baldachin überdacht ist. Ein Abfalleimer aus Blech. Emile und Leontine sitzen dicht beieinander an dem größeren Tisch. Auf dem Rolltisch, seitlich, fehlen die Tonbandgeräte. Leontine, Olga und Veygond tragen keine Handschellen mehr.

Erste Szene

EMILE, LEONTINE

EMILE Das über den Mehrwert der Arbeit sitzt jetzt. Und wenn Du ihm das erklärt hast, fragst Du . . .?

LEONTINE *einen Schreibblock in der Hand, verdrossen aufsagend*
Wer verwandelt das Produkt in Ware?

EMILE Produkt Deines G e i s t e s. »Geistes«, darauf kommt es an. Soll ich nicht doch noch einmal das Ganze abfragen?

LEONTINE Zuerst d a s.
Sie küssen sich.

EMILE Noch auf keine war ich so verrückt wie auf Dich.

LEONTINE Dann schaff sein Bett von hier weg.

EMILE Er weiß es ja jetzt.

LEONTINE Wenn der Kavalier wäre, würde er drüben pennen.

EMILE Geht nicht.

LEONTINE Georges und Fred tun's doch a u c h.

EMILE Eben. Zusammen. Die wollen allein sein.

LEONTINE Dann ist Arthur der einzige, der hier nichts hat.

EMILE Der schläft dennoch wie ein Sack. Der merkt nichts.

LEONTINE Veygond hat abends immer Schlafpillen geschluckt.

EMILE *mißtrauisch*
Und Du warst dabei, wenn er sie nahm.

LEONTINE *entmutigt*
Schlimm. Deine Eifersucht.

EMILE Um ein Haar hätte er Dich doch gehabt.

LEONTINE Aber richtig rangelassen habe ich ihn nie. Und vor ihm a u c h keinen. H a s t Du Dich oder hast Du Dich n i c h t davon überzeugt?

Emile umarmt sie, um sich verzeihen zu lassen.

LEONTINE *zieht ihn am Ohr*

Draußen, was da für eine Sonne sein muß. Wenn wir jetzt in einer Eisdiele säßen.

EMILE *zärtlich*

Morgen. Jedenfalls noch diese Woche. Geschworen.

LEONTINE Ich will endlich an die Luft. Hier ist es so stickig.

EMILE Kommt von der Schallabdichtung. Wir sind alle kaputt davon.

LEONTINE Und wenn die beiden auch h e u t e nicht klein beigeben?

EMILE Mach Deine Sache nachher gut. Dann kommen wir heraus.

Man hört, daß die Tür des Inspizientenzimmers von innen aufgeschlossen wird.

Zweite Szene

LEONTINE, ARTHUR, EMILE

Arthur erscheint, ein Tonbandgerät tragend, aus dem Inspizientenzimmer, das er hinter sich wieder abschließt.

LEONTINE Na? Hast Du es erreicht?

ARTHUR »Du«?

LEONTINE Bist Du ein so hohes Tier in der Partei, daß man Dich nicht duzen darf?

ARTHUR *hochmütig, äußerst kühl, stellt das Gerät auf dem Rolltisch ab*

Sie dürfen mich erst dann duzen, wenn Sie wenigstens die Grundbegriffe beherrschen.

EMILE *ärgerlich*

Sie lernt doch.

ARTHUR Nachplappern ... ja.

LEONTINE Herr Genosse, jetzt haben Sie die höhere Parteischule absolviert, und es ist Ihnen nicht gelungen, der da drüben das falsche Bewußtsein auszutreiben. In vier Tagen nicht.

ARTHUR Sie wollen ja nur e i n s: Ihre Tante gedemütigt sehen.

LEONTINE D e n Genuß sollten Sie mir eigentlich gönnen.

EMILE Mit d e r wärst Du genau so wenig fertig geworden.

LEONTINE Ich! Ihr hättet mich nur machen lassen sollen. Schon am ersten Abend hätte die alles getan, was Ihr verlangt und Veygond dazu gebracht, auf Band zu sprechen und zu unterschreiben.

EMILE Du bist ja nie dabei, wenn Arthur sie bearbeitet.

LEONTINE Muß das ein Vergnügen sein.

EMILE Nicht s o ! Ideologisch.

ARTHUR *zu Emile*

Da siehst Du es. Hoffnungslos. Kann sie wenigstens ihr Sprüchlein?

LEONTINE Sitzt.

ARTHUR *zu Emile*

Zuverlässig?

Emile nickt mit dem Kopf.

ARTHUR Dann können wir ja anfangen. *Zu Leontine* Und Sie verschwinden.

LEONTINE Nichts lieber als das. Rufen Sie mir ein Taxi.

ARTHUR *zum Sanitätsraum weisend*

Dort hinein!

LEONTINE In mein Gefängnis.

ARTHUR Als ob Sie sich dort langweilten!

LEONTINE Ich wollte Ihnen schon längst für Ihren festen Schlaf danken.

EMILE Leontine!

ARTHUR Verschwinden Sie endlich. Ihre Tante darf Sie nicht zu früh sehen.

LEONTINE Je früher der Krach, um so besser.

ARTHUR *zuckt mit den Achseln*

Und jetzt weg. Und warten Sie auf Ihren Auftritt.

Er nimmt den Block vom Tisch und überfliegt, während des folgenden, offensichtlich besorgt, den Text.

EMILE *indem er Leontine zum Sanitätsraum führt, verärgert, aber mit gedämpfter Stimme*

Du sollst nicht so reden mit Arthur. Dem kann ich nicht das Wasser reichen. Der kennt den ganzen Marx. Fast auswendig!

Emile läßt sie in den Sanitätsraum hinein.

ARTHUR Sie soll noch einmal ihren Text überlesen.

Er bringt den Block an die Tür des Sanitätsraums. Emile reicht den Block hinein.

Leontine ab.

EMILE *zu Arthur*

Ich geh die Alte holen. *Öffnet die Tür des Inspizientenzimmers.* Bitte Genossin.

Dritte Szene

ARTHUR, OLGA, EMILE

ARTHUR *zur eintretenden Olga, die sich sofort auf den alleinstehenden Sessel setzt*
Genossin, wenn Sie sich heute nicht endlich dazu herbeilassen, mit Ihrem Mann unsere Vorschläge zu besprechen, werden Sie beide auch am Tag Handschellen tragen müssen.

OLGA *zeigt höhnisch auf das Tonbandgerät, zu Emile, der ein neues Band einlegt und an dem Rolltisch stehenbleibt*
Das neue Band können Sie sich sparen.

ARTHUR Seit vier Tagen erkläre ich Ihnen: ohne Ihr Einverständnis trifft er keine Entscheidung.

OLGA *überlegen-lässig*
Dann holen Sie ihn doch wieder.

ARTHUR *ins Telefon*
Bringt ihn.

OLGA *ironisch-lächelnd*
Es wird sich ja nur wieder zeigen, wie ungeduldig er auf meine Zustimmung wartet.

EMILE Je länger Sie und Veygond hier unsere Gäste sind, um so schlechter wird Ihre Position.

OLGA Und um so sicherer geht Ihr vier Erpresser ins Gefängnis.

Vierte Szene

OLGA, GEORGES, FRED, EMILE, ARTHUR, VEYGOND

Olga schaut Veygond, der von Georges und Fred gebracht wird, gespannt entgegen. Veygond setzt sich an den Tisch, Georges und Fred stellen sich hinter ihn.

OLGA *laut*
Guy, nur nicht kapitulieren!
Veygond schaut sie unwillig an und schweigt.

GEORGES *zu Olga*
Er wird es müssen. Und S i e mit ...

FRED *zu Olga und Veygond*
Sie sind in unserer Gewalt. Wann wird Ihnen das endlich klar?
Veygond und Olga schweigen.

EMILE *zu Veygond*

Sie beklagen sich jeden Morgen, die Handschellen hinderten Sie am Schlafen. Da haben Sie also drei ganze Nächte Zeit gehabt, über unsere Forderungen nachzudenken. Nun, wie steht's?

ARTHUR *unwillige Geste zu Emile, er solle schweigen*

Genosse Veygond, Ihre Frau hat mir gestern beteuert – alles auf Band festgehalten – sie besitze nicht mehrere, sondern nur e i n e n Nerzmantel. Können Sie das bestätigen?

Veygond zuckt mit der Achsel, feindliche Blicke auf Olga.

Ihre Wohnung sei klein und bescheiden.

Veygond schweigt.

Nun?

Veygond schweigt.

Und die Hausgehilfin sei eine Genossin aus der Zelle Ihres Stadtviertels, deren Mitglied Sie beide seien?

Veygond schweigt.

Ihre Frau hat mir also etwas Falsches gesagt.

OLGA *zu Veygond*

Über unseren »Luxus« quetschen die mich aus. Seit vier Tagen.

Veygond schweigt beharrlich.

ARTHUR *zu Olga*

Und seit vier Tagen schweigt Ihr Mann jedesmal, wenn wir Sie beide gegenüberstellen.

GEORGES *zu Arthur*

Weil er nie weiß, was s i e Dir gesagt hat.

VEYGOND Nein, weil jeder von Euch den Staatsanwalt gegen mich spielt, aber keiner den Richter, der Recht spricht.

ARTHUR Als Marxist sollten Sie wissen, daß der Angeklagte sein eigener Richter sein muß.

VEYGOND Danke für die Belehrung. Aber wenn schon, dann gefälligst von Berufeneren.

Arthur gibt Emile ein Zeichen, der sich sofort in den Sanitätsraum begibt.

Fünfte Szene

LEONTINE, OLGA, EMILE, GEORGES, FRED, ARTHUR, VEYGOND

Emile und Leontine erscheinen aus dem Sanitätsraum. Emile geht sofort an das Bandgerät und verfolgt von dort aus, was vorgeht. Leontine mustert einen Augenblick herausfordernd Olga.

LEONTINE Wie es kommt, daß wir drei hier gefangen gehalten werden, brauchen wir uns wohl nicht gegenseitig vorzuwerfen.

OLGA *scharf, zu Arthur*
Ersparen Sie mir den Anblick dieser Person.

LEONTINE *drohend*
Tante Olga ... ! Wann die mich hier rauslassen, hängt von Dir und Onkel Guy ab. Vergiß das gefälligst nicht.

EMILE *mit ironischer Geste*
Bringen Sie Ihren Mann zum Unterschreiben, und der Anblick Ihrer Nichte wird Ihnen auf der Stelle erspart werden, gnädige Frau Genossin.

LEONTINE Und hör auf so dumm zu lügen, teure Tante.

GEORGES *lächelnd*
Soeben noch habe ich bei Ihnen angerufen, Genossin. Ihre Köchin sagte, Monsieur und Madame seien verreist. Auf unbestimmte Zeit, mit unbekannter Adresse.

FRED Dasselbe sagte mir gestern Ihr hochnäsiges Zimmermädchen.

GEORGES Sie werden also nicht vermißt.

EMILE *wirft Zeitungen auf den Tisch*
Von keinem Menschen.

ARTHUR Hier, die Zeitungen von gestern und heute. Kein Wort über Sie beide. Noch immer nichts.

LEONTINE *zu Olga*
Ja, ja. Deine Liebesreisen. Darüber hat die Parteipresse immer schamvoll geschwiegen.

VEYGOND Leontine!

LEONTINE *zu Emile hinüber*
Die macht sie jedesmal, wenn mein Onkel sich zurückziehen muß. *Zu Olga* Arbeiten kann er ja nur dann, wenn Du nicht in der Nähe bist.
Veygond schweigt.

OLGA So verteidigst Du Deine Frau!

VEYGOND *düster, müde, zu Olga*
Warum bist Du mir nachgereist?

OLGA Um Dich vor einem Skandal zu schützen.

LEONTINE *lacht*
Nein, geliebte Tante: um ihn zu erwischen! Das lohnt sich ja meistens für Dich.

VEYGOND *zu Leontine, flehend*
Ich bitte Dich.

LEONTINE *unbeirrt, zu Olga*
Besonders wenn die, mit der er fremd geht, ein bedeutendes Objekt ist, eine Schauspielerin oder sonst was Berühmtes. Dann muß die Entschädigung für Madame entsprechend sein. Ein Brillant! Drunter tut sie's nicht. Oder ein Nerzmantel! Drei hat sie im Schrank. Aber auf den Versammlungen der Partei erscheint sie in einfachem Tuch und nur mit dem Ehering. Schmucklos, wie die Krupskaja. Marxistisch-dezente Kostümierung. Von wegen der Ideologie.

VEYGOND Leontine! Sei still.

LEONTINE Schön dumm warst Du immer, Dir nichts für ihre Seitensprünge geben zu lassen. Oder sie wenigstens mit Deinen zu verrechnen.

OLGA *zu Veygond*
Und das läßt Du Dir bieten.

VEYGOND *ohne auf Olga zu achten, gequält zu Leontine*
Muß das alles hier ausgebreitet werden!
Er bedeckt sich das Gesicht mit den Händen.

LEONTINE Wenn nicht das, dann was anderes. *Zu Georges* Hat sie sich in den letzten Jahren nicht mehrere Male Rechte auf seine Bücher und Stücke abtreten lassen?

GEORGES In Verlagskreisen ist das ein offenes Geheimnis. Da heißt sie nur Madame Copyright.

FRED Die Einnahmen hat sie?

LEONTINE Ja. Und in Aktien angelegt!

FRED Arbeitsloses Einkommen!

EMILE *zu Olga*
Das werden wir den Genossen erzählen. Verlassen Sie sich darauf.
Eine Schelle ertönt. Fred, dem alle nachblicken, verschwindet daraufhin einen Augenblick in die rechte Kulisse und kommt, mit Bier und Tragtaschen beladen, zurück. Man hört, daß die Bühnentür geschlossen wird. Leontine plaziert sich neben Emile.

OLGA Schon wieder Brot und Wurst.

FRED Sollte wohl Kaviar und Champagner sein.

VEYGOND Der Arzt hat meiner Frau jederlei Art Wurst untersagt.
Inzwischen hat Fred am Tisch aus den mit einem Firmennamen bedruckten Tragtüten Brote und Wurst ausgepackt. Arthur zeigt, mit einem zornigen Blick zu Fred, auf die Tragtaschen.

ARTHUR Das Papier weg.
Fred ballt das Papier zusammen und wirft es in den Abfalleimer.

OLGA Zu spät! Ich habe mir gestern und heute gemerkt, in welchen Läden Ihr einkauft. Die Polizei wird sich darüber freuen.

ARTHUR Polizei? Welche?

OLGA Dieselbe, die Ihnen bald Handschellen anlegen wird.

ARTHUR Die staatliche?

GEORGES Die bürgerliche?

FRED D e r wollen Sie uns anzeigen!

OLGA Dachten Sie, wir würden es n i c h t ?

EMILE *zu Arthur*
Was hat die Genossin nur in der Parteischule gelernt?

OLGA *verlegen*
Der Fall ist nicht parteiintern.

GEORGES *eindringlich*
Nicht?

ARTHUR *zu Olga*
Wenn der Genosse Veygond dieses Gebäude nicht als politisch und literarisch toter Mann verlassen will, dann bleibt Ihnen beiden nur eins: fressen Sie Ihre Wut auf uns still in sich hinein. Zeigen Sie uns aber an, dann erfahren Veygonds Leser, wie wenig ernst es Ihnen beiden mit der Ideologie ist, sobald Sie marxistische Grundsätze auf sich selber anwenden sollen. Und aus ist es mit der Glaubwürdigkeit.

GEORGES Und die Auflagen gehen zurück.

EMILE *zu Veygond*
Und Sie, Genosse, verlieren damit Ihren Wert als Paradedichter für die Propaganda. *Pause.* Und die Partei wird Sie fallen lassen.

OLGA *mit einer verächtlichen Handbewegung, zu Emile*
Eure Sorge um uns, wirklich rührend. *Zu Veygond.* Worüber – aber bitte Genaues – haben die mit Dir diskutiert?

ARTHUR *zu Olga*
Nicht über Lösegeld. Auf mehreren besprochenen Tonbändern kann man das nachkontrollieren.

VEYGOND *zu Olga*
Über Deinen Luxus haben sie sich aufgehalten.

OLGA Meinen? Und bei m i r über Deinen. Seit Tagen setzt dieser Kerl mir zu, mit diesem Thema. Und mit irren Forderungen.

VEYGOND *zu Olga*
Forderungen?

OLGA Wir sollen uns selbst enteignen. Deine Einnahmen sozialisieren, nennt er das.

FRED *zu Olga*
Er soll das Beispiel geben, das er seinen Lesern schuldet.

EMILE *zu Olga*
Der Partei würde er damit mehr nutzen als mit all seinen literarischen Werken.
Pause.

OLGA *zu Veygond*
Nun sag doch endlich etwas ... Geben Sie meinem Mann eine Zigarette. Sehen Sie nicht, wie ihn das alles mitnimmt.

ARTHUR *zu Emile*
Gib ihm eine.
Veygond nimmt sie nicht.
Emile gibt Leontine ein Zeichen.

LEONTINE Onkel Guy, Deine Werke und Dein Leben, da stimmt etwas nicht.

VEYGOND So.
Blickt sie feindlich an. Sie tritt vor Veygond.

LEONTINE Ich habe Dich im Flugzeug gefragt, warum Du soviel schreibst, und was hast Du mir geantwortet? »Damit das Gewissen der Menschen wachbleibt.« Das Deiner Frau hast Du aber hübsch einschlafen lassen. Jawohl, Madame.

VEYGOND Laß meine Frau aus dem Spiel.

LEONTINE Und Dein eigenes Gewissen, wie steht es d a m i t ?

OLGA Du hast ihn verführt und wagst das zu fragen!

VEYGOND Sei still, Olga. *Hart* Also, was soll nicht stimmen bei mir, Leontine.
Während des folgenden werden Arthur, Emile, Fred und Georges immer nervöser, so oft Leontine beim Aufsagen ihres Textes ins Stocken gerät.

LEONTINE Onkel Guy, ich habe hier Zeit gehabt, zu grübeln. Über alles. Auch über Dich. Weißt Du, daß Du ein ganz falsches Bewußtsein hast? Du akkumulierst Kapital und schließt die Augen vor dieser Tatsache. Darf ein Marxist das?
Olga grinst höhnisch.

VEYGOND Und D u weißt, was ein Marxist darf und was nicht. Wunderbar.

OLGA Das hat d e r da ihr beigebracht. Ihr neuer Freund.

LEONTINE *zuerst zu Olga*
Und wenn! *Dann zu Veygond* Onkel Guy, wenn Du Deinem Verleger ein Manuskript übergibst, ist für Dich alle Arbeit an Dei-

nem Werk zu Ende. Der Verlag Galmar macht das Produkt Deines Geistes zu einem Buch, und damit zu einer Ware, die beliebig viele Leute kaufen können. Das Buch bringt Dir also, ohne daß Du den kleinen Finger noch einmal rühren mußt, mit jedem verkauften Exemplar neues Geld. Und Deine Prozente wachsen sogar mit dem Erfolg! Das Buch ist ein Kapital geworden, und Du akkulierst.

OLGA ... mulierst! *Sie klatscht höhnisch Beifall.*

LEONTINE *ohne sich beirren zu lassen*
Jawohl. Ohne daß Du an dem ein für allemal geschriebenen und lancierten Buch noch einmal arbeiten mußt, müssen die Setzer, Drucker und Binder, wie die unermüdlichen Heinzelmännchen, für jede neue Auflage des Buchs jedesmal von neuem arbeiten, bei einem Lohn, der immer gleich bleibt.

VEYGOND Du bist schlecht informiert. Die Setzer haben an dem einmal gesetzten Buch nichts mehr zu arbeiten, auch wenn Hunderttausende von Exemplaren hergestellt werden.

LEONTINE *zu Arthur*
Warum hat mir das keiner gesagt?

OLGA Ein Versäumnis, Monsieur. Ich kenne das geistige Rüstzeug meiner Nichte.

LEONTINE Und ich Dein ideologisches, Genossin Tante. Nur Luxus im Kopf. Wie soll da Dein Mann sein marxistisches Bewußtsein nicht verlieren!

VEYGOND Laß meine Frau endlich aus dem Spiel.

LEONTINE Onkel Guy. Angenommen, Du seist ein Erfinder auf einem anderen Gebiet als auf dem literarischen. Chemiker zum Beispiel. Und Du würdest ein Arzneimittel erfinden. Dann bringt der Chemiker Veygond das Papier, auf das er die Formel geschrieben hat, einem Industriellen, verkauft es dem, und die Formel wird von den Arbeitern der Fabrik in eine Ware verwandelt, die man mit dieser e i n e n Formel immer wieder auf die gleiche Weise mit wachsendem Profit herstellen kann. Genauso wie Galmar jeden Deiner doch nur einmal geschriebenen Texte hunderttausend Mal in eine Ware verwandelt, an der Du ebenso oft verdienst wie er.

OLGA Bedanke Dich für die Belehrung. Diese frischgebackene Intellektuelle weiß nicht einmal, daß der Verleger an jedem verkauften Buch mehr verdient als der Autor, und also den ausbeutet.

LEONTINE Trotzdem: Autor und Verleger, Erfinder und Industrieller, die stecken unter einer Decke gegen die Hersteller der Ware. Wer sich ein Produkt seines Geistes abkaufen läßt, gegen Beteiligung am Umsatz oder gegen eine Abfindung, macht sich zum Komplizen der Kapitalisten, selbst dann noch, wenn die ihn übers Ohr hauen. Denn der Erfinder weiß, daß sein Arzneimittel nicht von dem Unternehmer oder seinen Direktoren persönlich in der Waschbütte hergestellt wird. Und Dein Verleger? Hockt der in Person vor der Setzmaschine und bedient er vielleicht eigenhändig die Druckpresse oder die Maschinen in der Binderei!

VEYGOND Rührend, wie Du Marx interpretierst.

LEONTINE Aber richtig.

GEORGES Der Schriftsteller Veygond weiß genau, wieviel fremde Hände benötigt werden, um die Produkte seines Geistes in den Buchladen oder auf die Bühne zu bringen.

LEONTINE Und w e i l diese unentbehrlichen Mitarbeiter aber nicht gleichzeitig Mitverdiener sind, wohnen die einen in der großen Villa und die anderen im kleinen Reihenhaus. Voltaire hat sogar ein Schloß gehabt. Damals war das schon so. Und der war auch ein Aufklärer wie Du. Ist das Gerechtigkeit? Ein Marxist, der sich mit diesen Zuständen abfindet, hat nicht das richtige Bewußtsein.

Emile nickt ihr zufrieden zu und winkt sie mit einer Kopfbewegung zu sich.

OLGA *nach einem prüfenden Blick auf Leontine und Emile*
Ihr werft ihm vor, sein Verhalten sei das eines Kapitalisten. Wie wäre Eures denn, wärt Ihr an seiner Stelle?

ARTHUR Die Frage war fällig.

OLGA Ist sie deswegen weniger gerechtfertigt? Also ...

ARTHUR Wir hätten das getan, was er sich weigert zu tun.

OLGA Das hat noch jeder gesagt, der vom anderen ein Verhalten verlangt, zu dem er selber nie bereit wäre.

ARTHUR Dafür ist Ihr Mann ein trauriges Beispiel.

GEORGES In jedem seiner Werke klagt er die Unternehmer an. Die großen und die kleinen. Hält ihnen den Betrug an den Lohnabhängigen vor und ruft die Arbeiter auf, dem Kapitalismus ein Ende zu machen. Aber bei sich selber damit anzufangen, das kommt ihm nicht in den Sinn.

FRED *zu Veygond*
Ein laufendes Einkommen, für das Sie nicht mehr laufend arbei-

ten müssen, wie vereinbaren Sie das mit Ihren marxistischen Überzeugungen?

VEYGOND Laufendes Einkommen aber doch nur, weil meine Werke ein Dauererfolg sind. Ein Glücksfall! Denken Sie an jene meiner Kollegen, die keine Auflagen erzielen, trotz aller Begabung.

FRED Solche Pechvögel oder Unfähige gibt es in allen Branchen.

ARTHUR Ob einer sich als Autoschlosser oder als Geschäftsmann selbständig macht, ob einer chemische Erfindungen selber auswertet oder, wie der Schriftsteller es meistens tut, sich an der Auswertung eines Patents nur beteiligen läßt, Lohnempfänger ist der nicht mehr. Ein Patent auf Arzneimittel oder Ihr Copyright auf ein Buch, wo ist der Unterschied? Schriftsteller gehören mehr oder weniger zu den Unternehmern.

VEYGOND Das wird ja immer schöner. Aber reden Sie mal ruhig weiter.

GEORGES Wer etwas für das Publikum herstellt, und das tun Sie, der will damit ankommen. Es soll gefallen. Und wenn es einschlägt, bringt es Geld.

VEYGOND Und der Schriftsteller, der nicht einmal das Existenzminimum verdient?

GEORGES Der macht Pleite, wie jeder andere Unternehmer, der keine Kundschaft gewonnen hat, oder dessen Produkte aus der Mode gekommen sind.

FRED Lesen Sie in den Zeitungen nie die Rubrik »Konkurse und Vergleiche«? Betrifft kleine, mittlere und große Unternehmer.

ARTHUR Für die Unternehmer haben Sie in Ihren Werken nur Hohn und Spott. Und das ist richtig. Objektiv. Es sollte sie nicht geben, diese Ausbeuter, die ihre Mitmenschen für sich arbeiten lassen. Aber nun, subjektiv gesehen, Genosse ...

Pause.

VEYGOND Sie werden doch nicht annehmen, daß ich mich mit dem, was hier eben verzapft wurde, ernsthaft auseinandersetze.

OLGA Mein Mann, schreibt der, um Geld zu machen, wie die Unterhaltungsschriftsteller, oder will er mit seinen Werken etwas erreichen?

ARTHUR *widerwillig*

Sein literarischer Erfolg nützt der Partei, zugegeben. Aber Schulungskurse haben tiefere Wirkungen.

GEORGES Seine Bücher verschönern den ideologischen Überbau, aber unbedingt notwendig sind sie nicht.

FRED So wenig wie die bürgerliche Literatur, die den Kapitalismus geistig verziert. Der kommt auch ohne die aus.

GEORGES Was ist ein Schreiber denn neben einem, der für die Partei sein Leben riskiert ... !

OLGA Sie arbeiten in einem Verlag und führen solche Reden. Schon in seiner Jugend hat mein Mann sich geschworen, die Befreiung des Proletariats vorwärtszutreiben. Jedes seiner Werke trägt dazu bei.

FRED Und bringt ihm Geld und Ruhm ein.

VEYGOND Daß meine Honorare so hoch sind, liegt doch nur am kapitalistischen System! Und dieses System kann nur als G a n z e s weggefegt werden. Durch die Revolution.

GEORGES Warum treten Sie bis zu deren Eintreffen das, was Sie über ein anständiges Existenzminimum hinaus verdienen, nicht an die Parteikasse ab?

ARTHUR Die erhält nie soviel Geld aus Moskau wie die Leute denken. Im Z. K. klagt man doch das ganze Jahr darüber.

EMILE Oder führen Sie die Hälfte Ihrer enormen Einnahmen an die Gewerkschaften Buch, Druck und Papier ab.

FRED Die Gewerkschaft des Bühnenpersonals nicht zu vergessen.

GEORGES Frustrieren Sie sich selbst. Aus Solidarität mit den Ausgebeuteten.

FRED Das ist das wenigste, was Sie tun müßten.

GEORGES Warum zwei große Wagen? Einer täte es auch. Warum die Reisen in der Luxusklasse? Warum immer in den teuersten Hotels? Und in Paris nur in Schlemmerlokalen?

VEYGOND Ich werde viel eingeladen.

LEONTINE Das ist wahr, sie gehören doch beide zum Tout-Paris. Wenn sie beim Einkaufen oder auf einer Party waren, immer steht es in der Zeitung.

EMILE Von wem werden Sie eingeladen?

OLGA Von seinen Verlegern, von Bewunderern.

GEORGES Von Millionären. Auf deren Schlössern. Zum Wochenende. Ihre Frau und Sie verkehren ja mit so vielen Kapitalisten.

OLGA Und wir versuchen nicht einmal, die zum Marxismus zu bekehren. Was sagen Sie jetzt?

ARTHUR *zeigt auf einen Koffer*

Daß Sie eben schon wieder gelogen haben. Dadrinnen liegen Dutzende Rechnungen. Von Hotels, Restaurants, von Modehäusern, wo Sie sich anziehen, Genossin.

Olga und Veygond schauen sich an.

GEORGES Das alles haben wir gesammelt. Seit Jahr und Tag.

OLGA *lacht gezwungen*

Ich werde am Ende doch noch Angst vor Euch bekommen.

ARTHUR Ja, würden Sie nicht überall mit dem Personal so herrisch umgehen ... nie hätte ein Kellner oder eine Verkäuferin meinen Genossen die Durchschläge Ihrer Rechnungen zum Kopieren überlassen.

OLGA *zu Veygond*

Die können nur gefälscht sein.

ARTHUR Wir kommen darauf zurück. Morgen.

VEYGOND Was! Morgen?

ARTHUR *zu Olga*

Wir lassen Sie beide nicht laufen, bevor Ihr Mann kapituliert, also die freiwillige Sozialisierung seiner Einnahmen durch uns der Presse mitgeteilt hat. Handschriftlich und auf Band gesprochen. Haben Sie denn immer noch nicht begriffen!

OLGA *höhnisch*

Geben Sie doch auf. Sie haben längst verloren. Einmal sind die Theaterferien zu Ende, und dann bekommt Ihr einige Jährchen aufgebrummt.

LEONTINE *blickt ängstlich auf Emile*

Gefängnis? Onkel Guy, würdest Du das zulassen?

OLGA Je öfter Du ihn »Onkel« nennst, um so lieber wird er gerade d i e s e n Kerl im Gefängnis sehen.

Sie zeigt auf Emile, dann heftig zu Veygond Stoß diesen Erpressern doch endlich Bescheid. Du hast alles zu gewinnen und nichts zu verlieren.

VEYGOND Leontine, sieh mir in die Augen. Du liebst diesen Jungen?

LEONTINE Ja.

VEYGOND In so kurzer Zeit willst Du das so genau wissen.

LEONTINE *ohne Veygond anzusehen*

Ich weiß es.

EMILE Ich heirate Ihre Nichte.

ARTHUR *äußerst überrascht*

Emile ... !

VEYGOND *kalt, zu Emile*

Da müssen Sie sich beeilen, daß Sie noch aufs Standesamt kommen, bevor man Sie verhaftet. Mit den drei anderen.

EMILE Weil Sie sie nicht gekriegt haben, soll auch ich sie nicht haben!

VEYGOND Entweder Ihr laßt mich und meine Frau sofort frei ...

OLGA ... und gebt uns die Tonbänder mit ...

VEYGOND ... oder aus der Heirat wird nichts.

FRED *zu Emile*

Was hat Arthur Dir immer gesagt?

VEYGOND Er wußte es, der strenge Arthur: nie ein Weib dort, wo ein Plan gelingen soll.

Emile und Leontine schauen sich einen Augenblick ratlos an. Dann stürzt Leontine sich in Emiles Arme.

Vorhang

AKT III

Beim Aufgehen des Vorhangs kommen Veygond, Olga und Arthur aus der Kulisse nach vorne. Das Gespräch beginnt während des Hereinkommens. Es folgen hinter ihnen Fred und Georges. Arthur bleibt neben einem der Sitze stehen, die im Halbkreis um einen runden Rauchtisch gruppiert sind und fordert Veygond mit einer Geste, die dieser übersieht, auf, Platz zu nehmen. Fred und Georges stehen fast immer so, daß sie jede Bewegung Veygonds überwachen. Etwas abseits der Gruppe ein Kanapee, auf dem Olga Platz nimmt.

Erste Szene

ARTHUR, OLGA, VEYGOND, GEORGES, FRED

ARTHUR *zu Veygond und Olga*
Da wären wir wieder am Ausgangspunkt unseres Rundgangs.

OLGA Unter Luftschnappen hatte ich mir was anderes vorgestellt.

VEYGOND Sie haben uns ja fast das ganze Haus gezeigt. Warum eigentlich?

OLGA Um uns zu terrorisieren.

ARTHUR Aus diesem Gebäude kommen Sie nicht heraus, Genossin. Sind Sie jetzt davon überzeugt? *Zu Veygond* Also, werden Sie nun die Erklärung geben?

OLGA Ohne die Zustimmung Deines Verlegers, Guy?

ARTHUR *zu Veygond*
Auch das müssen Sie sich endlich aus dem Kopf schlagen: ich lasse Sie nicht mit Galmar telefonieren.

OLGA Sie hätten ihn gleichzeitig mit uns kidnappen müssen. Wieder ein Fehler Ihrer Regie, Monsieur.
Sie legt dabei die Handtasche neben sich auf das Kanapee, nimmt Zigaretten und Feuerzeug und beginnt sich zu pudern.

VEYGOND Olga.
Er bittet Olga, mit einer Geste, zu schweigen.

Zweite Szene

LEONTINE, ARTHUR, EMILE, OLGA, VEYGOND, FRED, GEORGES

Die Tür des Sanitätsraums wird aufgeschlossen. Leontine erscheint, in einem für sie viel zu langen Sanitäterkittel. Sie trägt ein Tablett, auf dem Gläser stehen. Emile hinter ihr, mit einer Flasche Rotwein.

LEONTINE Kleine Erfrischung gefällig, meine Herrschaften.

ARTHUR *ärgerlich*
Lassen Sie das!

EMILE *zu Fred, stellt die Flasche auf den Tisch*
Von meinem Bruder. Wir haben alle Pariser Zeitungen durchgesehen und die Nachrichten gehört. *Zu Veygond* Keine Zeile und kein Wort über Sie oder über das Verschwinden Ihrer Frau. Immer noch nicht.

LEONTINE *zu Olga*
Da siehst Du, wie man Deine Liebesreisen respektiert.

ARTHUR *zu Leontine*
Stellen Sie die Sachen ab und halten Sie die Klappe.

LEONTINE Ich schweige ja schon. Und wie.
Sie stellt sich neben Emile.

ARTHUR *zu Emile, vorwurfsvoll*
Unverbesserlich.
Emile drückt, nach einem bösen Blick auf Arthur, Leontine auf einen Stuhl, zieht für sich einen anderen herbei und setzt sich neben sie.
Arthur bietet Veygond zum zweiten Mal einen Stuhl an. Veygond lehnt wiederum ab, stellt einen Fuß auf die Sitzfläche des Stuhls und blickt Arthur herausfordernd an.

VEYGOND *brüsk*
Was habt Ihr im Ort als oberste Instanz der Partei?

ARTHUR *überrascht, geht nach kurzem Schweigen an das Tonband, stellt es ein und bleibt dort. Dann ironisch zu Veygond*
Die Hierarchie der Partei, von der Zelle bis zum Politbüro, ist in der ganzen Welt die gleiche und entspricht fast immer der Gebietsaufteilung der zivilen Verwaltung.

OLGA Das wissen wir, denken Sie mal an. *Zu Veygond* Die Stadt ist Sitz des Präfekten. Dreihunderttausend Einwohner.

ARTHUR Ich sehe, Sie halten sich auf dem laufenden. Als Sie in der Schule die Namen der Departements und ihrer Hauptstädte auswendig lernen mußten, hatten wir hunderttausend Einwohner weniger und kein so schönes Theater wie heute. Es stimmt. Die Stadt ist Sitz des Präfekten.

VEYGOND Also auch des Genossen, dem die Departements-Sektion der Partei untersteht. Und d e n lassen Sie sofort kommen.

EMILE *höhnisch*

Wäre es nicht höflicher, Sie gingen zu ihm. Er wohnt nur ein paar Straßen weiter. Charles Marquet heißt er.

Fred und Georges platzen in Lachen aus. Arthur gebietet ihnen mit einer heftigen Geste Schweigen. Leontine stößt Emile an, der aber, den Blick auf Arthur gerichtet, nicht darauf reagiert.

ARTHUR *blickt Veygond eine Weile stumm an*

Für wen halten Sie mich?

VEYGOND Sie setzen die Interessen der Partei aufs Spiel.

ARTHUR Und S i e die Karriere eines hohen Tiers der Partei.

VEYGOND Ich würde mich seinem Schiedsspruch unterwerfen, als sei er vom höchsten Parteigericht ausgesprochen.

ARTHUR Und diesen Schiedsspruch soll ausgerechnet der Genosse fällen, der die Sektion unseres Departements leitet? Ausgeschlossen.

VEYGOND Die Sache bleibt parteiintern. Ich bürge dafür.

ARTHUR Kunststück. Charles Marquet sitzt ja im Zentral-Komitee.

VEYGOND Ein Grund m e h r , ihn zu holen.

ARTHUR Ihn n i c h t zu holen. Der steht von vorneherein auf Ihrer Seite, selbst wenn er Sie persönlich nicht ausstehen könnte oder Ihr mondänes Leben mißbilligte. Die Funktionäre, oben im Z. K. und im Politbüro, wie die Kletten halten die mit den Prominenten gegen unsereins zusammen.

VEYGOND *scharf*

Unsereins?

FRED Ja, gegen uns, die Kleinen in der Partei.

EMILE Wir sind doch immer die Dummen. Genau so wie das Stimmvieh der Kapitalisten.

Veygond hebt die Hände, als ob es nicht der Mühe wert sei, darauf zu antworten.

ARTHUR Etwa nicht? Wir zahlen das ganze Jahr Beiträge, halten damit die Funktionäre aus und müssen denen dafür obendrein gehorchen. In allem und in jedem.

GEORGES Schon dem Chef der Zelle.

FRED Aber wir, wir müssen immer den Kopf hinhalten, wenn es hart auf hart geht. *Er hebt seine Faust.* Vor den Wahlen werden wir zum Ordnungsdienst in die Versammlungen kommandiert und dürfen uns mit den Störtrupps des Klassenfeinds herumschlagen. Um die Herren Vorsitzenden zu schützen, die auf dem Podium thronen.

EMILE Und diese Halbgötter kommen uns nach der Saalschlacht im Krankenhaus besuchen und tun leutselig. Was die dabei dreschen, Phrasen von Pflichterfüllung undsoweiter. Das ähnelt verdammt den Ansprachen, wenn Generäle des Klassenfeinds Verwundeten einen Orden an die Brust stecken. Die Bonzen, was riskieren die denn neben unsereinem!

OLGA *zu Leontine*
So läßt Du Deinen Vater verleumden! Der sitzt. Politisch. *Zu Emile* Für wen wohl?

EMILE *verlegen, zu Leontine*
Hatte ich vergessen. In meiner Wut. Nimm es mir nicht übel.
Leontine blickt böse auf Olga und streichelt gleichzeitig Emiles Hand.

VEYGOND *zu Arthur*
Schöne Gesinnung.

ARTHUR Sie sind der letzte, der so etwas sagen darf. Weil sie uns eine bessere Zukunft verspricht, mehr Freiheit und wer weiß was noch alles, d e s h a l b ist man in der Partei. Aber die ist noch nicht einmal an der Macht, und schon legen die Funktionäre alles darauf an, die Genossen zu künftigen Untertanen abzurichten. Brüderlichkeit, ja, mit den Lippen!

FRED Wo es darauf ankommt, geht es ganz schön autoritär zu. Wie wird das erst aussehen, wenn die Partei r e g i e r t !

GEORGES Und wenn Prominente wie Sie, Genosse Veygond, offizielle Staatskünstler sein werden. Haben Sie nicht eben hier herumkommandiert, als seien wir Ihre Untergebenen. Den Parteipascha des Departements herbei! Befohlen haben Sie das, nicht darum gebeten.

VEYGOND Befohlen, befohlen! Meinetwegen. Sie vergessen das Wesentliche. *Zu Arthur* Ich sage es Ihnen noch einmal: lenken Sie ein. Und die Sache wird parteiintern erledigt.
Zu Olga Du bist doch einverstanden?

OLGA Wenn er mir die Tonbänder herausgibt.

VEYGOND *scharf*
Also, was tun Sie, holen Sie den Mann oder nicht?

ARTHUR Ihren Schiedsrichter? *Er lächelt.* Selbst wenn wir so naiv wären, überhaupt jemanden zu Ihnen zu lassen und auch wenn Charles Marquet nicht Mitglied des Zentral-Komitees wäre, gerade diesen Mann ließe ich dann noch immer nicht herkommen.

VEYGOND Also aus persönlicher Feindschaft.

ARTHUR Aus literarischer. Als Ihr Roman »Sklaven am Fließband« erschien, fand Charles Marquet, dieser Roman überrage alles, was Sie geschrieben haben. Wir sollten ihn in jeder Zelle empfehlen.

VEYGOND Das hatte das Buch nicht nötig. Schon vor dem Erscheinen waren fünfzigtausend Exemplare fest bestellt.

OLGA Heute ist die halbe Million überschritten.

ARTHUR Wenn Sie damit sagen wollen, daß Veygond eine Macht darstellt, ist das nicht zu bestreiten. Aber das ändert nicht meine Meinung über den Roman. Ich finde ihn abstoßend.

OLGA Nach all den anderen Lektionen jetzt also die literarische Kritik. Und was soll danach noch kommen?

EMILE *zu Veygond*
Seitdem Sie ein Auflagenkönig sind, werden Ihre Werke von Buch zu Buch unwahrer. Nichts mehr stimmt darin.

FRED Und das ist schädlich für die Partei.

GEORGES Und nutzt dem Klassenfeind.

VEYGOND *ironisch*
Hochinteressant. Noch keiner der großen Kritiker hat das herausgefunden.

OLGA *heftig, zu Veygond*
Verlange doch endlich Begründungen.

VEYGOND *bittet Olga mit einer Geste um Schweigen, nach einem kalten Blick auf sie*
Olga.

ARTHUR *zu Veygond*
Die Lakaien und Komplizen des Klassenfeindes: Generäle, Minister, hohe Beamte, die sind, sobald sie in dem Roman als Privatpersonen auftreten, immer dumm und lächerlich. Auf der anderen Seite zeigen Sie aber überzeugend, wie raffiniert diese dummen Männer den Kapitalismus stützen. Soll der Leser über die nun lachen oder wollen Sie sein Mißtrauen gegen die wachhalten?

OLGA Als ob das eine das andere ausschlösse.

GEORGES *zu Olga*

Es gibt auch eindeutig Falsches in Veygonds Darstellungen. Die Industriekapitäne, unsere Erzfeinde, die sind ganz im Gegenteil zu dem Bild, das er von denen gibt, alles andere als faul.

ARTHUR Die sind sogar sehr fleißig.

VEYGOND *scharf*

Auf dem Golfplatz.

ARTHUR Im Büro. Im Betrieb. Sie arbeiten hart.

VEYGOND In die eigene Tasche.

FRED Wie Sie, Genosse.

ARTHUR Lassen wir das. *Zu Veygond* Es ist ja nicht nur der Klassenfeind, den Sie falsch zeigen. Auch von den Arbeitnehmern geben Sie ein Bild, über das die nur grinsen können. Alles Muster an biblischer Rechtschaffenheit. Und in der Wirklichkeit nirgends zu finden.

VEYGOND Auch das hat mir noch niemand gesagt. Und ich erhalte viele Leserbriefe, gerade von Arbeitern.

GEORGES Und keiner von denen hat je etwas bemäkelt? Zum Beispiel gefragt, warum man in Ihren Romanen nichts davon liest, daß Arbeitnehmer einander beim Chef denunzieren.

FRED Oder Kameraden Sachen aus dem Spind stehlen. Selbst wenn sie Genossen sind.

OLGA Bestreite ich.

FRED Ich kenne solche Fälle.

EMILE *zu Veygond*

Und warum verschweigen Sie, wie verächtlich ein großer Teil der Arbeiter in den Betrieben mit den Fremdarbeitern umgeht?

FRED Mit Klassenbrüdern!

GEORGES Deren Unkenntnis von Land und Sprache, das habe ich selbst beobachtet, wie oft wird die übel mißbraucht.

VEYGOND Von bourgeoisen Arbeitsvermittlern und Zimmervermietern oder ähnlichem Pack.

FRED Eben nicht nur von denen. Auch von Genossen.

EMILE Und von Landsleuten. Solchen, die sich schon längere Zeit hier niedergelassen haben.

VEYGOND Solche Vorkommnisse haben nicht die geringste politische Relevanz.

GEORGES Keine direkte. Aber diese Dinge wegschweigen, heißt, sie weglügen. Und das tun Sie.

VEYGOND Noch sind die Arbeitnehmer bei uns Ausgebeutete. Soll ich denen mit dem Aufzeigen solcher Lappalien in den Rücken fallen?

FRED In den Rücken fallen. Das ist zum Lachen. Jeder Arbeiter und jeder Angestellte weiß, daß in den Betrieben geklaut wird, sobald man es mit einem Minimum von Risiko tun kann. Auch darüber nie ein Wort in Ihren Büchern.

EMILE Nicht einmal in Ihrem Roman, der im Warenhaus spielt. Also dort, wo die Diebstahlsquote geradezu ungeheuer ist.

GEORGES Kommt eine Köchin in Ihren Büchern vor, dann ist die immer ein geknechtetes Wesen. Besonders, wenn sie für zahlreiche Gäste kochen muß. Dabei sind das gerade die fetten Tage für jede Köchin. Je größer der Einkauf, je mehr Provision erhält sie vom Metzger und um so leichter kann sie Rechnungen nach oben hin korrigieren. Und die sogenannte Herrschaft wagt nicht, etwas zu sagen. Die liegt heute vor dem Hauspersonal auf dem Bauch.

OLGA Ich nicht.

GEORGES Weil Sie sich lieber bestehlen lassen, als selber kochen. Sie haben ja das Geld dazu.

LEONTINE *zu Georges, obwohl Emile sie zum Schweigen bringen will*

Da irrst Du Dich aber gewaltig. Die und sich bestehlen lassen! Vor drei Monaten hat sie eine Köchin Knall und Fall entlassen. Und das war eine Genossin aus ihrer Zelle. Da kennt die nichts.

Georges, Fred und Arthur lachen.

ARTHUR Solange wir keine marxistische Gesellschaftsordnung haben, lassen sich solche Veruntreuungen rechtfertigen. Warum soll der Arbeitnehmer loyal und ehrlich mit dem Kapitalisten sein. Stiehlt der ihm nicht den Mehrwert der Arbeit?

VEYGOND So. Und an dem Tag, an dem wir die Macht erobert und die Wirtschaft sozialisiert haben werden, wie sieht es dann aus mit einer solchen Moral.

FRED Dann darf nicht mehr gestohlen werden in den Betrieben. Klar.

EMILE Einer, der etwas stiehlt, das der Allgemeinheit gehört, würde sich ja selbst bestehlen.

VEYGOND Also.

ARTHUR Kein also. Der Hang zum Stehlen sitzt tief im Menschen. Das zu verschweigen ist gefährlich für die Zukunft, die jedem

Marxisten vorschwebt. Denn wenn wir die Macht haben, müssen wir dieser menschlichen Schwäche hart zu Leibe rücken. Es darf doch später nicht heißen: je mehr Volkseigentum, um so mehr Diebstahl.

VEYGOND Und i c h sage Euch: solange wir keine marxistische Gesellschaftsordnung haben, werde ich den Arbeiter immer nur so zeichnen, wie er später sein muß, wenn wir diese Ordnung haben. Ehrlich, sozial, brüderlich. Ich weigere mich, Schmutz auf ihn zu werfen.

ARTHUR Mit anderen Worten: Sie beschönigen in Ihren Romanen und Stücken die Wirklichkeit.

OLGA Die Wirklichkeit, die Wirklichkeit! Er macht den Arbeiter nicht schlecht. Das ist doch etwas anderes.

VEYGOND *zu Arthur*

Sie lehnen meinen Roman »Sklaven am Fließband« ab. Habe ich darin nicht geschildert, wie seelentötend die endlos monotonen Teilverrichtungen am Fließband einer Autofabrik sind? Was ist dort beschönigt?

ARTHUR Die Charaktere der Arbeiter. Alles Heilige, die den Aufsehern nie den geringsten Grund geben, Teufel zu werden.

VEYGOND Und das Wichtigste, die Zustände, die Bedingungen, unter denen gearbeitet wird! Habe ich da etwas beschönigt?

EMILE Das wäre Ihnen gar nicht möglich gewesen. Die Antreiberei, die Sie beschreiben, ist dem Arbeiter, der das Buch liest, vertraut. Die Handlung spielt ja hier bei uns. In einem kapitalistischen Unternehmen.

ARTHUR Moment. Ein Kapitel des Buchs, ein sehr langes, spielt in der Sowjetunion. Und eben wegen dieses Kapitels ist es zu der großen Auseinandersetzung zwischen Charles Marquet und mir gekommen. *Zu Veygond* Sie schildern darin die Reise einer Gruppe von Genossen, die ihren Urlaub in Rußland verbringen.

FRED Da haben Sie gleich am Anfang unterschlagen, wie schwierig es für einen kleinen Genossen ist, überhaupt das Einreisevisum zu bekommen. Ich habe es doch erlebt. Aber gut, in Ihrem Buch ist es ja eine Gruppe. Doch was für Dummköpfe machen Sie aus denen. Die merken ja nicht einmal, daß der freundliche Organisator, der sie während des ganzen Aufenthaltes betreute und nie aus den Augen verlor, in Wirklichkeit ein Aufseher war. Ist das nicht Betrug an Ihren Lesern? Denn Sie wissen es ja besser. Sie waren oft genug in Moskau.

ARTHUR Und was bekamen die Leser durch die Augen Ihrer Romanfiguren, Genosse, in der Beschreibung der Reise überhaupt zu sehen? Nichts als ungeheuere technische Leistungen, Kolossalbauten, wunderbare Eisenbahnen und Schiffe, Parks und U-Bahnen! Nur daß dies alles, was es ja auch bei uns gibt, dort Ergebnisse der kommunistischen Wirtschaftsform seien. Sie werden nicht müde, zu betonen, ohne diese wäre in der Sowjetunion nichts entstanden und daß dies alles dem Volke gehöre. Aber die Bedingungen, unter denen die ganze Pracht entstanden ist, unter denen gearbeitet wird, die sind nie beschrieben. Das ist aber das, was wir vor allem anderen wissen wollen, und danach fragen seltsamerweise Ihre Figuren nicht ein einziges Mal. Kein Wort vom Lohn und von dem, was man sich damit leisten kann. Danach sollen Genossen nicht gefragt haben, die sich hier wochenlang in den Fabriken verbarrikadieren, um bessere Arbeitsbedingungen zu erzwingen? In diesem Roman besichtigt Ihre Reisegruppe nicht ein einziges Mal eine Werkhalle.

GEORGES Was wird da von Ihnen verschwiegen?

EMILE Die Schinderei am Fließband vielleicht.

FRED *anzüglich*

Oder gibt es das dort nicht.

VEYGOND Moderne Produktion kommt nirgendwo ohne Fließbänder aus.

ARTHUR Aha.

EMILE
FRED
GEORGES } Aha.

OLGA Was aha? Was wißt Ihr denn schon? Habt Ihr alle vier nicht privilegierte Berufe?

VEYGOND Keiner von Euch arbeitet am Fließband.

EMILE Die Setzmaschine in der Druckerei, die ist mein Fließband. Mein Antreiber. Auf die habe ich eine Wut.

VEYGOND Versteht sich. Solange Sie für den Kapitalisten arbeiten.

EMILE Ob die Druckerei einem privaten Unternehmer gehört oder ob sie ein volkseigener Betrieb ist, für mich bleibt die Schinderei die gleiche. Ich möchte wissen, ob sich das ändert, wenn die Partei die Macht erobert hat. Warum erfährt man darüber nichts in Ihrem Buch?

FRED Wir finden das verdächtig.

ARTHUR Genosse Veygond, der militante Marxist will und muß illusionslos wissen, was er zu erwarten hat, wenn wir an der Macht sind.

VEYGOND Wer auf eine bessere Zukunft setzt, erwartet vor allem etwas für sich persönlich. Das ist vielleicht d a s Verhängnis für den Marxismus.

ARTHUR In diesem Punkt haben Sie also keine Illusionen. Daß der Wohlstand der Allgemeinheit dem des Einzelnen vorzugehen hat, das wird manchen enttäuschen, wenn wir an der Macht sind. Aber daß dies so sein wird, darf man nicht verschweigen. Und das gerade tun Sie in Ihren Büchern.

VEYGOND Soll ich in meinem nächsten Buch den Leuten vorrechnen, daß ein sozialistisches System – aus welchen Gründen, wissen Sie ja – den Einzelnen, als Verbraucher von Gütern, nie so gut versorgen kann wie das kapitalistische? *Kurze Pause.* Und das von der Wohnung über das Essen bis zur Qualität der Kleidung.

GEORGES Das ist der Preis für eine endlich gerechte Verteilung des Produzierten!

VEYGOND Wenn ich das wirklich schriebe, was würden Sie dann sagen?

GEORGES Bravo würde ich sagen.

ARTHUR Aber es ist immer dasselbe: statt uns reinen Wein einzuschenken, gaukelt man uns ein Paradies vor, das es wohl nie geben wird.

VEYGOND »Man«? Wer ist diesmal damit gemeint?

ARTHUR Das Politbüro und das Zentral-Komitee.

EMILE Überhaupt alle, die bezahlte Funktionen in der Partei haben.

FRED Und die Agit-Props in den Betrieben.

EMILE Was d i e versprechen, kann nie Realität werden. Nie! Bei der Verteilung des Kuchens kann auf den Einzelnen nur ein Häppchen kommen.

VEYGOND *triumphierend*

Also genau wie dann, wenn man die Profite der Unternehmer verteilte. Merkwürdig, vor einigen Tagen waren das noch ganz und gar nicht Ihre Argumente. Ein wenig konfus, wie?

Zu Arthur

Tut mir leid, Ihr überzeugt mich nicht.

ARTHUR Auch wenn sie objektiv stimmten, subjektiv sind I h r e Argumente verlogen. Nichts als der primitivste Egoismus steckt dahinter. Alle anderen sollen sozialisiert werden, nur Sie selber nicht ... Genosse!

VEYGOND Amen.

ARTHUR Für heute.

VEYGOND Für mich definitiv. Damit Ihr es wißt, meine Frau und ich werden dieses Gefängnis erst dann verlassen, wenn man uns hier abholt. Wir können warten.

ARTHUR Und wer soll das sein, der Sie hier abholt?

VEYGOND Die Wahl unseres Befreiers überlasse ich Ihnen. Einen habe ich Euch vorgeschlagen. Aber den wollt Ihr ja nicht.

Er erhebt sich und bewegt sich zur linken Kulisse.

OLGA *vom Sofa aufstehend, zu Arthur*

Jetzt habt Ihr uns als Laus im Pelz.

Veygond ab.

Alle starren ihm nach.

Vorhang

AKT IV

Die Sessel und der Rauchtisch stehen nicht mehr auf der Bühne. Sonst alles wie in den vorangegangenen Akten. Arthur schlafend in dem Baldachinbett. Georges und Fred stehen am Tisch, schenken Kaffee ein und schneiden Brot.

Erste Szene

FRED, GEORGES, ARTHUR

FRED Emile kommt wieder einmal nicht aus den Federn.

GEORGES *blickt zum Sanitätsraum*
Weck die beiden. Sonst ist Arthur gleich sauer für den ganzen Tag.

FRED Der ist eh ungenießbar seit gestern.
Er geht zum Sanitätsraum und rüttelt dort an der Türklinke. Die Tür springt auf. Fred schaut hinein, läuft entsetzt zu Arthurs Bett und schüttelt ihn wach.

FRED He, he! Arthur!

ARTHUR Schon der Kaffee?

FRED Emile ist fort. Niemand mehr drin.

ARTHUR Was!
Er läuft im Hemd zum Sanitätsraum und schaut, entsetzt, hinein. Die sind durchgegangen. Das Weibsstück. Ich habe es ja immer gesagt. *Arthur fühlt aufgeregt die Taschen seiner Jacke ab, die über einem Stuhl hängt.* Und alle Schlüssel hat er mitgenommen. *Er läuft zur Bühnentür und rüttelt daran. Dann an der Tür des Inspizientenzimmers. Fred und Georges sehen ihm erstarrt zu.* Alles abgeschlossen. Wenn die nur nicht noch da drinnen sitzt!

FRED Verdammt noch mal. Ich schau bei Veygond nach.
Fred ab.

ARTHUR *sich hastig anziehend, zu Georges*
Die Polizei ist bestimmt schon unterwegs. Ihr müßt sofort weg. Holt Eure Sachen.
Er geht ans Telefon und wählt.

GEORGES *während Arthur in den Apparat horcht*
Pförtnerloge?

ARTHUR *hängt ein*
Auch durchgegangen. Sein Bruder. Die Schufte!

Zweite Szene

FRED, GEORGES, ARTHUR

FRED *kommt zurück*
Bei Veygond . . . auch abgeschlossen!

GEORGES Emile ist zur Polizei. Wir sind verratzt.

ARTHUR Ich bring Euch raus. Direkt auf die Seitenstraße. Oben über den Notausgang an der Beleuchtung. Macht, macht, holt Eure Sachen.

GEORGES Fred, rasch!
Fred ab.

ARTHUR *Fred nachrufend*
Und laß nichts liegen!

GEORGES Du hast Dich für den Emile und seinen Bruder verbürgt. Bei uns.

ARTHUR *aufbrausend*
Mich wird's ja auch am meisten kosten.

FRED Du wirst Dich doch hier nicht schnappen lassen.

ARTHUR Emile hat mich längst als Anstifter verpfiffen. Und der war ich ja auch. Ich muß den Kopf schon hinhalten.

GEORGES Lösch wenigstens die Tonbänder.

ARTHUR Und wie beweisen, daß es nicht um Geld gegangen ist? Daß es etwas Politisches war. Und mildernde Umstände bekommen?

Dritte Szene

ARTHUR, FRED, GEORGES

Fred erscheint mit einer Reisetasche, stellt sie nieder. Arthur gibt sie ihm aber wieder in die Hand.

ARTHUR Ihr könnt gar nicht schnell genug verschwinden. Was denkt Ihr, wenn man die Veygonds hier eingeschlossen findet, dann hat es auch für Euch geschlagen. Los. *Zeigt nach oben.* Die Leiter hinauf, an der Beleuchtungsorgel vorbei und dann links. Schlüssel steckt. Los. Los.
Fred und Georges ab.
Sobald Arthur allein ist, zieht er seine Jacke an und nimmt mit hastigen Bewegungen aus dem einen der Aufnahmegeräte das Band heraus, steckt es in die Tasche, öffnet einen der Koffer und zieht aus diesem einen Stoß Tonbänder, deren Verpackung be-

schriftet ist. Er prüft auf jeder Schachtel nervös die Aufschrift, wirft einen Teil in den Koffer zurück, und, mit einem Lächeln der Befriedigung, versteckt er die anderen unter den Kissen seines Bettes. Dann zieht er aus dem Koffer einen großen, verschnürten Karton heraus, öffnet ihn und zählt die zum Vorschein kommenden Tonbandschachteln, reißt einer nach der anderen den Klebeverschluß ab und trägt sie, ohne aber das Band herausgenommen zu haben, auf sein Bett. Dort setzt er sich, zieht die vorher unter den Kissen versteckten Schachteln heraus und schreibt mit sichtbarer Sorgfalt die Beschriftung einiger ab auf die Schachteln, die er dem großen Karton entnommen hatte. Einige der frisch beschrifteten steckt er in die Tasche seiner Jacke, den Rest wirft er in den Koffer. Dann verbirgt er die Schachteln, die er zuerst unter den Kissen versteckt hatte, im Abfalleimer, legt ein unbesprochenes Band in das Tonbandgerät ein und läßt das Band laufen. Plötzlich fährt er zusammen und stoppt das Band. Man hört gleichzeitig, daß die Bühnentür mit einem Schlüssel geöffnet wird. Arthur versteckt sich auf der Bühne und beobachtet kurze Zeit die Eintretenden.

Vierte Szene

ARTHUR, CHARLES, LEONTINE, EMILE

Es erscheinen Emile und Leontine, die Charles den Vortritt lassen. Charles trägt einen kleinen Fotoapparat in der Hand, Emile einen Bund Schlüssel.

ARTHUR *tritt hervor*
Genosse Charles! Die Linientreue in Person. Die Säule des Departements. Welch' freudig Wiedersehen!

CHARLES Freu Dich nicht zu früh, Genosse Rouret.

ARTHUR Ich habe mich abgesichert. *Zu Emile* Oben ist ein Notausgang für den Beleuchter. Daran hast Du nicht gedacht. Die beiden Jungen sind schon unterwegs zu meinen Leuten.

CHARLES *höhnisch*
Zu den »Urmarxisten«.

ARTHUR Ich weiß auch s o , daß d e r da Dir alles erzählt hat. *Zeigt auf Emile.* Und daß Du längst mit Paris telefoniert hast. Ein so hoher Funktionär wie Du darf ja das ganze Z. K. mitten in der Nacht aus dem Schlaf wecken.

CHARLES Das Z. K. hat mir jede Vollmacht gegeben.

ARTHUR Jede? Jede Leiche, die hier liegen würde, wäre ein Verhängnis für die Partei. Ob Deine, meine oder die Veygonds.

CHARLES Und wie wäre es mit einer politischen Leiche?

ARTHUR Das hängt von der Genossin Veygond ab. D i e will ihre Rache. Das hast Du in Deiner Rechnung vergessen.

CHARLES Werden wir ja sehen. *Zu Emile* Schließen Sie mir zuerst bei dem Genossen Veygond auf.

LEONTINE Mit d e m bleibe ich nicht allein.

Sie zeigt auf Arthur.

CHARLES Dann zeigen S i e mir den Weg. *Zu Emile* Die Schlüssel. Auch die der Handschellen.

EMILE Sind alle am gleichen Bund.

CHARLES *sich im Hinausgehen zurückwendend*

Wo habt Ihr die Handschellen überhaupt her?

ARTHUR *höhnisch*

Aus dem Theaterfundus.

CHARLES *sich umblickend*

Schallabdichtung und Theaterferien. Z w e i günstige Umstände! Gut einkalkuliert. Hat Dir aber nichts genutzt.

Charles und Leontine ab.

ARTHUR *heftig, zu Emile*

Verräter! Und wegen so was wie d e r .

EMILE Sei froh, daß ich Dir diesen Ausweg gefunden habe.

ARTHUR Durch Deine Schuld ist das Ganze jetzt für die Katz.

EMILE »Auch der Veygond legt es darauf an, hier von der Polizei gefunden zu werden«, wer hat das gestern abend immer wieder gesagt?

ARTHUR Daß ihr Paradedichter dazu fähig wäre, d a s war es ja, was ich den Exzellenzen vom Zentral-Komitee vorführen wollte.

EMILE Und der Schaden für die Partei! Eine solche Entlarvung bleibt kein Geheimnis.

Fünfte Szene

ARTHUR, LEONTINE, EMILE

Leontine kommt zurück und schmiegt sich an Emile.

ARTHUR Entlarvung! Da hatte ich vorgesorgt. Und dann wirfst Du mir meinen ganzen Plan über den Haufen und holst ausgerechnet den einzigen Genossen, den Du niemals hättest rufen dürfen. Der spricht jetzt drüben mit Veygond ab, wie die Sache vertuscht werden soll.

LEONTINE Ist doch auch in Ihrem Interesse.

ARTHUR Was Sie nicht sagen. I h r e Interessen sind jedenfalls eindeutig.

LEONTINE Ja und! Mein Vater sitzt. Politisch. Können Sie etwas Ähnliches aufweisen?

Sechste Szene

ARTHUR, VEYGOND, CHARLES, LEONTINE, EMILE

Veygond erscheint von links, mit Charles. Emile wohnt dem folgenden starr vor Staunen bei, ohne auf die sich an ihn schmiegende Leontine zu achten.

ARTHUR Genosse Veygond, erwarten Sie keine Entschuldigungen.

VEYGOND Für S i e nicht mehr »Genosse«. Ich betrachte Sie bereits als einen, den die Partei ausgestoßen hat.

ARTHUR Eine Ansicht, die der Genosse Departementsleiter gewiß nicht teilt.

CHARLES *zu Arthur*

Denk an die politische Leiche. Ich warne Dich.

ARTHUR Ich Dich auch. Leiche für Leiche.

VEYGOND *zu Charles* Erpresser auf der ganzen Linie!

ARTHUR *zu Emile*

Fällt Dir nicht auf, wie selbstbeherrscht der Genosse Veygond meinem Liebesgeplänkel mit dem Genossen Charles beiwohnt?

CHARLES *in drohendem Ton*

Arthur! Es gibt Grenzen.

ARTHUR Auch für Dich. Dich drückt der Schuh mehr als mich.

CHARLES Bluffer.

ARTHUR Warum steht er denn so still dort, der Genosse Veygond? Ist das natürlich? Er hätte doch längst über mich herfallen müssen.

LEONTINE *zu Arthur*

Er ist nicht nachtragend. M i r hat er eben verziehen.

ARTHUR So was hat der zum Mitwisser! *Zeigt auf Emile.*

CHARLES Deiner Verfehlung, Genosse Arthur.

ARTHUR Und Deiner Angst. *Pause.* Soll ich reden?

CHARLES *nach kurzem Zögern, zu Emile und Leontine*
Veygond ist ein Freund von mir. Jetzt wißt Ihr es.

ARTHUR *zu Emile*
Begriffen, warum ich d e n nicht als Schiedsrichter haben wollte?

EMILE *zu Charles*
Warum haben Sie heute nacht nicht mit offenen Karten gespielt?

CHARLES Weil Du ein schwacher Mensch bist.

LEONTINE *heftig*
Das ist nicht wahr.

EMILE *unwillig-verlegen*
Charakter meint er doch.

CHARLES Junger Genosse, Du bist in etwas sehr Verwickeltes hineingeraten. Dem bist Du nicht gewachsen. Aber Du hast Deine Pflicht der Partei gegenüber erfüllt.

LEONTINE Bin gespannt, wie die es ihm lohnen wird.

CHARLES *zu Emile*
Ob Du aus Einsicht gehandelt hast – oder aus Angst – objektiv ist Dein Verhalten positiv zu werten. Nur, jetzt und hier, mußt Du Dich aus der Diskussion halten. Dasselbe gilt für Deine Freundin. Hier zählen nur zwei: der Genosse Arthur und i c h !

VEYGOND Und ich?

CHARLES Du vergißt Deine Frau. *Reicht ihm den Schlüsselbund.* Hol sie.

Veygond schließt das Inspizientenzimmer auf und geht hinein. Veygond ab.

Es klingelt an der Bühnentür. Charles sieht sich erschrocken um.

EMILE *beruhigend, zu Charles*
Mein Bruder. Sein Klingelzeichen.

Emile geht öffnen und läßt Georges und Fred ein.

Siebte Szene

EMILE, CHARLES, GEORGES, FRED, ARTHUR, LEONTINE

EMILE Schau mal, Arthur, wer da kommt.

CHARLES Seine Urmarxisten?

GEORGES Wir konnten einfach nicht glauben, daß der Genosse Emile imstande sein sollte, die Polizei zu rufen.

EMILE *zeigt auf Arthur*
Hat e r Euch das eingeredet?

FRED Das ist ja die Gemeinheit.

CHARLES *zu Fred*

Objektiv war es richtig. Der Genosse Arthur weiß, was er auf dem Kerbholz hat. Da war es das Wenigste, daß er Euch vor einem Polizeiverhör bewahren wollte. Vor dieser Möglichkeit.

ARTHUR Aber die Genossin Veygond! Die ist entschlossen, sich von der Polizei hier finden zu lassen. Und uns anzuzeigen.

CHARLES Etwas anderes hättest Du nicht verdient. Vierzehn Tage lang drei Personen gefangenzuhalten! Und diese jungen Genossen zu verführen, da mitzumachen. Willst Du denn immer noch nicht sehen, wie ungeheuerlich das ist?

ARTHUR Die Partei hat ganz andere Ungeheuerlichkeiten auf dem Gewissen. Viele sind draußen bekannt. Ob meine es ebenfalls wird, das hängt nicht mehr von mir ab.

GEORGES *zu Arthur*

Von uns etwa? Fred und ich haben keine Lust, in den Knast zu gehen.

CHARLES *zu Georges und Fred*

Ihr seid zurückgekommen. Und habt den Mund gehalten. Das ist die Hauptsache. Jedes Parteigericht würde Nachsicht mit Euch üben ... wie mit Emile. Ihr habt das einzig Richtige getan. Aber gerade das würde vor jedem bürgerlichen Gericht nur strafverschärfend wirken. Eure Beteiligung an dieser Sache ging zu weit.

ARTHUR *zeigt auf Leontine*

Auch I h r e . Letzte Nacht hätte – selbst ohne Ihren Namen zu nennen – ein Anruf bei der Polizei genügt, und die Veygonds wären befreit worden. Unterlassene Hilfeleistung. Darauf steht Strafe.

CHARLES *an alle*

Wenn Ihr draußen das Geringste erzählt, wird es eine Untersuchung geben, und Ihr müßt alle ins Gefängnis. *Zu Emile, Leontine, Fred und Georges* Also geht sofort zur Genossin Veygond. Bittet sie um Verzeihung und redet auf sie ein. Sie darf keine Anzeige erstatten.

Emile, Georges, Leontine und Fred ab.

CHARLES *zu Arthur*

Dein Plan.

ARTHUR Der ist nur deswegen gescheitert, weil Du Veygond nicht bloßgestellt sehen willst.

CHARLES Selbst bei einem Erfolg wärst Du, wegen Deiner Eigenmächtigkeit, aus der Partei geflogen. Subjektiv und objektiv ist Deine Verfehlung nicht zu überbieten. Und den Verleger Galmar, einen Parteifremden, um ein Haar zum Mitwisser zu machen, das ist so ungeheuerlich wie Deine falsche Einschätzung des Risikos.

ARTHUR Also traust Du der Genossin Veygond zu, daß sie uns noch jetzt an die Polizei verrät.

CHARLES Einmal angenommen. Wem blüht dann Verhaftung und Gefängnis? Und wen muß die Partei dann öffentlich fallen lassen?

ARTHUR Wenn die Partei das tut, ziehe ich Dich mit hinein.

CHARLES Aber nicht ins Gefängnis. I h r seid reif für einige Jahre. Nach dem bürgerlichen Gesetzbuch.

ARTHUR Und nach unserem bist D u reif – für Deine Absetzung. Departementsleiter bist Du gewesen, wenn das Geringste an die Öffentlichkeit kommt. Bitter. Bei Deinem Ehrgeiz. Du willst doch Chef der Partei werden.

Die Tür des Inspizientenzimmers öffnet sich. Veygond kommt heraus.

Achte Szene

VEYGOND, ARTHUR, CHARLES

VEYGOND Charles, bitte! Sie weigert sich. Sprich Du mit Olga.

Charles geht sofort zum Inspizientenzimmer.

Charles ab.

ARTHUR *zu Veygond*

Wenn es i h m nicht gelingt, haben wir den Schlamassel. Auch S i e.

VEYGOND *tritt vor Arthur*

Meine Frau verzeiht Euch nie.

ARTHUR In diesem Fall bleibt nur ein Ausweg: vor der Polizei erklären Sie, Ihre Frau sei verrückt.

VEYGOND Selbst d a s wäre keine Lösung.

ARTHUR Geht sie zur bürgerlichen Justiz, dann werden die Genossen, die hinter mir stehen...

VEYGOND *ironisch*

Die »Urmarxisten«.

ARTHUR Ja, diese! D i e werden dann jede Aufführung Ihrer Theaterstücke stören und auch sonst ein hübsches Programm gegen Guy Veygond entwickeln.

VEYGOND Und wie ist es mit Ihnen: nehmen Sie den Schiedsspruch des Departementsvorsitzenden an oder nicht?

ARTHUR *zögernd*
Wenn S i e sich ihm unterwerfen, tue ich es auch.

VEYGOND Vergessen Sie nicht: auf den Tonbändern ist Ihre ganze Schandtat festgehalten.

ARTHUR Zugleich mit der schändlichen Gesinnung des Ehepaars Veygond.

Neunte Szene

CHARLES, VEYGOND, ARTHUR

CHARLES *eintretend, zu Arthur*
Die Genossin Veygond macht ihren Entschluß von dem abhängig, was sie hier hören wird. Also...

VEYGOND *zeigt auf Arthur*
Er unterwirft sich Deinem Schiedsspruch.

ARTHUR *zu Veygond*
Jetzt nur noch d a n n , wenn auch Ihre Frau ihn annimmt.

CHARLES Guy, geh sie holen.
Veygond ab zum Inspizientenzimmer.

ARTHUR Über eins also sind wir uns einig: Die Genossin Veygond handelt gegen ihre Interessen, wenn sie redet. Draußen. Oder innerhalb der Partei. Davon müssen wir sie überzeugen.

Zehnte Szene

CHARLES, OLGA, VEYGOND, ARTHUR, EMILE, GEORGES, FRED, LEONTINE

Charles und Olga kommen aus dem Inspizientenzimmer. Hinter ihnen, verlegen und unsicher, Emile, Leontine, Georges und Fred. Olga übersieht Arthur, setzt sich in einen Sessel, den Charles ihr zuschiebt, und nimmt aus ihrer Handtasche eine Zigarette, die sie sich ansteckt. Charles fordert mit einem Wink die anderen auf, sich ebenfalls zu setzen. Leontine bringt Olga einen Aschenbecher, ehe sie Platz nimmt.

CHARLES *mit Autorität*
Setzt Euch. *Pause. Blickt zu Olga.*

OLGA *zu Charles*
Was meinem Mann und mir hier angetan worden ist, übersteigt

alle Begriffe. Dennoch wird von mir erwartet, daß ich in alle Zukunft darüber schweige.

CHARLES Wenn Du Deine Stellung in der Öffentlichkeit behalten willst.

Olga antwortet nicht und zuckt mit der Achsel.

VEYGOND *zu Olga*
In diesem Fall mußt Du gewisse Garantien geben.

OLGA *zeigt auf Arthur*
Dann soll der da zuerst seine Selbstkritik machen, dieser Urmarxist. Der ist doch Trotzkist oder etwas Ähnliches.

CHARLES Eben nicht.

VEYGOND Alle seine Argumente gegen mich waren trotzkistisch.

ARTHUR Lächerlich.

CHARLES Selbst wenn. Er hängt fanatisch an der Partei. Nicht wahr, Genosse Arthur?

ARTHUR Ich warne Dich.

CHARLES Nein, ich packe aus. Emile, Fred und Georges, Ihr werdet etwas hören, was Euch sehr verbittern wird. Dieser Mann hat Euch drei schändlich hintergangen. Aus Ehrgeiz.

ARTHUR Ich warne Dich. Zum letzten Mal.

CHARLES *zu Olga und Veygond*
Daß Ihr die Hauptopfer dieses Mannes geworden seid, habt Ihr Euch allerdings selber zuzuschreiben. Euer aufwendiger Lebensstil, d e r hat ihn überhaupt auf den Gedanken gebracht, Euch als Trittbrett für eine Karriere zu benutzen. Die ist er, seit Jahren, entschlossen ... wo zu machen? In der Partei! I n ihr! Den Opponenten, den Urmarxisten, der mit dem Absprung droht, hat er nur gespielt vor Euch.

EMILE Was!

GEORGES Und der wollte die Partei reformieren.

FRED Oder eine andere gründen. Mehr links.

EMILE Damit hat er uns geködert.

CHARLES Für seine ehrgeizigen Zwecke.

ARTHUR »Ob Du recht oder unrecht hast – wenn Du sprichst, sind wir verloren. Schweig!«

CHARLES *zu Veygond* Du weißt, in welchem Stück das steht. *Pause.* Vor einigen Monaten kam jener Mensch zu mir: wenn ich der Partei ein großes Geschenk bringe, setzt Ihr mich dann als Kandidaten auf die hiesige Wahlliste? Geschenk, frage ich zurück, Geld? Nein, sagte er, ich werde der Partei etwas bringen, womit sie im Wahlkampf einen Trumpf ausspielen kann. Es handelt sich um eine Erklärung, wie sie noch keine bekannte Persönlichkeit je zugunsten der Partei abgegeben hat.

VEYGOND Ich ahne . . .

CHARLES Mehr wollte er damals nicht verraten und ließ sich absolute Verschwiegenheit versprechen. Die versprach ich.

OLGA Deine erste Verfehlung.

CHARLES Als ich kurz darauf zu einer Sitzung des Z. K. in Paris war, erinnerte er mich per Telefon an die Sache, und ich versprach ihm, seine Kandidatur für die hiesige Wahlliste zu befürworten, falls für die Partei wirklich etwas dabei herauskäme.

OLGA Und dann hast Du die Sache immer noch nicht gemeldet!

CHARLES Leider! Er hatte wieder meine Verschwiegenheit verlangt.

OLGA *zu Charles* Zweimal also hast Du für diesen Menschen gegen die Pflicht verstoßen, der Partei alles zu melden.

ARTHUR Nicht meiner schönen Augen wegen. Hätte ich den berühmten Genossen Veygond dazu gebracht, sich selber zu sozialisieren, dann wäre auch für den Leiter des Departements etwas mit abgefallen: eine Beförderung! Sein Einzug ins Politbüro.

OLGA Gratuliere!

VEYGOND Und wenn! Er wußte ja nicht, durch welch perfide Mittel dieser Schuft sein Ziel erreichen wollte.

OLGA Auf unsere Kosten, Charles. Vergiß das nicht.

CHARLES Genugtuung für das, was Ihr durchgemacht habt, kann ich Dir nicht geben.

OLGA Aber die Tonbänder.

CHARLES Die muß die Partei bekommen.

OLGA Dann weiß ich, wer Veygonds nächster Erpresser sein wird. Guy, gib acht.

CHARLES Olga, Olga!

OLGA Als ob die Partei nie Erpressungen begangen hätte. Das weiß sogar Guy, und der ist naiv.

CHARLES Du bist verbittert. Aber so schwer es Dir auch fällt: Schwamm über alles, muß jetzt die Parole sein.

GEORGES Den Veygonds haben wir wirklich übel mitgespielt, und Arthur hat sich als niedriger Karrieremacher entpuppt. Aber bleibt deswegen unsere Entlarvung der Copyrighterei des Genossen Veygond nicht mehr stichhaltig? Nur, weil wir diese auf strafbare Weise herbeigeführt haben?

CHARLES Subjektiv und theoretisch hast Du recht, junger Genosse.

FRED Warum nicht auch objektiv, praktisch?

CHARLES Weil wir die Macht noch erstreben, aber nicht schon besitzen.

GEORGES Ist dem Genossen gewiß angenehm, dieser Zustand. Ich habe den Verdacht, er wünscht unseren Sieg nur mit den Lippen und der Feder. Solange unser Staat nicht sozialistisch ist, kann er auf zwei Hochzeiten gleichzeitig tanzen.

CHARLES Mit anderen Worten: er soll charakterlos sein. Weil er wie ein Kapitalist lebt.

FRED W i e ein Kapitalist? Er i s t einer.

CHARLES Und was sagt Ihr zu den reichen Künstlern, die uns heimlich Spenden machen, aber immer einen Vorwand finden, um der Partei nicht beizutreten. Diese Leute wollen sich nur absichern, für den Tag unseres Sieges, jetzt aber haben sie noch Angst, sich durch diesen Schritt zu schaden. Hat man gegen Veygond je einen solchen Vorwurf machen können?

EMILE Da kann man sagen, was man will. Mich kotzt es an, wenn ich sehe, wie der lebt, der Genosse Copyright.

Charles schweigt.

FRED Warum zwingt die Partei ihn nicht, ein besseres Beispiel zu geben.

CHARLES Es würde der Partei eher schaden als nutzen.

EMILE Bei wem?

CHARLES Bei all denen, die reif für den Marxismus sind, aber vor dem letzten Schritt noch zögern. Dem in die Partei. Auf diese Leute hat Veygond Einfluß. Es sind Intellektuelle und die Progressiven unter den Ärzten, Juristen, Künstlern und leitenden Angestellten großer Betriebe.

EMILE Aber wenn Veygond das richtige Beispiel gäbe, wie erst müßte d a s auf diese Kreise wirken.

CHARLES Dein Irrtum. Es ist ja gerade sein beneidenswertes Leben, was auf diese Progressiven, die im Vorhof der Partei bleiben, positiv wirkt. Alle m ö c h t e n ja so leben wie e r. Und sie hoffen, sie würden, wenn wir an die Macht kommen, die neue Elite bilden, mit all den damit verbundenen materiellen Vorteilen. Aber Veygond im kleinen Reihenhaus! Das h a b e n diese Leute ja meistens! In allen seinen Werken vertritt er offen das marxistische System, und diesem Mann erlaubt die Partei, eine Villa zu besitzen. Das nimmt manchem die Angst vor uns, der sie eigentlich haben sollte.

ARTHUR Wer ist nun der größere Zyniker? Du oder ich?

CHARLES Du hast nur noch eins zu tun: den Mund zu halten. Hier und in der Partei. *Zu den anderen.* Die Eroberung der Macht ist unser erstes Ziel. Wenn wir die nicht haben, die Macht, wie sollen wir denn unser Programm verwirklichen? Kinder, das müßt Ihr einsehen. Jeder Roman, jedes Theaterstück Veygonds bringt neue Bundesgenossen für unseren Kampf.

FRED Aber nicht bei den Arbeitern. Die lesen wenig und gehen so gut wie nicht ins Theater. Sind abends viel zu müde.

EMILE Also wer sind seine Bewunderer?

GEORGES *ironisch*

Seine Kundschaft. Das elitäre Pack.

FRED In der Kleiderablage der Pariser Theater, auch in dem, wo ich arbeite, hängt ein Nerzmantel neben dem anderen, wenn ein Stück von Veygond gegeben wird. Sogar im Sommer.

OLGA Wieviel mehr werden dort erst hängen, wenn ich Euch anzeige und wenn Veygond und ich mit Getöse aus der Partei treten.

CHARLES Dann würde Veygond die Hälfte seiner Leser verlieren.

OLGA Aber zehnmal mehr neue hinzugewinnen, schadenfroh wie die Menschen sind. Unseren Austritt, das wird man der Partei gönnen! Sie hat mehr Feinde als Freunde. Die Wahlen zeigen es immer wieder.

CHARLES Noch.

OLGA *ausbrechend*

Noch, noch, noch! Seit meiner Jugend höre ich das Wort von den Genossen. N o c h sind wir nicht so weit, n o c h müssen wir auf das versprochene Paradies warten und n o c h muß ich Handschellen und Arrest wortlos einstecken, n o c h darf ich diese Verbrecher nicht ins Gefängnis schicken! Und was blüht mir alles n o c h von denen! N o c h kannst Du, Genosse Charles, mir die Tonbänder nicht aushändigen. Warum? Sollen sie ein zweites Mal gegen uns verwendet werden?

CHARLES Olga, das denkst Du doch nicht in Wirklichkeit.

OLGA Und w i e ich das denke! Soll ich es n i c h t mehr, dann her mit den Tonbändern. Oder ich gehe von hier direkt zur Polizei. Ob mit oder ohne Veygond.

LEONTINE Die ist dazu imstande.

CHARLES Gib ihr die Tonbänder, Emile.

Emile öffnet einen der Koffer und nimmt verpackte Tonbänder heraus, dieselben, deren Schachteln Arthur kurz zuvor beschriftet hatte. Emile stutzt einen Augenblick vor der Beschriftung einer der Schachteln, dann vor der einer zweiten, schließlich vor der einer dritten und schaut zu Arthur hinüber, der aber noch immer, wie vernichtet, vor sich hinstarrt.

VEYGOND *zeigt auf die Tonbänder, zu Charles*
Das können nicht alle sein.

CHARLES Arthur, muß ich Dir die Taschen durchsuchen?
Emile und Fred gehen langsam auf Arthur zu. Dieser zieht schließlich einige verpackte Tonbänder aus der Jackentasche und gibt sie Emile, der sie, nach einer kurzen Prüfung der Beschriftung, auf den Tisch vor Charles legt.

ARTHUR Ein Band liegt noch auf.

OLGA Eingesteckt, um uns zu erpressen. Ein zweites Mal.

VEYGOND *liest die Beschriftung der Schachteln*
Die tragen das Datum der Tage, an denen Ihr mich dazwischengenommen habt. Nicht wahr, Genosse Rouret?

ARTHUR Ich habe verloren. Und ich kann Sie nur noch um Verzeihung bitten. Sie und Ihre Frau.

OLGA Verzeihung! Nie!

ARTHUR »Nie«! Charles, da hast Du es gehört. Und wenn die Genossin Veygond mich nun doch anzeigt? Die Tonbänder hat sie ja jetzt.

VEYGOND Eine Schere! Wir schneiden die Dinger in tausend Stücke. Olga, es ist die einzige Lösung.
Emile holt aus dem Koffer eine Schere und eine zweite aus dem Sanitätsraum. Während des folgenden schneiden Veygond und er die Tonbänder in kleine Schnitzel.

OLGA *zu Charles*
Und wer entschädigt mich für die entsetzlichen Tage in dem Inspizientenzimmer? Du Charles, die Partei oder diese vier? Jetzt ist er klein, dieser Kerl. Wie hat er mir zugesetzt! Fortwährend kam er mit dem Schriftstück, das Guy und ich unterzeichnen sollten. Diese Selbstsozialisierung!

VEYGOND Niemand verlangt von Dir, daß Du diesem Menschen verzeihst. Aber es muß von allen geschwiegen werden. Es liegt in Deinem, Deinem ureigensten Interesse.

CHARLES *zu Veygond*
Nicht weniger auch in Deinem. Und deshalb verlange ich etwas von Dir. *Pause.* Guy, wir kennen uns schon sehr lange, und jedes-

mal, wenn ein neues Werk von Dir erschien, hoffte ich, auf dem Vorderblatt meinen Namen gedruckt zu finden. Aber nie. Immer hast Du bürgerliche Theaterdirektoren, Kritiker liberaler Zeitungen oder Mitglieder des Politbüros bedacht.

VEYGOND Charles, mein nächstes Buch ist Dir gewidmet.

CHARLES Nein, so billig kommst Du nicht davon. *Pause.* Du stiftest – aber anonym – der Gewerkschaft »Druck und Papier« ein Ferienheim mit fünfzig Betten. Etwas größer als das, womit Du Dich hier hattest loskaufen wollen. Ich habe es an Deiner Stelle versprochen.

VEYGOND Doch nicht im Politbüro?

CHARLES Wo denn sonst!

OLGA Damit Du hineinberufen wirst. Das ist die Höhe!

CHARLES *beschwörend*

Olga, willst Du nicht vernünftig sein?

OLGA Unter Bedingungen. *Pause.* Du sorgst dafür, daß Veygonds sechzigster Geburtstag überall mit Aufführungen seiner Stücke gefeiert wird. In jeder größeren Stadt soll die Partei das Theater füllen und Wiederholungen anregen ... oder erzwingen. Veygonds Sechzigster muß so groß wie möglich aufgezogen werden.

CHARLES Was in meiner Macht steht, soll geschehen. Versprochen.

OLGA Ich bin noch nicht zu Ende. *Sie zeigt auf Arthur.* Einen solchen Menschen könnt Ihr jetzt doch nicht mehr auf die Wahlliste setzen ...

CHARLES *Pause* Aber Olga, was könnte uns lieber sein, als Dich an seiner Stelle zu nominieren. Ein Name, ein Aushängeschild. Es ist aber noch ein Jahr bis zu den Wahlen.

OLGA Ich warne Dich. Halte Wort. Ich kann beweisen, daß ich ganze Tage hier gefangen war.

Charles richtet einen fragenden Blick auf Arthur.

ARTHUR Ich habe mit der Genossin und ihrem Mann einen Rundgang durch das Haus gemacht.

OLGA *zu Charles*

Um uns die Vergeblichkeit eines Fluchtversuchs vorzuführen. *Zu Arthur* N o c h ein Fehler Ihrer Regie.

ARTHUR Wir bleiben ihr also ausgeliefert.

CHARLES *nach einem harten Blick auf Olga, zu Arthur*

Ich werde Dir gleich im Büro des Theaters einen rückdatierten Brief mit der Hand schreiben. In dem bitte ich Dich, der Genossin Veygond und ihrer Nichte, die mit Veygond und einigen jüngeren Genossen auf einer Ferienreise durch unsere Stadt kommen, die Maschinerie des neuen Theaters zu zeigen.

OLGA Wie? Damit ist er ja gedeckt, wenn ich als Beweis meiner Haft der Polizei einige Räume des Theaters beschreibe.

CHARLES *zornig*

Es ist mein letztes Wort. Ihr hängt alle, einer wie der andere, von Eurer Verschwiegenheit ab. Und deshalb gehen wir jetzt alle in den Hof, und dort fotografiere ich Euch. Ihr werdet freundlich einander zulächeln, wie Leute, die zusammen das modernste Theater des Landes besichtigt haben. *Pause.* Dank der Gefälligkeit des Inspizienten Rouret, der einen Morgen seiner Ferien dafür geopfert hat.

VEYGOND Der Pförtner muß auch auf das Bild. Der war ihr Komplize.

EMILE Mein Bruder und ich, auf demselben Foto wie Arthur? Niemals!

LEONTINE Ich auch nicht.

CHARLES *Olga und Veygond zur Tür drängend*

Von Emile und seinem Bruder hat keiner etwas zu fürchten. Kommt jetzt.

GEORGES *im Hinausgehen*

Emile, Du und zur Polizei gehen! Fred und ich haben es nur im ersten Schreck geglaubt.

FRED Sonst wären wir doch nicht zurückgekommen.

EMILE *winkt ab, dann zu Georges und Fred*

Geht, laßt Euch fotografieren. Unterwerft Euch mit Wonne der Parteiraison. Wir bleiben hier.

Als letzter verläßt Arthur, nach einem verstohlenen Blick auf den Abfalleimer, die Bühne.

Charles, Veygond, Olga, Fred, Georges, Arthur ab.

LEONTINE Ich habe Angst.

EMILE Wovor?

LEONTINE Daß Arthur so schnell klein beigegeben hat, dahinter steckt etwas.

EMILE Was, das will ich Dir gleich zeigen. Die Tonbänder, die der abgegeben hat, waren die falschen. Alle! *Während des folgenden zieht Emile hastig aus dem großen Koffer den Karton, den Arthur aufgeschnürt und dem er die Tonbänder entnommen hatte, die er auf dem Bett beschriftet und dann teils zurück in den Koffer geworfen, teils in die Taschen gesteckt hatte.*

LEONTINE Was! Auch die, die er in den Taschen gehabt hat?

EMILE Eine Finte. Waren unbesprochene Bänder. Ich habe es gleich gesehen. An der Beschriftung. Die der besprochenen Tonbänder war mit Tinte gemacht. Von mir. Die Tonbänder, die er abgegeben hat, waren aber mit einem Filzstift beschriftet. Und jetzt, hier, der Karton ist halb leer. Wo hat der Schuft die richtigen Bänder versteckt?

LEONTINE *weinerlich*
Mit denen kann er beweisen, daß Du hier mitgemacht hast und Dich ins Gefängnis bringen.

EMILE Das ist es ja. Ich muß die Bänder finden.

LEONTINE Da, auf Deinem Bett liegt so ein Stift. *Sie hebt die Kissen hoch.* Nichts.

EMILE In meinem? Das wäre echt Arthur! *Er greift unter die Matratze.* Nichts. *Er zieht die Decke weg.* Nichts. *Er blickt sich suchend um, stürzt plötzlich zu dem Abfalleimer, wirft zuerst das darin befindliche Papier heraus und zieht dann die Tonbänder hervor, die Arthur dort versteckt hatte.* Der Schuft!

LEONTINE Jetzt kann Dir keiner mehr beweisen, daß Du hier mitgemacht hast. *Sie stellt einen der Koffer auf den Tisch.* Da hinein.

Während des folgenden dreht Emile nachdenklich die gefundenen Tonbänder in der Hand, bevor er eins nach dem anderen in den Koffer legt.

EMILE Aber ich könnte mit diesen Dingern etwas beweisen. Nichts Schönes, leider.

LEONTINE *angstvoll*
Emile, was hast Du vor? Du hast doch gesehen: gegen die Partei kommt man nicht auf.

EMILE Wer sagt das! Wenn wir dort ebensolche Schweine sein sollen wie die Kapitalisten, gehört ein neuer Besen her. Warte nur, ich bringe die Jungens zusammen, die den Stall ausmisten werden.

LEONTINE Du bist nicht vom Land. Mist wächst immer nach. In jedem Stall, wenn Vieh drin steht.

EMILE Eben, wir wollen später, wenn wir gesiegt haben, kein Vieh sein, das man melkt und mit dem man macht, was man will.

LEONTINE Ach, Emile, ich will nicht immer Angst um Dich haben müssen, wie dieser Tage hier. Ich will einen Mann. Für mich.

EMILE Wäre ich einer, wenn ich feige wäre! Und ohne Ideal!

LEONTINE Man muß das Leben nehmen, wie es ist.

EMILE Die das tun, sind die Schlimmsten. Ob bei uns oder bei den anderen.

LEONTINE Vielleicht hast Du recht. Komm, wir bringen die Bänder fort. *Sie drückt Emile den Koffer in die Hand.* Schnell weg, über den Notausgang.

Emile und Leontine ab.

Elfte Szene

CHARLES, ARTHUR, OLGA, VEYGOND, FRED, GEORGES

Charles, Arthur, Olga, Veygond, Fred und Georges kommen zurück. Arthur als erster. Er entdeckt mit einem Blick, daß die Tonbänder sich nicht mehr in dem Abfalleimer befinden. Er wirft ihn wütend weg. Es folgen ihm Charles und die übrigen.

CHARLES Aber, aber ... warum denn so wütend, Arthur? *Zu den übrigen.* Und jetzt noch ein Foto am Haupttatort, damit niemand auf dumme Gedanken kommen kann. Am besten Olga in die Mitte, und der Genosse Arthur schräg hinter Veygond. Wie zwei gute Freunde.

Arthur begibt sich widerwillig hinter Veygond, legt zögernd seine Hand auf dessen Schulter und lächelt verkrampft.

CHARLES Lächeln, bitte m e h r lächeln.

Man hört das Klicken des Fotoapparats.

Vorhang

Anmerkungen für die Inszenierung

Auf einer kleinen Bühne kann der Vorhang zum imaginären Zuschauerraum, von dem der Darsteller des Veygond zurückkommt und vor den Arthur ihn wieder hinausläßt, die Bühne, statt im Hintergrund, auch rechts oder links abgrenzen. Damit fällt allerdings das dem Dialogbeginn vorausgehende, stumme Vorspiel, das der Prager Regisseur Bohdan Denk in Baden-Baden realisiert hatte, weg.
Sollte auf einer sehr kleinen Bühne ohne Schnürboden und ohne einen die Bühne vom Zuschauerraum trennenden Vorhang das Kidnapping Veygonds nicht dargestellt werden können, dann empfiehlt sich die Lösung, die Lothar Trautmann für das Studio der Lübecker Städtischen Bühnen gefunden hat: das Kidnapping findet bei leerer Bühne außerhalb des Zuschauerraums im Theatergebäude statt und wird per Lautsprecher in den Zuschauerraum übertragen. Erst zu Beginn der zweiten Szene des ersten Aktes betritt Arthur, der in der Hörspielphase am Kidnapping teilgenommen hat, von draußen kommend, durch den Zuschauerraum die leere Studiobühne und schaltet den Lautsprecher, über den das Kidnapping übertragen wurde, ab und ein an der Wand angebrachtes Fernsehgerät (Monitor) ein. Auf der Bühne trifft Arthur, zunächst allein, dann mit dem bald erscheinenden Emile, die Vorbereitungen für das Verhör Veygonds. Auf dem Monitor sieht man einen leeren Gang oder ein leeres Treppenhaus des Theaters, die zum Zuschauerraum des Studios führen. Am Ende der zweiten Szene, wenn Arthur Emile wegschickt, Leontine holen, sieht man im Monitor Emile durch den Gang oder das Treppenhaus weggehen, sobald er den Zuschauerraum verlassen hat, und bald darauf, wie er Leontine bringt. Am Ende der fünften Szene sieht man, wie sich Olga alleine dem Studio nähert und zuletzt, am Ende der siebten Szene, nachdem Leontine und Olga eingeschlossen worden sind, erscheinen Fred und Georges, die den gefesselten Veygond bringen, auf dem Monitor. Dann wird das Gerät abgeschaltet.
Notwendige Textänderungen ergeben sich hierbei von selbst. So darf der eiserne Vorhang bei der Übertragung in den Zuschauerraum nicht kurz »der eiserne« genannt werden, sondern es muß, zum besseren Verständnis des Publikums, das die erste Szene ja nur auditiv wahrnimmt, gesagt werden: »der eiserne Vorhang«. Oder statt: »Der wievielte war das?« »Der wievielte Vorhang war das?«

Requiem für die Kirche

Zeitgenössisches Melodrama
in sieben Bildern

Für Ria Hans

Personen

WIRG	Küster
WITTLICH	Hauptwachtmeister der Landpolizei
MARTIN	jüngster Sohn Wirgs
AGNES	Tochter Wirgs
DECHANT JOHANNES	Pfarrer des Orts
MÖCKEL	Polizeianwärter und Vorsitzender des Sportvereins
LORENZ KLOPP	Student
CASPAR	Setzerlehrling
KLOPP	Schreinermeister
CLEMENS	ältester Sohn Wirgs. Schreinergeselle

Ort der Handlung: Ein an der Mosel gelegenes
Städtchen in Lothringen

BILD I

Das Stück hat als einzigen Schauplatz das »Palmenzimmer«, einen Abstellraum für Kirchengerät im Hause des Küsters. Einige Palm- und Buchsbäume in großen Töpfen. Kirchenbänke für Erwachsene und für Kinder. Zwei auf vier Beinen stehende Holzgestelle unterschiedlicher Größe, deren oberer Teil die Form eines Sarges hat. An der rechten Wand ein hochgehängtes, großes Kruzifix. Daneben und darunter Kirchen- und Prozessionsfahnen. Ein Baldachin. Im Hintergrund, rechts, ein vergittertes, offenstehendes Fenster, durch das man ein Stück Mauer und den Eingang zum Pfarrhaus sieht. An der Fensterseite, ganz links, die auf den Kirchplatz gehende Haustür. Neben dieser, an der Wand hängend, eine kleine Schiefertafel, an deren Rahmen ein Kreidestift und ein Schwamm baumeln. Zwischen Fenster und Haustür ein Schrank, in dem Altargerät verschlossen wird: Kelche, eine Monstranz, Kerzenleuchter und kleine Kruzifixe, die auf Sockeln befestigt sind. Im Vordergrund, seitlich links, die Tür zu den Wohnräumen des Küsters. Greller Sonnenschein fällt in den Raum. Wittlich, ortsansässiger Hauptwachtmeister der Landpolizei, ist in Uniform.

1. Szene

WIRG, WITTLICH

Wittlich steht am Fenster und sieht schweigend zu, wie Wirg einen Kelch und eine Monstranz ehrfürchtig aus dem Schrank nimmt, abstaubt und wieder hineinstellt.

WIRG Um sieben Uhr? Genau um sieben Uhr?

WITTLICH Das Frühboot legte gerade an.

WIRG Und Sie sind ganz sicher, daß es mein Clemens war? Er war doch schon ein Stück flußaufwärts gefahren, sagten Sie. Sie konnten ihn also nur vom Rücken sehen.

WITTLICH Ich kenne sein Fahrrad. Und er hatte seinen Sonntagsanzug an. Daß er sich in letzter Zeit oft so früh aus den Federn macht!

WIRG *mißtrauisch* Und Sie? Seit wann sind Sie ein solcher Frühaufsteher?

WITTLICH Seit dem Unglück. Jetzt soll ich sonntags, schon wenn die ersten Ausflügler mit dem Schiff kommen, von der Landebrücke aus den ganzen Uferweg abfahren! Damit nur ja keiner dort badet.

WIRG Den Leinpfad abfahren, das mußten Sie doch auch vor dem Unglück.

WITTLICH Ja, aber nur alle zwei Stunden. Jetzt alle dreißig Minuten. Das hat der Möckel erreicht. Beim Polizeiinspektor. Gegen mich, seinen Vorgesetzten.

WIRG Dann würde ich mir aber nicht noch einmal etwas zuschulden kommen lassen. Sie haben doch auch jetzt wieder ein Glas zu viel getrunken. U n d sind nicht auf Ihrem Posten.

WITTLICH Und wozu sind die Verbotstafeln aufgestellt! Auf dem ganzen Leinpfad alle hundert Meter steht »Baden verboten. Gefährliche Strudel«.

WIRG Die Ausflügler glauben das nicht. Und alle wollen baden, bei der Hitze. Das hat man ja erlebt letzten Sonntag. Und heute ist Pfingsten.

WITTLICH Dann soll man mir aber keinen Strick daraus drehen, daß die beiden Mädchen ertrunken sind.

WIRG Strick! Den haben Sie selber dem Möckel und der Oberinspektion geliefert.

WITTLICH Der Möckel will meine Versetzung erreichen. Das ist alles. Der Kerl spitzt schon lange darauf. Dabei hat er überhaupt keine Aussicht auf Beförderung.

WIRG Sie sind zwar ein leidlich guter Katholik, aber als Hauptwachtmeister unserer Polizei wäre der Möckel mir lieber.

WITTLICH Ich denke, Sie sind gegen ihn.

WIRG Sie wissen, in welchem Punkt. Aber er ist wenigstens kein Säufer und hat mehr Energie als Sie.

WITTLICH Mehr Energie! Könnte ich nicht sonntags den Möckel mit der Streife beauftragen? Noch ist er nur Polizeianwärter.

WIRG Nein, das können Sie nicht. Jeden Sonntagmorgen leitet der das Training des Sportvereins. Und außerdem gönnen Sie ihm gerade diesen Dienst nicht. Die jungen Ausflüglerinnen, im Badeanzug! Darauf freuen Sie sich doch die ganze Woche.

WITTLICH Sowas! Ich fahre extra zu Ihnen hinauf, aus purer Gefälligkeit. Und nun das!

WIRG Nichts »und nun das«!

WITTLICH *gekränkt* Ich dachte, es müßte Sie interessieren, was Ihr Clemens in aller Herrgottsfrühe für merkwürdige Sachen macht.

WIRG Und Sie kommen mir das aus purer Gefälligkeit melden. Scheinheiliger geht es nicht.

WITTLICH *geht zur Tür* Wenn es s o ist, dann also. Sie wissen manches nicht, was ein so frommer Mann wie Sie wissen sollte. Sie haben keine Ahnung, was Ihre Kinder treiben. Alle drei.

Wittlich ab.

Man hört Wittlich auf seinem Motorrad wegfahren. Wirg riegelt die Tür zum Kirchplatz zu. Dann öffnet er die Tür zur Küche.

WIRG *ruft* Martin! Agnes! Zu mir. Und sofort.

Er kniet sich in eine Kirchenbank.

2. Szene

AGNES, WIRG, MARTIN

Martin und Agnes erscheinen. Agnes in Küchenschürze, einen Spüllappen und einen Teller in der Hand. Wirg schweigt einige Augenblicke.

AGNES Nun?

WIRG Hier, vor dem Bild des Gekreuzigten frage ich Euch zum letzten Mal: War der Clemens heute in der Kirche? Ja oder nein.

Die beiden schweigen zunächst, dann Agnes, nach einem Blick auf Martin.

AGNES *voll Haß* Nein!

WIRG *zu Martin* Martin, eben, vor dem Essen, hast Du mir dreimal versichert, Dein Bruder habe sowohl der Frühmesse beigewohnt wie dem Hochamt. *Er gibt ihm eine Ohrfeige.* Was hat er Dir für Dein Lügen gegeben?

AGNES *zu Wirg, hämisch* Wovon denn!

WIRG Der Clemens hat am Freitag zweihundert Mark von seinem Sparbuch abgehoben. Heimlich.

AGNES Hast also wieder einmal in unseren Sachen geschnüffelt.

WIRG Ihr habt alle drei fortwährend Heimlichkeiten. Vor mir, Eurem Vater!

AGNES *voll Haß* M e i n e r nicht mehr lange! Warte nur, bis ich heirate. Dann wirst Du sehen, wer Dir kocht und spült. Und die große Wäsche macht. Mit der Hand! Eine Maschine darf ja nicht ins Haus. Wer im Schweiße seines Angesichts arbeitet, kommt nicht auf schlechte Gedanken. Hör' ich das nicht den ganzen Tag von Dir!

Sie knallt den Spüllappen und den Teller auf den Boden.

WIRG *ohne darauf zu achten* Und Deine Brüder? Wer ersetzt denen die Mutter?

AGNES Heirate wieder. Das ist keine Sünde. Oder hat der da drüben Dir dies eingeredet?

WIRG *schließt das offene Fenster* Schrei nicht so.

AGNES Soll man mich doch hören im Pfarrhaus.

WIRG *einen Augenblick verlegen, dann auf das Kruzifix weisend, zu Martin* Also: was hat der Clemens Dir für Dein Lügen gegeben?

MARTIN *zieht einen Geldschein aus der Hosentasche und zeigt ihn Wirg* Du durchsuchst mich ja d o c h .

WIRG *nach einem Blick auf das Geld* Martin, der Clemens hat sich in aller Frühe davongemacht. Und dadurch die Heilige Messe versäumt. An Pfingsten! Wohin ist er gegangen?

MARTIN In die Turnhalle. Er wollte noch trainieren. Am Reck. Heute rechnet der Sportverein auf i h n . Das weißt Du doch.

WIRG *lauernd* In die Turnhalle. Hat er Dir das gesagt?

MARTIN *kleinlaut* Er wollte gut in Form sein. Bei den Gaumeisterschaften, heute, auf dem Sportplatz.

AGNES *gehässig* Und seine Nerven schonen! Vor einem Wettkampf soll man sich nicht ärgern.

MARTIN Wo Ihr so schlecht miteinander auskommt, ging er Dir lieber aus dem Weg. Es geht um die Gaumeisterschaften.

WIRG Angenommen, er bricht sich heute das Genick. Am Reck oder beim Hochsprung, was geschieht dann mit der Seele Deines Bruders?

MARTIN *beschwörend* Vater ...

WIRG Antworte. Du kennst doch noch Deinen Katechismus.

MARTIN *kleinlaut* Die Seele muß vor Gottes Richterstuhl erscheinen.

AGNES *höhnisch* Ha, mit den Seelen all der anderen, die am gleichen Tag gestorben sind. Das Gedränge möchte ich sehen!

WIRG *scharf* Agnes! *und wieder zu Martin* Wie nennt man dieses Gericht?

MARTIN *widerspenstig* Das besondere. Später, am Ende der Welt kommt dann noch eines, das Jüngste Gericht.

WIRG Warum heißt das erste das besondere?

MARTIN Weil dort jede Seele einzeln gerichtet wird.

AGNES Einzeln! D i e Warteschlange vor dem Thron Gottes.

WIRG *zu Agnes* Du sollst Dich schämen, vor Deinem jungen Bruder so zu reden.

AGNES Und D u sollst Dich schämen, den Clemens vor seinem jüngeren Bruder zu ohrfeigen. Doch gestern noch. Nur weil er nicht beichten gehen wollte.

WIRG Noch habe i c h hier zu bestimmen.

MARTIN Vater, der Clemens muß zu viel in sich hineinfressen.

AGNES Ich an seiner Stelle ... längst wäre ich auf und davon.

WIRG Er wußte, daß er im Unrecht war. Am Samstag vor Pfingsten geht man zur Beichte.

AGNES Du meinst, aus Einsicht hat er die Ohrfeigen brav eingesteckt! Das ist zum Lachen. Weil er an mir und Martin hängt, hat er nicht zurückgeschlagen.

WIRG Agnes, Agnes! Also Martin, sonntags ohne Entschuldigung die Heilige Messe versäumen, was ist das?

MARTIN Eine Todsünde.

WIRG Was bedeutet eine Todsünde für den, der stirbt, ohne gebeichtet zu haben?

MARTIN *heftig* Aber, Vater, der Clemens i s t doch nicht gestorben!

WIRG Aber er könnte doch sterben. Das Turnen am Reck ist gefährlich. Nun?

MARTIN Vater ...

WIRG *scharf* Welche Strafe hat der zu erwarten, der im Stande der Todsünde stirbt?

MARTIN *kleinlaut* Die Strafe der ewigen Hölle.

AGNES *spöttisch* So steht's im Katechismus! Braucht deshalb nicht wahr zu sein.

WIRG Agnes!

AGNES Jedenfalls kommt der Clemens eher in den Himmel als Du. Und gleich zu den Märtyrern. Wenn es das gibt, Deine ewige Seligkeit.

WIRG Martin, lauf auf den Sportplatz. Dein Bruder soll sofort nach Hause kommen.

MARTIN Das darfst Du dem Clemens und seiner Mannschaft nicht antun.

AGNES *zu Martin* Hol ihn nur. Soll es hier doch endlich zum richtigen Krach kommen.

MARTIN *bitter* Das nennst Du zu dem Clemens halten?

AGNES *ungeduldig* Geh, sag ich Dir.

Martin entriegelt die auf den Kirchplatz führende Tür, blickt vorwurfsvoll zu Wirg und öffnet.

MARTIN *sich zurückwendend* Der Herr Dechant.

Martin ab.

AGNES *blickt zum Fenster hinaus* Der hat mir gerade noch gefehlt.

Verschwindet durch die Tür im Vordergrund.

Agnes ab.

Man hört kurz das Läuten einer altmodischen Zugschelle. Gleichzeitig stößt der Dechant die halboffene Haustür auf.

3. Szene

WIRG, DECHANT

WIRG Hochwürden?

DECHANT *freundlich* Herr Wirg, warum hatten Sie für das Hochamt das Altartuch nicht gewechselt? Nachher bei der Vesper möchte ich gern ein frisches sehen. Außerdem lag das Evangelienbuch nicht auf der Epistelseite.

WIRG Ich habe das erst bemerkt, als Sie schon am Altar standen.

DECHANT Was ist nur mit Ihnen? Sie sind so zerstreut die letzte Zeit. *Den Türriegel vorschiebend* Und diese Tür, soll sie nicht immer abgeriegelt sein? Mir reicht der Einbruch in die Sakristei. Jeder weiß, wo seitdem das Altargerät aufbewahrt wird. Das, was noch übriggeblieben ist! *Er zeigt auf den großen Schrank.*

WIRG Warum bewilligen Sie mir nicht den Bau einer Zwischenwand? Von der Haustür zur Küche. Und etwa hier eine feste Tür als separater Eingang zum Palmenzimmer. So viel kann das doch nicht kosten. *Wirg zeigt mit Bewegungen der Hand, wie er sich den Bau denkt.*

DECHANT Liegen Sie mir schon wieder damit in den Ohren. Ich bin eilig. Notieren Sie.

Wirg geht zur Schiefertafel, nimmt den Kreidestift zur Hand und schreibt, was der Dechant ihm ansagt.

Mittwoch, zehn Uhr, Dreiherrenamt zum Gedächtnis von Schreinermeister Conrad Klopp.

WIRG *unterbricht sich im Schreiben* Wo soll ich um diese Zeit sechs Ministranten hernehmen?

DECHANT *zählt auf* Joseph, Paul, Norbert, Richard, Max und Bruno. Ich werde für die schulfrei erwirken.

WIRG *sich umdrehend* Dem alten Klopp wäre eine stille Frühmesse lieber gewesen. Das war ein einfacher Mann, bei allem Wohlhaben. Und fromm! Wenn der erlebt hätte, was für Katholiken sein Sohn und sein Enkel sind.

DECHANT *ungeduldig* Für die Tumba wird das gleiche Tuch gewünscht wie das, mit dem die Kirche bei den Exequien drapiert gewesen ist.

Wirg zieht aus dem unteren Gefach des Schrankes ein gefaltetes, schwarzes Tuch, das mit silbernen Fransen besäumt ist, und breitet es über das größere der sarkophagförmigen Gestelle.

WIRG Der Klopp hat seinen Vater Erster Klasse beerdigen lassen. Alles in dieser Aufmachung. Mit Silberfransen.

DECHANT Also für Mittwoch dieses Tuch.

WIRG Der Klopp! Sogar mit der Seelenmesse für seinen Vater will er großtun. Wie mit der Stiftung dieser protzigen Turnhalle und des Sportplatzes. Für eine so kleine Stadt! Aber keine Religion im Leibe. Katholik, ja! Mit den Lippen. Und aus Berechnung. Kein Wunder, daß sein Früchtchen von Sohn ihm nachgeraten ist, der Lorenz, der Herr Student der Medizin.

DECHANT *versöhnlich* Weil er Ihrer Tochter nachläuft, nur deswegen sind Sie so voreingenommen gegen Lorenz Klopp. Geben Sie es zu.

WIRG Wenn meine Agnes in diese scheinheilige Familie einheiratet, würden Sie das gern sehen?

DECHANT *scharf* Wirg, Sie sind der Küster der Pfarrgemeinde, aber nicht ihr Seelsorger! Mit welchem Recht nennen Sie die Klopps scheinheilig? Immer Ihr Hochmut in religiösen Dingen. Das ist eine Sünde, Sie müßten es wissen.

WIRG Klopp weiß nicht einmal, wann man in der Messe sich zu knien oder zu verbeugen hat.

DECHANT Wenn er scheinheilig wäre, wüßte er gerade das. Klopp ist ein guter Sohn der Kirche.

WIRG Er verdient ja auch genug an ihr. Ins ganze In- und Ausland liefert er Kirchengestühl. Und wenn jemand stirbt, schicken die Geistlichen der ganzen Gegend ihm die Hinterbliebenen. Weil er immer Särge auf Vorrat hat. In jeder Größe.

DECHANT Gerade dank diesen Aufträgen hat Ihr Clemens viel gelernt in seiner Lehrzeit bei den Klopps.

WIRG Bei dem a l t e n Klopp. Der gab den Lehrlingen ein gutes Beispiel. In jeder Beziehung.

DECHANT *scharf* Der junge auch. Der versteht durchaus sein Handwerk.

WIRG Die unanständigen Reden, die der in der Werkstatt erlaubt.

DECHANT Zu allen Zeiten hat das Mannsvolk Spaß an Zoten gehabt.

WIRG Mein Clemens ist knapp achtzehn!

DECHANT Und da sollen die Drüsen ihn nicht zwicken! Man platzt vor Kraft und Saft in dem Alter.

WIRG Lehren Sie nicht in der Katechismusstunde, daß Unkeuschheit eine Todsünde ist und daß man die Sinnlichkeit in sich bekämpfen muß.

Man hört in der Nähe des Hauses ein Auto halten und dessen Türen zuschlagen.

Der Dechant schaut durchs Fenster auf den Kirchplatz.

DECHANT *abgelenkt, schaut dabei noch einmal durchs Fenster* Das tut Ihr Clemens doch. Nur gelingt es ihm nicht immer. Wie den meisten Menschen.

WIRG Er gibt jeder Versuchung nach. Keine Sünde gegen das Sechste Gebot, die er nicht schon begangen hat. Und wie früh! Deshalb hat er auch seinen Beichtvater gewechselt. Schon vor zwei Jahren.

DECHANT Das hat mich nicht gekränkt. Ich hatte es ihm geraten.

WIRG I c h hatte es ihm verboten.

DECHANT Wirg, Wirg. Sie sind zu streng, viel zu streng mit Ihrem Clemens. Man spricht im Ort davon. Wissen Sie das? Sie machen ihn lächerlich vor seinen Altersgenossen. Abends muß er um acht Uhr zu Hause sein. Wie soll er sich denn mit Mädchen treffen?

WIRG Wie! Heimlich. Erst neulich! Ist er erwischt worden. Mit einer Fünfzehnjährigen. Fünfzehn! Im Weinberg. In einer Hütte. Die Eltern waren bei mir. Und jetzt hat er – seit der Karwoche! – eine junge Witwe. Zu der fährt er mit dem Rad. Sonntags früh, um sieben, wenn ich in der Sakristei zu tun habe und nachher an der Orgel sitze. Dabei ist er nicht der einzige bei dem Weib, und er weiß es.

Vom Kirchplatz her nähern sich Schritte und Stimmen.

DECHANT *zum Fenster schielend* Dann wird das Verhältnis nicht dauern.

WIRG Von der fährt er sonntags direkt auf den Sportplatz und schwänzt das Hochamt.

DECHANT *aufmerkend* Er wohnt also keiner Messe bei...

Die Hausschelle wird stürmisch gezogen. Der Dechant öffnet.

4. Szene

MÖCKEL, DECHANT, WIRG, LORENZ, CASPAR

Möckel, Lorenz und Caspar im Trainingsanzug.

MÖCKEL *arrogant, zum Dechant* Herr Dechant, Ihre Mutter sagte uns, daß Sie hier sind.

DECHANT Herr Möckel, was führt Sie zu mir? Im Gottesdienst sieht man Sie ja so gut wie nie.

MÖCKEL Herr Dechant, wenn Sie nicht auf der Stelle Ihrem Küster befehlen, daß er uns sofort mit dem Clemens sprechen läßt, treten wir drei aus der Kirche und zerreißen noch heute abend vor allen Turnern und Schwimmern unseren Taufschein.

DECHANT Schämen Sie sich. Das ist ja Erpressung. An Gott und seiner Kirche.

MÖCKEL Nennen Sie das wie Sie wollen. Für den Sportverein geht es ums Ganze. Wir haben allen Grund anzunehmen, daß Herr Wirg seinen Sohn wieder einmal nicht aus dem Haus läßt.

WIRG Der Clemens...? *Pause.* Der Clemens ist n i c h t hier.

Er wendet sich zornig zu Lorenz.

Lorenz, habe ich Dir nicht das Haus verboten? Dort ist die Tür. Auch für Dich, Caspar.

Möckel schickt sie stumm, mit einer autoritären Geste, hinaus. Lorenz und Caspar ab.

MÖCKEL *zu Wirg, beschwörend* Wir haben den Clemens den ganzen Vormittag in der Turnhalle vermißt und bis eben auf ihn gewartet.

WIRG Ja, wie alle Sonntage. Training zur Stunde des Hochamts!

MÖCKEL In einer Viertelstunde beginnen die Wettkämpfe.

DECHANT Sagen Sie ihm, wo der Clemens ist. Es geht um die Gaumeisterschaften.

WIRG *zum Dechant* Ich weiß nicht, wo der Clemens ist. Zu Mittag war er nicht da. Ich dachte, er sei bei denen. *Zeigt auf Möckel.* Heute früh hat ihn der Wittlich auf dem Leinpfad gesehen. Um sieben Uhr. Mit dem Rad. Im Sonntagsanzug.

MÖCKEL *sehr erregt* Also heute zu dieser Frau! Nie hätte ich das von ihm gedacht. Eine Katastrophe. D e m werden wir was erzählen. *Er wendet sich zur Tür.* Herr Dechant, vielen Dank.

Möckel ab.

Gleich darauf draußen Motorengeräusch.

WIRG *zum Dechant* Der Mensch hält die Sportler vom Besuch der Messe ab, und für d e n nehmen Sie immer Partei.

DECHANT Habe ich das getan, als er sich bei der Polizei bewarb?

WIRG Aber als er Vorsitzender des Sportvereins wurde und die Trainingsstunden für das Geräteturnen von den Samstagabenden auf den Sonntagmorgen verlegte, d a haben Sie nichts gegen ihn unternommen.

DECHANT Bei wem hätte ich dies tun können?

WIRG Bei den Sportlern selbst. Oder von der Kanzel herab.

DECHANT Das hätte die jungen Leute alle, ohne Ausnahme, gegen mich aufgebracht. U n d gegen die Kirche. Für den Möckel gehen die durchs Feuer.

WIRG Und in welches Feuer bringt er sie hinein? !

DECHANT Wie Sie sich die ewige Verdammnis vorstellen! Etwas mehr Bescheidenheit im Theologischen, bitte ich mir aus. Sie haben nicht studiert, soviel ich weiß.

WIRG Die Hölle ist ein ewiges Feuer.

DECHANT Das ist doch nur bildlich gemeint.

WIRG Ewiges Feuer, so steht es in der Heiligen Schrift.

DECHANT D i e bedarf der Auslegung. Durch Theologen.

WIRG Ist der Herr Kaplan keiner? In der Fastenzeit hat der immer wieder – und Sie waren jedesmal dabei – von der Hölle gepredigt.

DECHANT Aber doch nicht ausgemalt, wie es dort aussieht. Wie S i e es zu wissen scheinen. Feuer und Flammen . . .!

WIRG Auch im Katechismus steht es so.

DECHANT *außer sich* Das heißt noch lange nicht, daß der Möckel die Jungens in die Hölle bringen will!

WIRG Und was war das eben? Den Taufschein zerreißen! Mit dem Glauben brechen!

DECHANT *sichtlich ohne Überzeugung* Das war eine leere Drohung.

WIRG Sie sollten sie ernst nehmen. Von den siebentausend Einwohnern unserer Stadt kommt nicht einmal ein Viertel regelmäßig zur Messe herauf. Das wissen Sie selber. Und die anderen? Grad, daß die noch ihre Ostern halten. Und selbst d a hapert es bei vielen.

DECHANT Soll ich die anderen in ihren Häusern aufsuchen und mit Gewalt an die Kommunionbank führen?

WIRG Das wäre Ihre Pflicht.

DECHANT Die Menschen zwingen, Gottes Gebote zu halten, dazu hat die Kirche längst nicht mehr die Macht. Wirg, Sie wissen nicht, wieviel Uhr es ist in der Weltgeschichte.

WIRG Für Gott gibt es keine Weltgeschichte. Gott ist von Ewigkeit zu Ewigkeit, ohne Anfang, ohne Ende.

DECHANT *resigniert* Sie gehen so gut wie nie in den Ort hinunter. Das merkt man.

Man hört ein Auto vorbeifahren und gleich darauf anhalten. Der Dechant schaut bei dem Geräusch durch das Fenster und hört im folgenden Wirg nur zerstreut zu.

WIRG Es genügt mir, was ich hier oben sehe: Kirchgänger, die nur aus Gewohnheit heraufkommen. Die Gebote ihrer Religion befolgen die meisten nur schlecht oder überhaupt nicht.

DECHANT *plötzlich scharf* Zuerst war es nur die Familie Klopp, gegen die Sie Ihren religiösen Hochmut kehren. Jetzt ist es schon die ganze Pfarrgemeinde. Glauben Sie, das sei dem Herrn gefällig?

WIRG Ich bin nicht hochmütig, Herr Dechant.

DECHANT Spielen wir nicht mit Worten. Man muß sich schon für sehr viel besser halten als seinen Nächsten, um ihn so streng zu richten. Abstoßend, unmenschlich ist das. *Kurze Pause.* Damit Sie es wissen: Ihre Kinder tun mir leid, und Clemens ganz besonders. Ich, an seiner Stelle, würde es nicht bei Ihnen aushalten. Warum schlägt er so über die Stränge?

WIRG So. Dann muß ich Ihnen etwas sagen: Nicht nur, daß er sonntags oft die Messe versäumt, viel schlimmer, er löst sich mehr und mehr vom Glauben. Und um seine Schwester steht es nicht besser.

DECHANT Gleich das Schlimmste annehmen! Alle jungen Leute machen dieses Stadium durch. Das geht vorüber. Nein, der Clemens fällt nicht vom Glauben ab, es ist nur das Sechste Gebot, das ihm zu schaffen macht. Das ist alles.

WIRG Alles? Eben nicht. Weil dieses Gebot ihm im Wege steht, haßt er die ganze Kirche. Als ich ihn neulich wegen des Verkehrs mit dieser Fünfzehnjährigen zur Rede stellte, sagte er mir ins Gesicht: »Eine Religion, die den Menschen bis zur Heirat Keuschheit zumutet, ist von impotenten Päpsten erfunden. Aus Eifersucht auf uns Junge.«

DECHANT Wenn er das wörtlich so gesagt haben sollte, dann höchstens unüberlegt, im Zorn. Das heißt doch noch lange nicht, daß er die Wahrheiten des Glaubens ernstlich in Frage stellt.

WIRG Hätten Sie nur recht. Aber es steht schlimmer um ihn, als Sie denken. Ich habe allen Grund, es anzunehmen.

DECHANT Weil er nicht so fromm ist wie Sie? Frömmigkeit kann man nicht erzwingen. Das versuchen Sie aber. Wissen Sie, was der Herr Kaplan mir kürzlich gesagt hat: unser Küster macht seinen Kindern die Religion zur Qual. Das kann nur im Haß gegen die Kirche enden. Jetzt haben Sie den Beweis dafür.

WIRG *entsetzt* Der Herr Kaplan?

DECHANT Sie sehen, ich bin nicht der einzige, der diesen Eindruck hat. *Er schaut wieder zum Fenster hinaus.* Man läutet drüben bei mir.

Der Dechant bewegt sich gleich darauf zur Tür. Wirg schaut ihm nach. Der Dechant wendet sich um. Über Ihre Kinder sprechen wir noch. Kommen Sie nach der Vesper herüber.

WIRG Sobald ich den Altar abgeräumt habe.

Der Dechant ab.

Wirg riegelt die Tür hinter ihm zu, faltet das schwarze Tuch behutsam zusammen und legt es in die Schublade zurück. Dann kniet er sich in die Bank und fängt an zu beten, das Gesicht mit den Händen bedeckt. Doch schon bald hört man Schritte von draußen, und es schellt. Wirg öffnet.

5. *Szene*

WIRG, KLOPP, DECHANT, WITTLICH

Der Dechant tritt ein. Hinter ihm Klopp, über dem Arm einen blauen Anzug, Unterwäsche und Strümpfe, in der Hand ein Paar Schuhe. Zuletzt Wittlich.

WIRG *überrascht, zum Dechant* Der Herr Klopp ... *Auf Wittlich weisend* Und was will d e r hier?

KLOPP Wir haben uns auf dem schweren Gang zu Ihnen von dem Herrn Dechant begleiten lassen.

DECHANT *zeigt auf die Kleider* Gehört das Ihrem Clemens? *Wirg starrt auf den Anzug und die Schuhe, ohne sich zu bewegen.*

WITTLICH Seine Papiere waren in den Taschen.

KLOPP So wußte man schnell Bescheid. Wittlich hat die Sachen auf den Sportplatz gebracht, und er hat mich gebeten, mitzukommen.

DECHANT Spaziergänger haben die Kleider gefunden. Das herrenlose Fahrrad war ihnen aufgefallen. Unten am Wasser.

WIRG Wo dort?

WITTLICH In den Büschen am Leinpfad.

KLOPP Fast zweihundert Mark stecken in der Brieftasche.

Er zieht dabei Geldscheine und eine Armbanduhr aus seiner Jacke.

WITTLICH Er muß in die Strudel geraten sein.

DECHANT Er hat wohl baden wollen, bei der Hitze.

KLOPP Das Sportfest ist selbstverständlich abgesagt worden. Sofort.

WITTLICH Alle suchen den Fluß ab.

DECHANT Mein armer Wirg.

WIRG *ausbrechend* Ertrunken! Im Stande der Todsünde ertrunken. Hochwürden, ermessen Sie das?

KLOPP Aber Herr Wirg. Ein so guter Junge wie der Clemens hat vor Gottes Richterstuhl nichts zu fürchten.

WIRG *heftig* Was wissen S i e denn schon.

DECHANT *legt den Anzug und die Schuhe auf die Kirchenbank* Wirg, Wirg, Wirg . . .

WIRG Keine ewige Seligkeit für meinen Sohn! Keine Hoffnung! Lassen Sie mich allein . . . Gehen Sie.

Klopp, Wittlich und der Dechant sehen sich an, nicken einander zu und gehen hinaus.

Klopp, Wittlich und der Dechant ab.

Wirg nimmt den Anzug seines Sohnes von der Bank, hält ihn vor sich hin und starrt darauf. Plötzlich ruft er verzweifelt.

WIRG Agnes!

Vorhang

BILD II

Im Palmenzimmer. Das Fenster ist jetzt verhängt, eine Deckenlampe brennt. Die Tür zur schwach beleuchteten Küche steht halb offen.

1. Szene

AGNES

Agnes sitzt in einer Kirchenbank und schreibt. Von Zeit zu Zeit streicht sie etwas durch und spricht vor sich hin. Vor ihr, auf dem Oberteil der Bank, liegt unbedrucktes und bedrucktes Papier. Das bedruckte schwarz berändert. Ein Auto hält vor der Tür.

2. Szene

CASPAR, AGNES

Es schellt. Agnes läßt Caspar ein.

CASPAR Weshalb hast Du nach mir geschickt?

AGNES Haben sie ihn gefunden?

CASPAR Bei der Strömung! Es kann zwei oder drei Wochen dauern, bis er angeschwemmt wird. Es kommt auch vor, daß man Ertrunkene nie findet.

AGNES Den Clemens nie mehr wiederzusehen. Nicht einmal als Toten . . .

CASPAR Wir alle können es nicht fassen. Und Dein Vater?

AGNES Der! Der denkt nur daran, daß es für seinen Sohn keine ewige Seligkeit geben soll. Er will alles verhindern. Die Seelenmesse, und sogar den Totenzettel. Aber da mache ich nicht mit. Hier. Lies. Das muß so schnell wie möglich gedruckt werden.

CASPAR *liest laut den Text des Papiers, das Agnes ihm gereicht hat* Gottes unerforschlichem Ratschluß hat es gefallen, unseren lieben Sohn und Bruder plötzlich, aber wohlvorbereitet durch einen christlichen Lebenswandel zu sich zu rufen. Das Datum des Seelenamts wird noch bekannt gegeben . . . Das soll ich heimlich drucken?

AGNES So schnell wie möglich.

CASPAR Jetzt, an den Feiertagen?

AGNES Grade. Da ist doch sonst niemand in Eurer Druckerei.

CASPAR Schon. Aber was, wenn Dein Vater davon erfährt?

AGNES Das laß meine Sorge sein.

CASPAR Wo ist er überhaupt?

AGNES Er sitzt im Garten, auf der Bank hinter der Küche, und brütet vor sich hin.

CASPAR Der arme Mann.

AGNES *heftig* Der arme Clemens!

Man hört draußen ein Auto halten

CASPAR *steht auf, geht ans Fenster und weist dann zur Tür* Der Lorenz und sein Vater. *Pause. Caspar umfaßt Agnes.* Nun mußt Du gefaßt sein.

Er öffnet. Im Türrahmen erscheinen Klopp und sein Sohn Lorenz. Sie bringen einen prachtvollen Sarg. Die Tür bleibt halb offen.

3. Szene

KLOPP, LORENZ, AGNES, CASPAR

KLOPP *auf den Sarg zeigend, zu Agnes* Das ist der schönste, den ich auf Lager hatte. Den bin ich dem Clemens schon schuldig.

Sie stellen den Sarg ab.

LORENZ *tadelnd, zu Klopp* Ich bitte Dich, Vater.

Er nimmt Agnes bei der Hand.

KLOPP *streckt Agnes die Hand hin* Herzliches Beileid. Bitte richten Sie das auch Ihrem Vater aus.

LORENZ *zieht Agnes wieder an sich und zeigt auf den Sarg* Ich weiß, wie schrecklich das alles für Dich ist.

KLOPP Wir haben den Herrn Dechant und den Möckel am Kirchberg überholt. Die bringen keine guten Nachrichten.

LORENZ *zu Agnes* Die Suche ist aufgegeben. Endgültig.

KLOPP *zeigt auf den Sarg* Wir haben ihn dennoch gebracht. Damit er parat ist, wenn ...

LORENZ *blickt zornig auf seinen Vater* Vater ... *zu Agnes* Agnes, wo sollen wir ihn hinstellen?

AGNES Dort, unter das Kruzifix.

Während Klopp und Lorenz den Sarg vor das Kruzifix tragen, werden der Dechant und Möckel in der halboffenen Tür sichtbar und treten ein.

4. Szene

DECHANT, MÖCKEL, LORENZ, KLOPP, AGNES, CASPAR

DECHANT *auf Klopp zeigend, zu Agnes*
Er hat es Ihnen schon gesagt?

MÖCKEL Es ist vergeblich, noch auf die Ländung zu hoffen. Wir haben es auch dem Martin gesagt.

5. Szene

DECHANT, MÖCKEL, AGNES, LORENZ, WIRG, KLOPP, CASPAR

An der Küchentür erscheint lautlos, von den anderen noch nicht gesehen, Wirg. Er starrt auf die Anwesenden und bleibt stumm.

DECHANT Der arme Junge. Er steht immer noch auf der Landebrücke und starrt ins Wasser. Seit Stunden.

MÖCKEL *zu Agnes* Ohne sich zu rühren. Der Herr Dechant und ich konnten es nicht mehr mit ansehen.

AGNES Wenn der sich nur nichts antut. Ich geh' ihn holen.

LORENZ Ich begleite Dich.

WIRG *kommt näher, zeigt auf den Sarg, mit tonloser, müder Stimme, zu Agnes* Hast D u den bestellt?
Alle anderen drehen sich um.

KLOPP *zu Wirg* Nein, den stifte ich. Es ist mein Muster für die Erstklassbegräbnisse. Dem armen Clemens war ich den schon schuldig. Und Sie sollten ihn s o f o r t haben.

WIRG *kalt* Nehmen Sie ihn wieder mit.

KLOPP Herr Wirg...

DECHANT Wir sind alle hier, um Ihnen in diesen schweren Stunden beizustehen.

WIRG Ich brauche keinen Beistand. Bitte ...! *Er zeigt auf die Tür.* Und Du, Caspar, daß Ihr nur ja keinen Totenzettel druckt.
Caspar blickt Agnes an.

DECHANT *zu Wirg* Der Herr Möckel und seine Turner haben die ganze Strecke, wo es passiert sein kann, abgesucht.

MÖCKEL Methodisch. Von der Stelle, wo die Kleider lagen, bis zur Landebrücke der Personenschiffe.

DECHANT Die Strompolizei hat Motorboote, Stangen und Netze zur Verfügung gestellt.

MÖCKEL Wir haben auch am anderen Ufer entlang gesucht.

LORENZ *zu Wirg* Sicher war er schon abgetrieben.

WIRG Ich will keine Beileidsbesuche. Verstanden?

Der Dechant, Möckel, Lorenz, Klopp und Caspar schauen einander an und gehen stumm zur Tür.

Der Dechant, Möckel, Lorenz, Klopp und Caspar ab.

AGNES *vorwurfsvoll, zu Wirg* Du hättest den Leuten danken müssen. Das wenigstens!

WIRG *kalt* Geh' den Martin holen. Der Caspar hat ja ein Auto.

Als sie die Haustür geöffnet hat, sieht man draußen Möckel, Klopp, Lorenz und Caspar stehen. Sie drehen sich nach Agnes um. Sogleich Motorengeräusch.

Agnes ab.

WIRG *geht zur offengebliebenen Tür und beugt sich hinaus* Herr Dechant!

Der Dechant erscheint sofort.

6. Szene

DECHANT, WIRG

DECHANT Ich wäre sowieso zurückgekommen. Wir müssen das Totenamt besprechen.

WIRG *starrt zornig und entsetzt auf den Dechant* Was . . . !

DECHANT Es ist nicht der richtige Augenblick, ich weiß. Klopp hat Sie irritiert. Das unglückliche Wort vom »Erstklassbegräbnis«.

WIRG *düster, zeigt auf den Sarg* Den schicke ich ihm zurück.

DECHANT Es war gut gemeint. Kränken Sie ihn nicht.

WIRG Hier ist man im Begriff, jemand ganz anderen zu kränken als den windigen Klopp.

DECHANT *plötzlich, ganz hart* Wozu die Einleitung?

WIRG Clemens befindet sich bei denen, die in alle Ewigkeit verdammt sind. Das wissen Sie, Hochwürden . . .

DECHANT *mit Schärfe* Das weiß ich n i c h t . Das weiß nur Gott.

WIRG Nach der ausdrücklichen Lehre der Kirche ist die Todsünde, heißt es im Katechismus, eine so schwere Beleidigung und Verachtung Gottes, daß sie endlose Strafe verdient.

DECHANT Ich weiß, was im Katechismus steht.

WIRG Dann wissen Sie, daß der Clemens kein kirchliches Begräbnis erhalten kann und daß Sie keine Seelenmesse für ihn lesen dürfen.

DECHANT *zornig* Herr Wirg, ich werde den Clemens kirchlich beerdigen und das Seelenamt für ihn halten. Auch wenn er im Augenblick seines Todes mutwillig und häufig begangene schwere Sünden ungebeichtet auf dem Gewissen hatte. Ist das deutlich?

WIRG Der Katechismus lügt also.

DECHANT Sie kennen ihn nicht gründlich genug. Wir können die heiligmachende Gnade, sagt der Katechismus, wiedererlangen durch das Sakrament der Buße *Er hebt den Finger und die Stimme.* und a u c h durch die vollkommene Reue, ist diese verbunden mit dem Vorsatz zum Beichten.

WIRG Einer der ertrinkt, kämpft um sein Leben! Wie soll er bei seinem Todeskampf zu Reue und guten Vorsätzen kommen.

DECHANT Selbst wenn nach dem Satz der Kirche für den Clemens in der Tat nur wenig Hoffnung auf die Ewige Seligkeit besteht, beten können, beten müssen wir für ihn. Gott allein war sein Richter, und Gott ist barmherzig.

WIRG *leise* Auch mit denen, die seine Existenz leugnen?

DECHANT *mit fühlbarem Mißtrauen gegen das Gehörte* Das hat der Clemens doch nicht!

WIRG Wie würden S i e das nennen: Einer hat die ganze Nacht bei einer Frau gelegen, ist am Morgen aus deren Bett direkt in die Kirche an die Kommunionbank gegangen, gleich darauf wieder hinaus und hat draußen auf dem Kirchplatz die Hostie ausgespuckt und zertreten? Den Leib des Herrn!

DECHANT Nie hat der Clemens einen solchen Frevel begangen. Gottesraub!

WIRG Er h a t ihn begangen. Und wann! Ostern, letzten Ostersonntag. Am höchsten Fest der Kirche.

DECHANT Wer hat Ihnen das hinterbracht?

WIRG Er selbst. Und wie! Voller Hohn! »Da siehst Du, was Dein allmächtiger Herrgott sich alles gefallen läßt.« Das und noch Schlimmeres hat er mir gesagt.

DECHANT Noch Schlimmeres?

WIRG Er sagte: »Gott hat sich nie der Menschheit offenbart und niemals die Apostel beauftragt, die katholische Religion zu gründen. Diese ist auf den Konzilen ausgeheckt worden. Von Menschen im Priestergewand.« Und er zeigte mir das Buch, aus dem er seine Weisheit hatte.

DECHANT Haben Sie das Buch noch?

WIRG Ich habe es ins Feuer geworfen.

DECHANT Erinnern Sie sich an den Titel?

WIRG Der Verfasser war ein Professor der Kirchengeschichte.

DECHANT Und Clemens hat sich natürlich geweigert, Ihnen zu sagen, wer ihm das Buch gegeben hatte.

WIRG Ich habe den Lorenz Klopp im Verdacht.

DECHANT *skeptisch* Lorenz? Der studiert Medizin.

WIRG Das hat ihn nicht daran gehindert, auch meine Tochter gegen die Religion aufzuhetzen. Jedesmal, wenn der bei seinen Eltern die Ferien verbringt, trifft er sich heimlich mit ihr. Und Agnes ist nie so aufsässig, wenn ich sie sonntags zur Vesper schicke, wie dann, wenn der Lorenz da ist.

DECHANT Das hat wenig zu bedeuten. Aber das, was ich soeben über Clemens höre, das schmettert mich nieder. Warum haben Sie mir das nie anvertraut?

WIRG Als ich heute nachmittag mit Ihnen über Clemens sprach, hatte ich Ihnen alles sagen wollen.

DECHANT Warum erst heute?

WIRG Ich hatte noch immer die Hoffnung, ihn auf den rechten Weg zurückzubringen.

DECHANT *scharf* Das hätten Sie m i c h versuchen lassen sollen.

WIRG Sie hätten nichts erreicht, Hochwürden. Gerade S i e nicht. Er war viel zu stolz auf seinen Abfall vom Glauben. *Pause.* Eine Messe für ihn kann nur eine Gotteslästerung sein.

DECHANT *verlegen und sorgenvoll* Letztes Jahr mußte ich dem Möckel die Trauung mit einer fanatischen Protestantin verweigern. Bis er mir schriftlich versprach, seine Kinder katholisch taufen zu lassen. Wie man mir damals meine Unnachgiebigkeit verübelt hat, und zu was es in der Zwischenzeit kam, wissen Sie. Wenn ich Ihrem armen Clemens das kirchliche Begräbnis verweigere, wird es w i e d e r zu heftigen Protesten und zu Austritten kommen.

WIRG Ich kann nur hoffen, für Sie und für mich, daß der Clemens nicht so bald und daß er sehr weit von hier geländet wird. Dann kann ich ihn an Ort und Stelle begraben lassen, und hier erfährt es niemand.

DECHANT Schon, aber das Seelenamt! Keine Exequien für einen so beliebten Jungen. Die Wirkung auf die Pfarrgemeinde! Wer kennt denn seinen Katechismus. Sie! Und höchstens noch die Schulkinder.

WIRG Erklären Sie von der Kanzel herab, warum eine Seelenmesse nicht stattfinden darf.

DECHANT *sehr eindringlich* Seine Sportfreunde werden dies als unmenschlich empfinden und wer weiß was unternehmen: Ihre Taufscheine öffentlich zerreißen oder mir systematisch sonntags die Messe stören. Wollen Sie das verantworten?

WIRG *heftig* Herr Dechant! Das soll doch nicht heißen ... ! Nein, das ist nicht möglich.

DECHANT Ich will Ihre Antwort nicht vor morgen haben.

WIRG Die muß ich mir nicht überlegen.

DECHANT Sagen Sie jetzt nichts. Sie könnten es bereuen.

Der Dechant bewegt sich der Tür zu.

WIRG *angstvoll-beschwörend* Ich werde nichts zu bereuen haben.

DECHANT *die Tür öffnend* Sie sollten jetzt einmal ausspannen. Ihren Dienst in der Sakristei wird vorläufig der Herr Kaplan versehen. Auch die Orgel spielen.

WIRG Der Herr Kaplan wird nie ohne mich fertig.

DECHANT *schon auf der Schwelle, kommt zurück, faßt Wirg sanft am Arm* Bitte legen Sie es nicht falsch aus, wenn ich Ihnen, bevor ich Sie jetzt allein lasse, noch etwas sage: im Katechismus steht nicht alles. Es gibt auch das Kirchenrecht. Und nach dem geltenden Kirchenrecht darf die Messe für Clemens gelesen werden. Denn er war kein »peccator publicus et manifestus«, das heißt, keiner, der öffentlich gesündigt und dies öffentlich kundgetan hat. Außer Ihnen weiß es ja niemand, was er am Ostersonntag gemacht hat.

WIRG Seine Schwester weiß es, dessen bin ich so gut wie sicher. Und auch der Lorenz und der Caspar. Und ich fürchte, auch bei anderen hat er sich mit seinem Abfall gebrüstet.

DECHANT Selbst dann darf ich immer noch eine stille Messe lesen. Vielleicht keine feierlichen Exequien. Darüber müßte ich mich noch erkundigen. Wirg, ich bin nur ein einfacher Seelsorger. Ich lehre nicht Theologie an einer Universität. Aber e i n s wird Ihnen auch der gelehrteste Theologe niemals anders sagen: die Kirche sagt nie von einem konkreten Menschen, daß er von Gott verdammt sei. Niemand kennt das Ausmaß der Liebe Gottes, der auch und gerade im letzten Augenblick des Lebens auch den größten Sünder so ansprechen kann, daß der Sünder sich in Reue und Liebe zu ihm wendet und so gerettet wird.

WIRG *schüttelt fassungslos den Kopf* Kirchenrecht. Für einen Gottesleugner. Nein.

Dechant ab.

Wirg starrt auf die sich schließende Haustür. Dann kniet er sich unter das Kruzifix.

Vorhang

BILD III

Im Palmenzimmer. Das vergitterte Fenster steht offen. Es ist Abend, aber noch hell, wird im Laufe der Handlung jedoch so dunkel, daß Licht gemacht werden muß. Der Sarg ist nicht mehr zu sehen.

1. Szene

WIRG, DECHANT

Es schellt an der Haustür. Wirg, aus der Küche kommend, eine Schürze umgebunden und einen Teller in der Hand, den er auf den oberen Teil einer Kirchenbank legt, bevor er öffnet.

WIRG *äußerst unfreundlich* Hochwürden ...
Er versucht, den Knoten der Schürze aufzumachen.
Sonst kommen Sie immer morgens.
Er weist auf die Schürze, die er nicht hat ablegen können. Der Dechant blickt streng auf die Schürze, fährt mit dem Finger über die Wand des Schrankes, in dem sich das Altargerät befindet, und richtet seine Augen auf den Teller, den Wirg auf der Kirchenbank abgestellt hat.

DECHANT Staub! Von vierzehn Tagen. *Er zeigt auf den Teller.* Auch s o etwas hat man nie gesehen, solange Ihre Tochter den Haushalt besorgte.

WIRG *mürrisch, aber sich doch entschuldigend* Ich bin beim Geschirrspülen.

DECHANT Und Ihre Tochter hilft der Frau Klopp in der Küche. Der künftigen Schwiegermutter! Wirg, die Agnes schon unter einem Dach mit dem Lorenz.

WIRG *hämisch* Soll doch eine so gut katholische Familie sein.

DECHANT Und der Martin, bei wem! Beim Möckel. Das sehen Sie also lieber, als Ihre Kinder zurückzuholen, Wirg!

WIRG Ich habe meine Kinder nicht fortgejagt. Sie sind gegangen.

DECHANT Weil Sie den beiden eine übermenschliche Einsicht zugemutet haben. In Schwer-, ja Unfaßliches.

WIRG Ich habe meinen Kindern – in aller Güte – erklärt und erklärt, wann die Lehre der Kirche eine Totenmesse verbietet. Es nutzte nichts. Sie bestanden auf dem Seelenamt.

DECHANT Geschwisterliebe. Ist das denn so unbegreiflich!

WIRG Nicht bei Martin. Wer in seinem Alter ist konsequent. Aber bei meiner Tochter.

DECHANT Konsequenz! Logik! Von wem können Sie das in einem solchen Fall verlangen!

WIRG Also die Kirche zum Zeremonienmeister herabgewürdigt. Von meiner ungläubigen Tochter! Und wahrscheinlich von der ganzen Jugend im Ort.

DECHANT Aber religiöses Empfinden haben die doch. Und das ist die Hauptsache.

WIRG *ironisch* Religiöses Empfinden! Das haben auch Ungläubige, wenn sie Angst vor dem Sterben haben. Schon bei einem Gewitter.

DECHANT *ungeduldig* Besser als Verstocktheit auf dem Totenbett.

WIRG Die Kirche ist die Hüterin göttlicher Wahrheiten. Sie braucht kein »religiöses Empfinden«.

DECHANT Ohne religiöses Empfinden kein Glauben an Gott!

WIRG *streckt den Finger gegen den Dechant aus* Die zehn Gebote Gottes, die fünf Gebote der Kirche und die zwölf Artikel des Apostolischen Glaubensbekenntnisses, auf denen und auf nichts anderem ruht die Lehre der Kirche. Und Sie wollen mich veranlassen, gegen diese zu verstoßen.

DECHANT Mit anderen Worten: Es ist endgültig.

WIRG Nie und nimmer werde ich die Zustimmung zu einem Seelenamt für den Clemens geben.

DECHANT In diesem Fall kann ich Ihnen eine Gegenüberstellung mit Ihren Kindern nicht ersparen.

Er geht ans Fenster, winkt zwischen den Gittern kurz hinaus und öffnet die Haustür. Wirg zieht indessen die Küchenschürze aus. Es erscheinen Möckel in Polizeiuniform, Lorenz, Caspar und hinter diesen Agnes und Martin.

2. Szene

WIRG, AGNES, MARTIN, DECHANT, MÖCKEL, LORENZ, CASPAR

WIRG *zum Dechant* Sie sprachen nur von meinen Kindern.

AGNES *tritt vor, arrogant* Die anderen sind als Zeugen mitgekommen.

WIRG Auch der neue Hauptwachtmeister unserer Polizei?

MARTIN *auf Möckel, Lorenz und Caspar weisend* Der Herr Dechant hat das so gewollt.

WIRG *zum Dechant* Auf Ihre Verantwortung, wenn meine Kinder und die drei da jetzt etwas zu hören bekommen, was die Pfarrgemeinde nicht weiß.

DECHANT Herr Möckel und die jungen Leute sollen aus Ihrem Munde hören, worüber ich hier seit vierzehn Tagen jeden Morgen mit Ihnen unter vier Augen spreche.

AGNES *zu Wirg* Dann weiß ich worüber. Vierzehn Tage ist unser Clemens jetzt tot. Nun?

MARTIN Vater. Der Clemens war kein schlechter Mensch...

AGNES *scharf, zu Wirg* Sag nur ja nicht wieder, zunächst müsse die Leiche geländet sein.

DECHANT *zu Wirg* Mit diesem Argument habe ich die Leute im Ort bis heute hingehalten. Aber länger geht es nicht.

MÖCKEL *zeigt auf Lorenz und Caspar* Ihre Kinder haben uns gesagt, warum sie von Ihnen weggegangen sind. Aber das wissen außer dem Herrn Dechant nur wir drei.

WIRG Der Grund ist Euch also bekannt. Dennoch verlangt Ihr das Seelenamt.

MÖCKEL Soll denn der tote Clemens wie ein Ausgestoßener behandelt werden! Der ganze Ort wundert sich. Und Ihre Kinder leiden.

WIRG Unter dem Getuschel der Leute?

LORENZ Nein. Weil kein Seelenamt stattfindet.

WIRG *zu Agnes* Agnes! Und ich? Leide ich n i c h t darunter?
Agnes senkt den Kopf.

MARTIN *zu Agnes* Das ist wahr. Der Vater hat geweint an dem Abend. Ich hab's gesehen.

AGNES *voll Haß, zu Wirg* Ja, geweint hast Du! Aber worüber? Daß da einer hat sterben müssen, im schönsten Alter, einer, der gerade angefangen hatte, zu leben und zu lieben, und der so gern lebte und dem Du das Leben zur Hölle gemacht hast, und der das nicht verdient hat. U n d Dein Sohn war! Von Dir gezeugt. In der Lust, die eine Sünde sein soll. Darüber, über dieses zu früh abgebrochene Leben hast Du nicht geweint.
Sie fällt in Schluchzen.

DECHANT Agnes, Sie tun Ihrem Vater Unrecht.

AGNES *zu Wirg* Ha, worüber hat der geweint? Über die Seele seines Sohnes! Für alle Ewigkeit schmachte die in der Hölle! Von nichts anderem hat er geredet. Die Seele! Hat man je dieses Ding gesehen? Wenn Du weißt, was es ist, die Seele, dann sag es uns. Das kann er nicht. Und Sie, Herr Dechant, können Sie es mir sagen?

DECHANT Ich? Agnes, wie redest Du denn! Über die Seele! *Dann zu Lorenz und Caspar* Lorenz, Caspar, und Ihr? Wißt auch I h r nicht, was die Seele ist? Du, Caspar? Ihr druckt die Totenzettel für den Ort. Da kommt im Text immer das Wort Seele vor. Was denkst Du Dir dabei? Am Setzkasten.

CASPAR Das habe ich mich nie gefragt. Ehrlich.

DECHANT Und Du, Martin, was hast Du noch vor einem Jahr in der Katechismusstunde gelernt?

MARTIN Die Seele? Das ist, wenn man ein schlechtes Gewissen hat. Ihre Stimme, die meldet sich dann.

LORENZ Erklären kann ich es nicht. Ich weiß aber, was damit gemeint ist.

MÖCKEL Auch wenn man es nicht erklären kann, eine Seele hat jeder Mensch. Das hat man schon vor Christi Geburt gewußt.

AGNES *heftig* Aber damals war die Seele nicht katholisch. Von dem ganzen Kirchenkram hat der Clemens nichts wissen wollen. Gehaßt hat er ihn. Ostern hat er die Hostie ausgespuckt und zertreten. Er hat es uns allen selber gesagt.

WIRG Warum verlangst Du dann, daß die Katholische Kirche für die Seele Deines Bruders betet?

MARTIN Vater, der Clemens hat schon kein Begräbnis. Dann muß doch wenigstens eine Totenfeier für ihn stattfinden, und wo anders als in seiner Pfarrkirche?

LORENZ *zu Wirg* Soll der Clemens denn sang- und klanglos aus der Welt verschwinden?

CASPAR *zu Wirg* Oder sähen Sie es gern, wenn wir in der Turnhalle eine Gedenkfeier für ihn machen müßten?

LORENZ Zwischen Kletterseilen und Barren!

MÖCKEL Der ganze Ort wäre empört. Der Clemens hat jahrelang als Ministrant am Altar gedient, daran erinnert sich jeder, und das Übrige weiß niemand.

WIRG *zum Dechant* Da hören Sie es. Religiöses Empfinden. Es geht denen nur um die Zeremonie. Nicht um die Seele.

DECHANT *nach einem harten Blick auf Wirg, zu Möckel* Das Seelenamt findet nicht statt. Ausgeschlossen.

MÖCKEL *zum Dechant* Und wir dachten, es sei nur Herr Wirg, der seine Zustimmung nicht gibt. Das mußten wir annehmen, Herr Dechant.

AGNES Herr Dechant, das werden wir Ihnen heimzahlen.

CASPAR Das Seelenamt findet statt.

DECHANT Aber nicht in meiner Pfarrkirche.

Es schellt an der Haustür. Wittlich, in Zivilkleidung, erscheint und übergibt Wirg einen schwarzberänderten Umschlag.

3. Szene

WITTLICH, WIRG, DECHANT, AGNES, CASPAR, LORENZ, MÖCKEL, MARTIN

WITTLICH *nach einem giftigen Seitenblick auf Möckel, unfreundlich, zu Wirg* Vom Herrn Bürgermeister.

Wittlich ab.

Während Wirg den Brief liest, wechseln Agnes, Lorenz und Caspar Blicke, die Unruhe verraten.

WIRG *zum Dechant* Der Bürgermeister, eine Entschuldigung ... daß er morgen verreisen muß und dem Seelenamt für Clemens nicht beiwohnen kann. Was soll das heißen?

DECHANT Wer von Euch hat das eingefädelt?

AGNES Ich.

CASPAR Mit mir.

WIRG Und Möckel.

LORENZ Nein, der Herr Möckel hat das mißbilligt.

MÖCKEL *zu Wirg* Leider zu spät. Sie hatten schon zu viele Leute angerufen.

AGNES Und in vielen Häusern die Totenzettel eingeworfen.

CASPAR Hier. Sie können sie lesen.

Er drängt Wirg und dem Dechant je einen Totenzettel auf. Beide lesen den Text.

DECHANT Der Text ist ein Hohn auf die Wahrheit, das weißt Du. Und hast es dennoch gedruckt.

WIRG Gegen mein ausdrückliches Verbot.

MÖCKEL Bei einer Klage vor Gericht käme die Kirche nicht gut weg.

WIRG Auch S i e nicht, Herr Möckel.

MÖCKEL Im Gegenteil. Selbst wenn ich von der Sache gewußt hätte, die öffentliche Meinung wäre auf meiner Seite.

Wirg blickt alle, den Dechant ausgenommen, scharf der Reihe nach an. Kurze Pause.

WIRG Wenn Ihr es nicht fertigbringt, den ganzen Ort davon zu benachrichtigen, warum diese Messe nicht stattfinden kann, ist Euer Möckel die längste Zeit Hauptwachtmeister gewesen.

MÖCKEL Die Kirche hat noch immer einen langen Arm. Sagen Sie es doch gleich.

LORENZ *ironisch* Herr Möckel, wir gehen in die Häuser. Mit dem Katechismus in der Hand und unterrichten die Leute.

AGNES Zu spät. Die Gärtnerei macht schon Überstunden.

CASPAR So viele Kränze sind bereits bestellt worden, Herr Dechant.

MARTIN Ihr seid alle ... gemein!

Martin ab.

AGNES *zu Wirg* Damit Du es weißt: Der Clemens wird sein Seelenamt haben.

DECHANT Er wird es n i c h t haben.

MÖCKEL Als ob Sie noch die Wahl hätten.

CASPAR Die Post hat längst Feierabend.

AGNES Die Kirche wird voll sein.

MÖCKEL Wollen Sie es auf einen Skandal ankommen lassen?

CASPAR Und auf was für einen.

AGNES Dafür würden wir sorgen.

LORENZ Und der zöge in Ihrer Pfarrgemeinde neue Austritte nach sich. Das wissen Sie selber.

MÖCKEL Seien Sie vernünftig, Herr Dechant.

DECHANT *verzweifelt-resigniert* Was habt Ihr da angerichtet!

WIRG *zum Dechant, drohend* Sie werden doch nicht ...! Wehe Ihnen! Sie würden es bereuen!

Vorhang

BILD IV

Am nächsten Morgen, im Palmenzimmer. Draußen scheint die Sonne. Wirg steht breit vor dem unbedeckten Gestell der Tumba und hält es mit rückwärtsgebogenen Händen fest.

1. Szene

DECHANT, WIRG, CASPAR, LORENZ

DECHANT *ungeduldig, flehend zu Wirg.* Der Herr Kaplan wartet in der Sakristei. Es ist nicht möglich, seinen Eintritt vor den Altar noch länger hinauszuschieben.

WIRG Wozu braucht er die Tumba?

DECHANT *gequält* Was blieb uns anderes übrig!

WIRG *höhnisch* Uns? Ihnen!

DECHANT Die Kirche ist bis zum letzten Platz gefüllt.

CASPAR Und Kränze! Bis an die obersten Stufen zum Altar.

LORENZ *zu Wirg* Die Leute fragen sich, wieso die Tumba fehlt.

WIRG *zu Lorenz und Caspar* Ihr zwei habt hier gar nichts zu sagen! *Dann zum Dechant* Die Tumba geht nur über meine Leiche aus diesem Raum.

DECHANT Die Tumba kommt vor den Altar. Alles hier in diesem Raum ist Eigentum der Kirche.

WIRG *sehr aufgebracht* Sie sind ... feige. Die Messe durch Ihren Kaplan lesen zu lassen! Gehen Sie endlich hinüber und sagen Sie Ihren Pfarrkindern die Wahrheit.

DECHANT Alle Schulkinder sind im Gotteshaus.

WIRG Es darf nichts beschönigt werden. Gerade nicht vor den Kindern. Im Gegenteil.

DECHANT *zieht ein Papier aus der Tasche* Sie treiben mich zum Äußersten. Wirg, Sie sind entlassen. Hier, lesen Sie.

WIRG *nach einem Blick auf das Papier* Vom Bischöflichen Ordinariat genehmigt ...?

DECHANT Mir blieb keine Wahl. Alles, was der Autorität der Kirche abträglich sein könnte, muß ich verhindern.

WIRG Dann sollten Sie das Seelenamt verhindern.

DECHANT *stellt sich plötzlich vor die Haustür* Für die Räumung der Küsterwohnung lasse ich Ihnen vierzehn Tage Zeit. Verlassen Sie sofort diesen Raum.

WIRG *zieht Schlüssel aus der Hosentasche* Hier. Die Schlüssel.

Er wendet sich um und begibt sich zur Küche.

Wirg ab.

Alle schauen Wirg überrascht nach.

CASPAR Folgsam. Auf einmal.

LORENZ Der ist ja vollkommen fertig.

DECHANT Schnell jetzt. Das Tuch. Und hinüber.

Lorenz und Caspar ziehen das Holzgestell nach vorne.

DECHANT *weist auf eine Schublade* Schnell, schnell.

Lorenz und Caspar öffnen die Schublade und ziehen ein mit Silberfransen versehenes schwarzes Tuch heraus.

LORENZ Das da, mit den Silberfransen?

DECHANT *ungeduldig* Her damit.

Der Dechant legt selbst das Tuch über das Gestell.

Tragt die Tumba hinüber. Aber geht durch die Sakristei, stellt die Tumba an die Stufen vor dem Altarplatz und ordnet dann die Kränze auf und um das Tuch herum. Solange soll der Herr Kaplan in der Sakristei noch warten, sagt ihm das.

CASPAR *aufgeregt auf das Fenster zeigend* Da! Der Wirg. Der ist hinten durch die Gartentür hinaus. Deshalb war der so folgsam.

DECHANT *angstvoll* Der läuft mir doch nicht in die Kirche!

CASPAR *geht ans Fenster* Eben rennt er hinein.

DECHANT Jetzt brauchen wir die Tumba nicht mehr. Ich weiß, was der imstande ist zu tun.

LORENZ Glauben Sie wirklich?

DECHANT Die Seelenmesse für den eigenen Sohn verhindern. Ein noch nie dagewesener Skandal.

LORENZ Vor allen Leuten in der Kirche, in aller Öffentlichkeit!

CASPAR Das wird ein Geschnatter geben. *Ahmt ein Tiergeschnatter nach.*

DECHANT *ungehalten* Zieh' den Vorhang zu.

CASPAR *den Vorhang zuziehend, zu Lorenz* Das wird eine Schlagzeile.

DECHANT Was habt Ihr mir da nur eingebrockt.

Vom Kirchplatz her hört man, daß dort das Portal aufgestoßen wird. Gleich darauf draußen ein immer lauter werdendes Stimmengewirr, das sich, an- und abschwellend, bis zum Fallen des Vorhangs fortsetzt.

CASPAR Konnten wir ahnen, wie weit dieser Mann geht? Sowas von ... Fanatismus! *Er schiebt den Vorhang ein wenig beiseite, winkt Lorenz herbei. Sie schauen hinaus und bleiben am Fenster.* Da kommen welche raus. Sind d i e aber wütend.

LORENZ *zum Dechant* Da bringen doch wahrhaftig einige die Kränze wieder mit heraus.

Das Stimmengewirr vor dem Haus schwillt plötzlich an.

LORENZ Da, der Wirg.

CASPAR Und jetzt der Möckel. Nimmt der ihn doch fest. Und der Wirg wehrt sich nicht einmal.

Der Dechant geht zum Fenster. Caspar macht ihm Platz.

LORENZ Wie ein Lamm läßt der sich abführen.

CASPAR Alles was recht ist, das hätte der Wittlich nie getan.

LORENZ Gleich festnehmen ...!

DECHANT *vom Fenster zurücktretend* Der Möckel. Bringt der ihn hierher. Auch das noch! Wo bleibt nur der Herr Kaplan?

Möckel, ein Altartuch in der Hand, stößt Wirg vor sich in den Raum. Bis die Tür wieder geschlossen ist, hört man das Stimmengewirr stärker als vorher.

2. Szene

MÖCKEL, DECHANT, WIRG, LORENZ, CASPAR

MÖCKEL *zum Dechant* Ihr Küster! Das Altartuch hat er weggerissen, hier! Und gerufen: »Keine Messe. Mein Sohn ist in alle Ewigkeit verdammt.« Störung des Kults einer staatlich zugelassenen Religionsgemeinschaft. Das ist strafbar. *Zu Wirg* Herr Wirg, das wird Sie teuer zu stehen kommen.

DECHANT Überschreiten Sie nicht Ihre Befugnisse.

MÖCKEL Er muß mit aufs Revier. Meinen Bericht unterschreiben.

DECHANT Lassen Sie ihn vorläufig hier. Die Leute.

MÖCKEL *zum Dechant, militärisch grüßend* Gut, Herr Dechant. *Auf das Tuch zeigend* Das kommt zu den Akten.

Möckel ab.

Wirg bleibt stumm und schwankt, die Anwesenden sichtlich nicht wahrnehmend, zu der ihm nächsten Kirchenbank, sinkt auf den Sitz und starrt vor sich hin.

DECHANT *zu Wirg hinüber* Meine Pfarrgemeinde ist jetzt um und um gewühlt, und nicht im guten Sinne.

WIRG Warum haben Sie mich dazu gezwungen?

3. Szene

LORENZ, MARTIN, AGNES, CASPAR, DECHANT, WIRG

Wieder öffnet sich die Tür, wieder steigt das Stimmengewirr beim Öffnen der Tür an. Agnes und Martin erscheinen. Agnes sichtlich zornig. Martin bedrückt. Lorenz nimmt Agnes sogleich bei der Hand.

LORENZ *auf Wirg zeigend, voll Mitgefühl* Agnes ... Da.

MARTIN *bedrückt* Das alles wegen dieser ... Religion.

Er nähert sich seinem Vater.

AGNES *ruft Martin zurück* Daß Du mir nicht ...! Weichwerden! Mit dem kein Mitleid!

LORENZ *besänftigend* Agnes! Siehst Du denn nicht ...

AGNES Mitleid! Wo soll ich es denn hernehmen!

MARTIN *schüttelt den Kopf* Er kann einem leid tun.

AGNES Wenn er Trost braucht, soll er sich den von seiner heiligen Mutter geben lassen. *Zu Wirg* So nennst Du doch immer die Kirche.

Man hört, daß von draußen an die Tür geschlagen wird. Caspar öffnet sie. Ein Kranz fliegt herein, dem er geschickt mit dem Kopf ausweicht. Er schließt rasch die Tür. Die Geräusche bleiben. Bei jedem zuckt Martin zusammen.

CASPAR Denen tut ihr Geld leid.

MARTIN *auf Wirg zeigend, zum Dechant* Nun sagen Sie ihm endlich was. Er hat es doch aus religiöser Überzeugung getan.

CASPAR Wohin das führen kann.

MARTIN Mach darüber keine Witze.

DECHANT *zieht Agnes beiseite. Leise* Im Ort kann er nicht bleiben.

AGNES Weil seine Gegenwart Sie immer an Ihre Feigheit erinnern würde, Herr Dechant.

LORENZ *zu Agnes* Jeder wird vor Deinem Vater ausspucken.

MARTIN Was soll er denn anfangen? Als Küster!

AGNES *böse* Soll er sich als Gärtner verdingen.

MARTIN Das sagst Du, weil er Dich gezwungen hat, im Garten zu arbeiten.

AGNES Zu schuften.

MARTIN Immer hat er selber mit angepackt.

Wirg hebt den Kopf.

WIRG Agnes. Ich habe nie etwas anderes gewollt als Euer Bestes. Auch eben. Du sprichst ja, als hätte ich Euch nicht lieb. Alle drei.

AGNES Davon hat der Clemens wenig gemerkt.

MARTIN Vater, wenn Du fortgehst, gehe ich mit.

Er geht zu Wirg und berührt ihn am Arm. Wirg faßt ihn um die Hüfte, zieht ihn zu sich herab und küßt ihn auf die Stirn.

AGNES *bitter* Da hat der Clemens sterben müssen, damit dieser Mann einmal eines seiner Kinder küßt.

MARTIN *setzt sich neben Wirg* Laßt mich allein mit ihm. Ihr versteht ihn nicht. Nicht einmal S i e , Herr Dechant. Und Sie sollten es. Gerade S i e.

LORENZ *nimmt Agnes am Arm* Komm.

Der Dechant geht, nach einem bösen Blick auf Martin, an Lorenz, Agnes und Caspar vorbei zur Tür und öffnet sie. Die auf der Schwelle kniehoch aufgehäuften Kränze versperren ihm den Durchgang. Das Stimmengewirr schwillt sogleich wieder an, aber schwächer als früher.

CASPAR *stellt sich neben den Dechant* Ja, jetzt muß wohl irgend jemand zu den Leuten sprechen. Der Herr Kaplan wagt sich ja nicht aus der Sakristei heraus.

Vorhang

BILD V

Im Palmenzimmer. Die Tür zum Kirchplatz steht offen. Martin kommt von der Küche her und trägt allerlei Hausrat und Bettzeug vor die Haustür, um es auf einen, nicht sichtbaren, Karren zu laden. Er geht noch zweimal zwischen Küche und Haustür, mit Kleinmobiliar beladen, hin und her. Zuletzt bringt er zwei Stühle und einen Käfig mit Meerschweinchen, läßt die Stühle im Palmenzimmer stehen und spielt mit den Tieren. Da erscheint, auf dem Fahrrad, Möckel an der Haustür und macht sich mit der Klingel des Rades bemerkbar. Er trägt die Uniform eines Hauptwachtmeisters.

1. Szene

MÖCKEL, MARTIN

Möckel blickt im folgenden immer wieder verstohlen in das Haus hinein, bemüht, seine Unruhe zu verbergen.

MÖCKEL Na, Martin! Ihr räumt das Haus?

MARTIN Ja und?

MÖCKEL Sag mal, Dein Vater ist doch gestern zum Bürgermeister bestellt worden.

MARTIN Ja und?

MÖCKEL Ich habe den Wittlich zu Euch hinaufgehen sehen. Was hat das alles zu bedeuten?

MARTIN Jetzt, wo Wittlich nur noch Bürodiener im Rathaus ist, muß er derlei Gänge schon machen.

MÖCKEL Was wollte er denn bei Euch?

MARTIN Und Sie! Was wollen S i e bei uns?

MÖCKEL Ich mußte Deinen Vater nach dem Skandal festnehmen. Wer mir das nachträgt, weiß nicht, was Amtspflichten sind... Ich bin ja selber froh, daß der Dechant die Sache nicht weiter verfolgt hat.

MARTIN *abweisend und voll Verachtung* Schon gut. Also welche Pflichten führen unseren neuen Hauptwachtmeister h e u t e hierher. Sie wollen doch was.

MÖCKEL Deine Schwester schickt mich. Sie will wissen, ob der Bürgermeister den Dechant dazu gebracht hat, die Entlassung Deines Vaters rückgängig zu machen.

MARTIN Selbst wenn er das erreicht hätte, geblieben wären wir nicht.

MÖCKEL Hat Dein Vater Dir denn gar nichts gesagt, als er vom Rathaus zurückkam?

MARTIN Mein Vater, der ist immer schweigsam. Aber wenn er S i e jetzt hier sähe, dann würde er Ihnen was erzählen. Also, was wollen Sie eigentlich?

MÖCKEL Deine Schwester, die will noch etwas anderes wissen: Warum Dein Vater sie zu sich heraufbestellt hat. Und warum ausgerechnet durch den Wittlich.

MARTIN *überrascht* Durch den Wittlich?

MÖCKEL Ja, durch d e n. Das ist es ja. Dein Vater hat ihr sagen lassen, sie solle heute nachmittag zu ihm heraufkommen. Es sei wichtig.

MARTIN Dann soll sie auch kommen, die künftige Frau Klopp. Und gleich. Wir ziehen nämlich ganz weit weg, mein Vater und ich.

MÖCKEL *erleichtert* Ach so, Dein Vater will, daß sie sich verabschieden kommt.

MARTIN Von ihm. Nicht von mir. Sagen Sie es ihr.

MÖCKEL Willst Du Dich denn nie mit Deiner Schwester versöhnen?

MARTIN Was geht S i e das an.

MÖCKEL Gut. Dann gehe ich also und schicke sie herauf.

Möckel ab.

2. Szene

WIRG, MARTIN

Wirg kommt aus der Küche mit alten Koffern, die er Martin zum Hinaustragen übergibt.

WIRG Ist er fort, der Kerl? Jetzt weißt Du, wer kommt.

MARTIN Die wird staunen, die Agnes. Wenn sie hört, wo wir hinziehen.

WIRG Sag' ihr das aber nicht gleich.

Wirg schaut auf die Uhr.

MARTIN Was hat denn der Bürgermeister gestern von Dir gewollt?

WIRG Nichts wegen meiner Entlassung. Etwas wegen Clemens. Da ist nachträglich etwas ans Tageslicht gekommen. Eine Schurkerei, die er begangen hat.

MARTIN Der Clemens! Was denn?

WIRG Warte bis Deine Schwester hier ist. *Während sie wieder Sachen aus der Küche nach draußen tragen.* Warst Du drüben?

MARTIN Der Dechant kommt gleich. Ungnädig. Ich habe ihn aus dem Mittagsschlaf wecken lassen.

WIRG Wozu Handschuhe, mit dem. Daß er uns hier noch die zwei Wochen hat wohnen lassen, dazu war er gesetzlich verpflichtet.

MARTIN *an der Küchentür, zeigt auf den Sarg* Was machen wir damit?

WIRG Der muß auch raus.

Wirg und Martin tragen den Sarg über die Bühne. Der Dechant tritt ein.

3. Szene

DECHANT, WIRG, MARTIN

Wirg und Martin stellen den Sarg ab.

DECHANT *zunächst ungnädig* Was gibt es denn so Eiliges ... *Er erblickt den Sarg und zeigt darauf, verlegen* Ach, ich verstehe. *Pause.* Also deshalb war der Wittlich gestern bei Ihnen. *Er riegelt dabei automatisch die Tür zu.* Sie hätten es wenigstens dem Herrn Kaplan melden können. *Pause.* Wo hat man ihn gefunden?

WIRG Weit von hier.

DECHANT *nach kurzem Schweigen* Sie wollen ihn doch nicht auf unserem Friedhof begraben?

WIRG Nein.

DECHANT Wozu dann der Sarg?

WIRG Und der neue Küster? Was soll der von mir denken, wenn er hier stehen bleibt.

MARTIN Herr Klopp hat sich geweigert, ihn zurückzunehmen.

WIRG Alles andere hier gehört der Kirche.

Man hört die Hausschelle. Wirg bedeutet Martin, der öffnen will, das zu unterlassen und spricht weiter zum Dechant.

WIRG Ich habe Sie holen lassen, weil Sie verpflichtet sind, nachzuprüfen, ob hier nichts fehlt.

Man hört die Schelle zum zweiten Mal. Bitte dies in meiner Gegenwart zu tun. *Er stellt sich neben den Schrank.*

Als es zum dritten Mal läutet, bedeutet Wirg Martin, die Tür zu öffnen.

MARTIN *öffnet die Tür, weicht zurück* Clemens ...!

Es erscheinen Wittlich, wieder in Uniform, und, mit Handschellen an ihn gefesselt, Clemens, in Hemd und Hose und schmutzigen Schuhen.

4. Szene

MARTIN, CLEMENS, WITTLICH, WIRG, DECHANT

MARTIN Clemens! In Handschellen! ... Herr Wittlich ... Was hat das zu bedeuten ... Clemens ... Du bist doch ... Was hast Du gemacht? ... Vater ...!

CLEMENS *kalt zu Wirg* Aha.

WITTLICH Aha? Hast Du Deinem Vater nichts anderes zu sagen?

CLEMENS Auch wenn ich noch unmündig bin und wieder unter die Fuchtel dieses Mannes muß, was ich gegen den sage, geht Sie nichts an. Sie haben mich hier abzuliefern, andere Weisungen haben Sie nicht. Mich wie einen Schwerverbrecher vom Bahnhof durch die ganze Stadt hierher zu schleppen, ich denke, das reicht als Genugtuung für Sie. *Streckt ihm seine gefesselte Hand hin.* Hier! *Während Wittlich die Handschellen aufschließt.* Die zwei Beamten, von denen ich hergebracht wurde, haben auf der ganzen Fahrt mit mir Skat gespielt. Naja ...

WIRG *vor Clemens tretend* Verbrecher!

CLEMENS *ironisch, zu Wirg* Danke. Ich sehe, Du bist der Alte geblieben. Schlag mich doch gleich.

MARTIN *schmerzlich* Clemens, was hast Du nur gemacht.

CLEMENS Irreführung der Behörden. Ein Kapitalverbrechen. Und Diebstahl! Mundraub!

Wirg tritt hinter Martin und legt diesem die Hände auf die Schulter.

WIRG *zu Clemens* Und unser Kummer?

CLEMENS *ohne Wirg anzusehen, zu Martin* Den konnte ich Dir und Agnes nicht ersparen. Es ging nicht anders. Für die Polizei mußte alles glaubhaft sein.

MARTIN Wir haben daran geglaubt.

WITTLICH Und ich habe es ausbaden müssen.

CLEMENS Das haben Sie mir eben ja heimgezahlt.

WITTLICH Billig davongekommen bist Du dabei. Aber ich! Zum Bürodiener bin ich degradiert worden. Ich hätte damals meine

Streife nicht ordnungsgemäß abgefahren, sonst wäre niemand ertrunken.

CLEMENS Da hat man Ihnen Unrecht getan.

WITTLICH Und das wirst Du bezeugen müssen.

CLEMENS Ich weiß, was ich hier alles angerichtet habe. Am Tag meiner Entlassung aus dem Gefängnis hat der Jugendpfleger es mir vorgehalten. Ja, ja, Wittlich, ich habe Sie hereingelegt. Und wie! Und nicht nur Sie! Die ganze Stadt. Wer läßt denn soviel Geld in seinen Kleidern, wenn er durchbrennt.

MARTIN *bitter, zu Clemens* Warum hast Du nicht wenigstens mich eingeweiht? *Er wendet sich heftig nach Wirg um.* Oh! Vater, das hätte ich nicht sagen dürfen.

Wirg fährt ihm begütigend mit der Hand über das Haar.

CLEMENS *zu Wirg* Er hat es aber gesagt.

WIRG *zeigt auf den Sarg* Der war für Dich bestimmt. Den kannst Du Herrn Klopp zurückbringen. Dem Schwiegervater Deiner Schwester.

CLEMENS Ich weiß, er hat ihn gestiftet. Und ich weiß auch, was Du angestellt hast, um die Totenmesse für mich zu verhindern. Und daß Du dafür entlassen worden bist. Von dem. *Er zeigt auf den Dechant.*

DECHANT Ich hielte es für angebracht, wenn ich jetzt mit dem Clemens unter vier Augen spräche. Ihm scheint das Verwerfliche seiner Tat immer noch nicht klar zu sein. Und welches Leid er über uns alle gebracht hat.

WIRG *nach kurzem Zögern* Wenn Sie es für richtig halten ... Reden Sie zuerst mit ihm. Wir lassen Sie allein.

CLEMENS Naja, daß Du mir das nicht ersparst ... *Pause.* Aber das hätte ich mir denken müssen.

MARTIN Was ist, wenn Agnes kommt?

WIRG Wir warten auf sie, draußen. *Zu Wittlich* Kommen Sie auch.

WITTLICH *schaut auf die Uhr, zu Wirg* Ich muß ohnedies fort. Ich habe den Möckel aufs Revier bestellt. Er muß mir offiziell das Büro und die Akten wieder übergeben. Hat nicht lange gedauert, das Paradieren in der Uniform eines Hauptwachtmeisters. *Er grüßt militärisch.*

Wirg, Martin und Wittlich ab.

DECHANT Komm, Clemens, setzen wir uns.

Vorhang

BILD VI

Eine halbe Stunde später. Clemens sitzt in einer Kirchenbank, etwas flegelhaft. Der Pfarrer steht vor ihm.

1. Szene

CLEMENS, DECHANT

Anfangs bemüht sich der Dechant immer wieder, seinen Zorn zu beherrschen.

CLEMENS Ich bin ein wahres Ekel von Sohn gewesen. Zugegeben. Verstoß gegen das Vierte Gebot.

DECHANT Gibt es überhaupt eins, gegen das Du Dich nicht vergangen hast?

CLEMENS Gibt es. Ich habe nie falsches Zeugnis abgelegt. Achtes!! Ich bin nie neidisch gewesen. Zehntes! Und Fünftes Gebot! Ich habe nie getötet. Bei den anderen sieht es weniger gut aus. Bei Gebot Sieben zum Beispiel. Ich habe geklaut. Niemand gab mir Arbeit. Ich hatte keine Papiere und immer Hunger. Bei Gebot Sechs: Unkeuschheit! Reden wir nicht davon.

DECHANT Du vergißt das Neunte.

CLEMENS *kurze Pause* Die Frau, auf die Sie anspielen, ist keines »Nächsten Weib«.

DECHANT Und Deine schlimmste Sünde? Die zertretene Hostie.

CLEMENS Auch deswegen knie ich nicht vor Ihnen. Ich bereue das nicht.

DECHANT Es war Gottesraub. Und an Ostern!

CLEMENS Man kann Gott rauben? Was für Gangstersünden die in Rom erfunden haben!

DECHANT *unbeirrt* Seit wann glaubst Du nicht mehr an den Sinn des Heiligen Meßopfers und an das Wunder der Heiligen Eucharistie?

CLEMENS Eine Hostie soll der wirkliche Leib Christi werden! Schon als ich noch Ministrant war, habe ich darüber gelacht.

DECHANT Du hast Deinem Vater immer wieder das Schlimmste angetan, was man einem Mann, der so gottesfürchtig ist wie er, antun kann.

CLEMENS Das haben S i e, Herr Dechant, gründlicher besorgt als ich.

Der Dechant schweigt betroffen.

CLEMENS Ja, Herr Dechant, gründlicher.

DECHANT Wer hat seinen eigenen Tod in Szene gesetzt? Und Du hast dabei nicht einmal bedacht, wie unerträglich für Deinen Vater der Gedanke sein mußte, daß Du Dich an jenem Morgen nicht im Stande der heiligmachenden Gnade befandest.

CLEMENS *unwillig-beistimmend* Ja, ja, bevor ich das ganze Theater aufzog, hätte ich zur Beichte und Kommunion gehen sollen.

DECHANT Zum Schein. Unwürdig.

CLEMENS Was denn anderes! Aber mein Vater hätte das Seelenamt guten Gewissens steigen lassen und eine Illusion behalten können, ohne die er nicht leben kann.

DECHANT Illusion?

CLEMENS Die Illusion, die Kirche mache Ernst mit ihrer Lehre, in jedem Fall. Und gerade gegenüber Ungläubigen.

DECHANT Ich hatte mich geweigert, das Seelenamt für Dich anzusetzen.

CLEMENS Weil mein Vater sich die geplante Gotteslästerung nicht hat abhandeln lassen. V e r s u c h t haben Sie es doch.

DECHANT Vor wessen Tür wurden die Kränze geworfen? Vor meine oder vor Eure?

CLEMENS Und?

DECHANT Ich wußte, wie wenigen in meiner Pfarrgemeinde es einleuchten würde, daß es für Dich keine Segnungen der Kirche geben durfte.

CLEMENS Mit anderen Worten: Sie wußten, wie schlecht die Leute ihren Katechismus kennen.

DECHANT Die meisten Erwachsenen kennen ihn nur noch schlecht und recht.

CLEMENS War mein Fall dann nicht d i e Gelegenheit, Ihren Pfarrkindern den Katechismus um die Ohren zu hauen und das Gedächtnis aufzufrischen?

DECHANT Solange die Leute überhaupt noch zum Gottesdienst erscheinen, bleibt mir auch die Hoffnung, daß sie zur strikten Befolgung der Lehre zurückfinden.

CLEMENS Sie wollen also die Lauen unter Ihren Schäfchen mit einer strengen Auslegung der Lehre nicht aus der Kirche vertreiben.

DECHANT Niemanden will ich aus der Kirche vertreiben.

CLEMENS Nach dem, was im Katechismus steht, durfte eine Messe für mich nicht stattfinden. Daran hat sich mein Vater gehalten. *Pause.* Wie der die Leute aus der Kirche weggeschickt hat, das war ... ganz groß. Hut ab. Der Mann hatte keine Angst vor der öffentlichen Meinung. Gehorsam nur vor der Lehre der Kirche. Ich komme da zwar nicht mit und kann nur lachen über diese Lehre, das wissen Sie, Herr Dechant. Aber vor wem ich jetzt Respekt habe und vor wem nicht, das können Sie sich denken.

DECHANT Wenn das, was er in der Kirche gemacht hat, Dich nicht wieder zum Glauben bekehrt, ist es nicht weit her mit dieser neuen Achtung vor Deinem Vater.

CLEMENS Ist das spöttisch gemeint? Ich hoffe nicht. Selbst wenn Sie vorhin gemerkt haben sollten, daß ich mich wohl nie mit ihm vertragen werde.

DECHANT Dreißig Kirchenaustritte gehen auf sein Konto. Da werde ich noch spotten. Dreißig!

CLEMENS In früheren Zeiten, als die Kirche noch mächtig war, hätten Sie diese Dreißig foltern oder verbrennen lassen, nicht wahr?

DECHANT *ironisch* Und Du hättest mutig Protestreden gehalten. Ja, ja, ja.

CLEMENS Heute gegen die Religion vom Leder zu ziehen, dazu gehört kein Mut. Zugegeben.

DECHANT Wer Gott haßt, erkennt damit an, daß es Gott gibt.

CLEMENS Mit der Finte ist mir schon der Gefängnisgeistliche gekommen.

DECHANT Finte!

CLEMENS Sie sagen Gott, meinen aber die Kirche. Das ist nicht dasselbe. Gott ... gegen den habe ich nichts.

DECHANT Großzügig von Dir.

CLEMENS Der hat noch keinen Menschen belästigt. Das tut nur die Kirche.

DECHANT *kalt* Belästigt? Womit?

CLEMENS Mit Glaubensartikeln und Geboten. Nichts im Privatleben, wo sie sich nicht einmischt.

DECHANT Mit dem Verbot der Unzucht. Sag es doch gleich. Keins war Dir so lästig wie das. Aber das ist ein Gebot Gottes und nicht eins der Kirche.

CLEMENS Egal. Anders als durch das, was Sie Unzucht nennen, wurde bis heute kein Mensch gezeugt. Auch Sie nicht! Den

Schmutz, den Sie mit dem Wort »Unzucht« auf meine tote Mutter werfen, werfe ich auf Ihre zurück. Richten Sie ihr das nur aus.

DECHANT Clemens, weißt Du überhaupt noch, was Du sagst. Das ist ja empörend.

CLEMENS Weniger empörend als das, was Sie meinem Vater angetan haben. Sie, ein Priester, reden von Unzucht, lassen aber sonst zwei mal zwei fünf sein, als gebe es den Katechismus nicht.

DECHANT Als Priester habe ich zu ermessen, womit ich vor Gott und der Kirche bei den Menschen m e h r Schaden und womit ich weniger Schaden anrichte. Kirchenrechtlich gesehen hätte die Messe stattfinden dürfen, eine stille Messe.

CLEMENS Herr Dechant, jahraus jahrein sagen Sie im Religionsunterricht: »Der Katechismus enthält alles, was der Katholik wissen muß. Wer sich immer nach dem Katechismus richtet, der wird der ewigen Seligkeit teilhaftig.« Warum hielten S i e sich nicht an den Katechismus?

DECHANT Das aus Deinem Munde! Du bist doch ein Feind der Kirche.

CLEMENS Der war ich, der bin ich, und mein Vater hat es Ihnen gesagt. S i e setzten sich aber darüber hinweg. Ein schöner Hüter des Glaubens.

DECHANT Frage Dich selbst, ob es Dir z u s t e h t, über mich zu Gericht zu sitzen.

CLEMENS Nein, nicht i c h, der Kleine Katechismus aller Diözesen der Welt, d e r sitzt über Sie zu Gericht.

DECHANT Und D u, ein Sünder vor Gott und den Menschen, Du machst den Staatsanwalt.

Clemens stürzt sich auf den Dechant und drückt ihn brutal auf eine Kirchenbank.

CLEMENS Wer hat meinen Vater mit Glaubensartikeln und Geboten tyrannisiert? Sein Leben lang hat der Mann unter dem Terror der Religion gestanden. Und Sie, Herr Dechant, sind deren Vertreter. Die Lehre der Kirche sei ein Gebäude von ehernen, unumstößlichen Wahrheiten und Regeln für den Katholiken. Wer hat das immer wieder gepredigt? Drüben! Von der Kanzel herab. Und w e r hat aus diesem Gebäude eine Mauer herausgebrochen und es zum Einsturz gebracht, und den armen Mann unter den Trümmern begraben! Wer, Herr Dechant!

Clemens läßt ihn, wie angewidert, los.

DECHANT Es wäre vielleicht doch besser gewesen, Du hättest zuerst mit Deinem Vater gesprochen.

CLEMENS Das sagen Sie j e t z t. Sie haben sich wieder einmal verschätzt!

DECHANT Verschätzt! Jede Berechnung lag mir fern. Meine Beweggründe waren lauter.

CLEMENS Verbrecherisch waren sie. Wenn Sie Altargeräte für die eigene Tasche verkauft hätten, oder wenn Sie mit Weibern ins Bett gegangen wären, dann hätte mein Vater darin die Schwächen eines sündigen Menschen sehen können. Aber dieser schwere Verstoß eines Priesters gegen die Lehre, wie nur soll mein Vater damit fertig werden?

DECHANT Ich werde ihm helfen.

CLEMENS Ja, wie Sie ihm immer geholfen haben. Mit Worten! Die kosten ja nichts. Was werden Sie t u n ?

DECHANT Gott wird mir das Richtige eingeben.

CLEMENS Dann müßten Sie zuerst an ihn glauben.

DECHANT *außer sich* Clemens . . . !

CLEMENS *schreiend* Wären Sie sonst fähig gewesen, Gott mit der Messe für einen Gottlosen wie mich zu kränken?

DECHANT *heftig* Gott ist ohne Anfang und ohne Ende, von Ewigkeit zu Ewigkeit. Kann ein hinfälliger, sterblicher Mensch ihn überhaupt kränken?

CLEMENS *sich wieder auf den Dechant stürzend* Was! Und was haben Sie uns in der Katechismusstunde Seite um Seite eingetrichtert: Jeder Verstoß gegen die Glaubensartikel, gegen die zehn und die fünf Gebote, eine schwere Kränkung Gottes!

DECHANT Clemens, das wirst Du nie begreifen. Zahllose Theologen, . . . Priester, Bischöfe, ja Kardinäle, haben gerade mit diesem, scheinbaren Widerspruch schwer gerungen.

CLEMENS *mit wachsender Heftigkeit* So. Und wenn der Papst eines Tages von seiner Loggia zu den hunderttausend Pilgern, die unten auf dem Petersplatz seinen Segen erwarten, wenn dieser Stellvertreter Gottes erklärte: Liebe Kinder, alles gut und schön, Jahrhunderte hat der Scherz gedauert, ich mache die Bude zu, geht heim, und wenn ihr durchaus was zum Anbeten braucht, betet zum Unbekannten Gott . . .

DECHANT *entsetzt* Clemens, komm zu Dir. In der zweitausendjährigen Geschichte der Kirche hat es unter den 263 Päpsten nie einen Geisteskranken gegeben. Und es wird ihn nie geben.

CLEMENS Dafür würden die Kardinäle schon sorgen. Also geisteskrank wäre der. Aha. Ist es für unseren Dechant so undenkbar, daß ein P a p s t aus Ehrlichkeit, weil selbst e r mit scheinbaren Widersprüchen nicht fertig wird, die Korsettfabrik schließen könnte?

DECHANT Wohin verrennst Du Dich: Korsettfabrik!

CLEMENS Ja. Korsett gegen alles, was natürlich ist.

DECHANT Aus Dir spricht nur noch der Haß.

CLEMENS Weichen Sie mir nicht aus: was geschähe, wenn der Papst die Dogmen öffentlich aufkündigte oder nur daran kratzte, an den ewigen, an den Grundwahrheiten der Kirche?

DECHANT Darauf habe ich Dir eben geantwortet.

CLEMENS Ich will eine richtige Antwort... Also was geschähe, wenn der Statthalter Gottes sich plötzlich als Ungläubiger entpuppte?

DECHANT Es käme ein ungeheueres Leid über die Menschheit.

CLEMENS Dieses ungeheuere Leid haben Sie und Ihr Bischof über meinen Vater gebracht. *Pause.* Wie wollt Ihr es jemals gutmachen?

DECHANT Ich werde mich mit Deinem Vater aussprechen und den Bischof bitten, die Entlassung zurückzunehmen.

CLEMENS Für meinen Vater war es nicht ein unbegreiflicher und feiger Priester, der ihm den Glauben geraubt hat. Die Kirche selber war es, in der Person des Oberhirten der Diözese. Jetzt hat er keinen Boden mehr unter den Füßen, der Mann. Zuerst habt Ihr ihn Euch mit Dogmen abgerichtet und dann habt Ihr ihn für seinen Gehorsam bestraft. Versetzt Euch doch an seine Stelle!

DECHANT Geschehenes ungeschehen machen, das liegt in keines Menschen Macht.

CLEMENS Doch! Waschen Sie den Bischof von jeder Schuld rein. Für meinen Vater ist der Bischof die Kirche.

DECHANT Wie kann ich jemals den Bischof von Schuld reinwaschen?

CLEMENS Sie brauchen mir nur zu gehorchen.

DECHANT Dir gehorchen ... !

CLEMENS Sie sagen nächsten Sonntag von der Kanzel herab: »Der katholische Glaube ist von Menschen erfunden, die Dogmen auf vielen Konzilen entstanden, und es ist eine Lüge, daß Gott die Apostel mit der Gründung der Kirche beauftragt hat...«

DECHANT *ungläubig-ironisch* W a s soll ich sagen?!

CLEMENS Genau das. Und sogar: »Ich mache die Bude zu. Alle Altäre raus! Und das ganze Altargerät. Und den Ministranten befehlen Sie: die Meßgewänder auf den Kirchplatz. Es wird alles verbrannt.«

DECHANT Niemals werde ich das sagen. Du bist geisteskrank.

CLEMENS Nein, d a z u soll der Bischof S i e erklären. *Der Dechant öffnet nervös den Kragen seiner Soutane.* Ich weiß, was ich Ihnen zumute. Etwas nie Dagewesenes. Aber wenn mein Vater sich sagen kann, der Dechant war geisteskrank, dann könnte er zu seinem Glauben zurückfinden.

DECHANT Niemals werde ich mich auf einen solchen Betrug einlassen.

CLEMENS Haben Sie nicht Gott betrügen wollen? Was ist daneben ein Betrug am Menschen? Wieso fürchten Sie sich mehr vor den Gittern einer Anstalt als vor den Flammen der Hölle?

DECHANT Schluß jetzt mit diesem abstoßenden Spiel. Mach' das Fenster auf. Es ist so heiß hier.

CLEMENS Machen Sie es wie ich. *Clemens zieht sein Hemd aus, behält es in der Hand.*

DECHANT Clemens, ich bitte Dich! Man erstickt ja hier.

CLEMENS Erstickt hier? Man erstickt also; i c h ersticke nicht.

In seiner Angst versucht der Dechant das Fenster zu öffnen. Clemens stellt sich ihm in den Weg.

CLEMENS Aber Herr Dechant, im Irrenhaus darf man doch auch nicht ans Fenster.

DECHANT *sich zur Tür wendend* Ich rufe die Polizei.

CLEMENS Diesen Raum verlassen Sie nicht.

DECHANT *setzt sich in eine Bank* Ich rede nicht mehr mit Dir.

CLEMENS Ich brauche Sie auch nicht mehr. Ich werde meinem Vater erzählen, daß Sie gesagt haben: »Ich mache die Bude zu«. Und all das andere, was Sie von der Kanzel hätten sagen müssen. *Pause.* Ihre Angst verrät Sie. Sie haben begriffen, wann erst ich meinen Vater fragen kann, ob er nie bemerkt hat, daß sein Dechant verrückt war. War! Gewesen ist!

DECHANT *erhebt sich, voll Angst*

Clemens, mach' Dich nicht unglücklich. Dein Leben liegt noch vor Dir.

CLEMENS Auf einmal kümmert Sie das Leben anderer Leute. Auf einmal!

DECHANT Sei vernünftig. Du bringst Dich wieder ins Gefängnis.

CLEMENS Nein. S i e bringen mich ins Gefängnis. M i c h und meinen Vater haben Sie auf dem Gewissen. Sie feiger Verbrecher.

Der Dechant hebt die Hand gegen Clemens und will in ohrfeigen.

DECHANT Du ...

Clemens fängt den Schlag ab und würgt den Dechant.

DECHANT *röchelnd* Clemens ...

CLEMENS *im äußersten Zorn* Clemens, Clemens! Wirg heiße ich.

Er erwürgt den Dechant, der, an ihm hinabgleitend, zusammenbricht. Clemens steht einige Augenblicke vor dem toten Dechant. Dann geht er entschlossen zur Haustür und öffnet.

2. Szene

CLEMENS, WIRG, MARTIN

Wirg und Martin erscheinen. Beide bleiben versteinert an der Tür stehen.

CLEMENS Es war Notwehr. Ich wollte nicht beichten, da hat er auf mich eingeschlagen. Immer wieder. Wie ein Wahnsinniger. *Pause.* Ich habe zurückgeschlagen, schließlich. Da fiel er hin.

WIRG *streng* Was ist hier geschehen?

CLEMENS Der war krank, geisteskrank. Habt Ihr das nie bemerkt?

Wirg stellt sich vor Clemens.

WIRG Die Wahrheit, Clemens. Die Wahrheit, Clemens. Sag' mir die Wahrheit.

CLEMENS Du würdest sie nicht glauben. *Zu Martin* Nun ruf' schon die Polizei.

Martin läuft zur Tür. Dort stößt er auf Agnes, Lorenz und Caspar.

3. Szene

MARTIN, AGNES, WIRG, CASPAR, LORENZ

MARTIN *auf der Türschwelle* Agnes! Der Clemens!

Agnes tritt zögernd ein. Hinter ihr Caspar und Lorenz.

AGNES Clemens ... ?!

MARTIN Caspar, hilf mir ... Der Dechant! Lauf ins Pfarrhaus. Ruf die Polizei.

WIRG *zu Agnes* Der Clemens hat den Dechant umgebracht.

Caspar ab.

Vorhang

BILD VII

Kurze Zeit später. Die Haustür steht offen. Clemens steht bei Agnes. Lorenz zieht das schwarze Tumbatuch aus dem unteren Teil des Schrankes und bedeckt damit den toten Dechant, wobei er zuletzt das Tuch über den Kopf des Toten zieht. Wirg betet vor dem Kruzifix. Martin weinend auf einer Bank. In der Ferne das Signal eines Polizeiwagens.

1. Szene

AGNES, CLEMENS, WIRG, MARTIN, LORENZ

AGNES Du lebst. Und gleich das! *Sie zeigt auf den toten Dechant.*

CLEMENS Es war Notwehr.

Agnes klammert sich an Clemens und bricht in Schluchzen aus. Man hört, daß der Polizeiwagen sich schnell nähert.

2. Szene

WIRG, CASPAR, AGNES, CLEMENS, MARTIN, LORENZ

Caspar erscheint in der Tür und schaut hinaus.

WIRG *geht auf Clemens zu* Clemens, ich beschwöre Dich, hier, vor dem Bild des Gekreuzigten: sag' mir die ganze Wahrheit.

Clemens schweigt.

CASPAR Da sind sie.

3. Szene

WIRG, WITTLICH, MÖCKEL, MARTIN, CLEMENS, AGNES, LORENZ, CASPAR

Wittlich und Möckel erscheinen, blicken sich um, dann jeden einzeln an. Stille.

WIRG *nach einem Blick auf Clemens streckt er Wittlich beide Hände entgegen* Nehmen Sie mich fest. Hier, der Dechant, das war ich.

WITTLICH Sie, Wirg. Sie?

MÖCKEL Das Geständnis muß zu Protokoll. Auf dem Revier.
Wittlich sieht Möckel strafend an.

WIRG Ich werde dort kein Wort sagen, kein einziges. Auch nicht vor Gericht. Es ist doch alles klar. *Er zeigt auf den toten Dechant.* Ich bin schuldig. *Er blickt bei den letzten Worten Clemens an.*

MARTIN Clemens!

CLEMENS *tritt vor Wirg* Vater, Du hast schon viel auf Dich genommen, damit ich zum Glauben zurückfinde. Es war immer vergebens. Jetzt willst Du sogar Deine Freiheit dafür hergeben. Aber selbst dieses Opfer würde mich nicht ändern. Verzeih. Ich w i l l nicht, daß Du für mich sühnst. *Er tritt mit ausgestreckten Armen vor Wittlich.* I c h bin es gewesen.

Ende

Nachworte

Warum wir über den »Genossen Veygond« lachen können

Lebte Brecht noch, ich weiß nicht, ob er sich dieses Thema nicht doch noch einmal vorgenommen hätte: Mißbrauch der Macht in der Partei. Es hat ihn beschäftigt. Provokant zustimmend in der *Maßnahme*, ironisch-heiter in den *Geschäften des Herrn Julius Caesar*, zornig und zugleich traurig in einigen späten Gedichten. Er hat diesen Mißbrauch selbst als bedrängende Wirklichkeit erlebt, nicht erst seitdem die Partei die *Lukullus*-Oper nach der Berliner Uraufführung 1951 absetzen ließ.

In den relativ liberalen Zwanziger Jahren haben sich einige der besten Sowjetautoren mit diesem für sie auch damals schon nicht ungefährlichen Thema beschäftigt. Stücke von Bulgakow, Erdmann, Majakowskij, auch von Katajew, sind witzige, aber unnachsichtige Satiren; sie sollten die Parteibürokratie bloßstellen und damit die Staatsbürokratie, den Mißbrauch der Macht. Da jeder Russe weiß, daß Partei und Staat identisch sind, war die Gestaltung des Themas einfach, seine öffentliche Darstellung aber schwierig. Die Mächtigen duldeten keine Kritik und schlugen brutal zurück – auf diese Weise die Anklage nur bestätigend.

Im Westen haben erstaunlich wenige Autoren die Wichtigkeit des Themas erkannt. Am schärfsten Sartre in *Die schmutzigen Hände*, aber auch Koestler und Camus. Dabei sind die blutigen Säuberungen der Stalin-Ära auch in den westlichen Bruderparteien durchaus vorgeprägt ... Kämpfe um Spitzenpositionen, ideologische Zwistigkeiten, Ausschlüsse, Bannflüche, Verleumdungen ... die letzten Jahre gaben gerade in Frankreich erschreckende Einblicke in dieses System. Prominente Opfer der jüngeren Zeit, wie Jean Pronteau, Maurice Kriegel-Valrimont, Roger Garaudy und Charles Tillon waren bewährte und hochdekorierte Kommunisten.

Freilich verdienen diese Opfer weder die unaufrichtigen Tränen der Bürgerlichen noch die aufrichtigen der enttäuschten Marxisten. Mit Manès Sperber, einem erprobten und aufrechten Sozialisten, wäre zu fragen: wann haben jene jemals den Mißbrauch der Macht in der eigenen Partei verhindert? Nicht bei der Verfolgung der Sozialrevolutionäre, nicht bei den Moskauer Schauprozessen, nicht bei Stalins Nachkriegssäuberungen.

Ignazio Silone schrieb 1938: »Unser Protest war nicht viel mehr als Ohnmacht; aber unser Schweigen wäre zum Verrat geworden«. Solschenizyn fragte im November 1969: »Warum machen wir uns keine Gedanken darüber, welchen moralischen Einfluß es auf die Jugend hat, wenn wir ihr diese Verbrechen verheimlichen?« Und der französische Altkommunist Charles Tillon, der wie kein anderer in den Gefängnissen und Straflagern der Dritten Republik seine Jugend der Partei geopfert hat, sagte 1970: »In Budapest wurde Rajk gehängt, in Prag endete Slansky am Galgen. Wenn die Kommunisten in Paris an der Macht gewesen wären, hätte auch ich das Los dieser Märtyrer geteilt.«

In Breitbachs Stück sind es drei junge Mitglieder der Partei, die sich gegen diese empören. Sie sind keine idealistischen Utopisten und finden ihren Neid auf Veygonds Luxus berechtigt. Aber für sie sind marxistische Grundsätze kein Gregorianischer Gesang, dessen Text unverständlich geworden ist. Wort und Wirklichkeit sollen eine Einheit sein. Und wie sehr klaffen diese gerade bei dem Mann auseinander, der im Klassenkampf als Waffe das Wort benutzt! Freilich, der Genosse Veygond, Meinungsfürst und Galionsfigur der Partei, ist korrumpiert durch das, was an seiner Stelle wohl die meisten Menschen korrumpieren würde – aber die Partei stützt ihn, weil sie meint, er stütze die Partei. Dieses Geflecht aus Lüge und Ehrgeiz, falscher Rücksichtnahme und Parteiraison wird von den drei jungen Kommunisten zerrissen; sie haben den ihnen genial dünkenden Einfall, das teuflische Instrument der »Parteiraison«, das so häufig zur Unterdrückung unangenehmer Wahrheiten gedient hat, als Druckmittel gegen die Partei einzusetzen. Einzig in dieser Handlungs-Konstellation, und nirgendwo anders, sah Breitbach das Bitter-Komödiantische des Stoffs. Daher durfte dieser Gegenstand noch eine Komödie und mußte noch nicht eine Tragödie abgeben.

Wie aber hätte das Stück ausgehen müssen, spielte es dort, wo eine Partei, die alle Macht besitzt, regiert? Das sollten die Zuschauer hierzulande bedenken.

Horst Bienek

Anmerkung: Dieser Artikel erschien in den Programmheften der Baden-Badener und Lübecker Aufführungen des *Genossen Veygond*.

Was ist ein Melodrama?

Für die Gattungsbezeichnung »Melodrama« gibt es so viele Interpretationen wie es parteiische Vorlieben gibt, die von ästhetischen oder politischen Affekten bestimmt sind. Eine allgemein gültige Begriffsbestimmung kann es wohl nicht geben.

Dem einen erscheinen viele Stücke Shakespeares oder Racines als hehre Gipfel des reinen Dramas, für andere sind die gleichen Stücke Melodramen. Bedächtigere halten eine derart radikale Trennung für ebenso falsch wie die Trennung von »Form« und »Inhalt«, beide Gattungen seien zwangsläufig Mischformen.

Der Gattungscharakter eines Stückes bestimmt sich zunächst aus dem Verhältnis des Autors zur Sprache. Ob dieses distanziert oder unbefangen ist, das hängt wiederum vom geistigen Temperament des Autors ab. Dort, im Temperament des Autors, entscheidet es sich also, welche Darstellungsform ein Stoff erhält ... und nicht nur das. Denn das Temperament bestimmt ja nicht allein das Verhältnis zur Form, es bestimmt auch die Blickrichtungen des Autors. Diese können egotistisch auf sein Ich und auf das ausschließlich Private bezogen sein oder aber politisch auf die gesellschaftliche Umwelt. Es scheint mir deshalb durchaus möglich, daß ein eigentlich rein dramatischer Stoff eine melodramatische Formbehandlung erhält. Ob diese dann gut oder schlecht ist, das hängt nicht nur von der künstlerischen, sondern auch von der moralischen Qualität des Autors ab.

Aber warum steht das Melodrama in so geringem Ansehen? Selbst in jenen Handbüchern der Literatur, die heute noch das Melodrama wenigstens nicht als »ein von Musik unterbrochenes Stück traurigen Inhalts« bezeichnen, wird es von seinen Verächtern mit der Charakterisierung abgetan, die dargestellten Geschehnisse, die Verhaltensweisen und die Sprache der Personen seien im Melodrama übertrieben, die Helden immer aus einem Guß, was dem Natürlichen widerspreche, ob es sich nun um einen strahlenden Verteidiger des Rechts oder um einen finsteren Bösewicht handele. Merkwürdigerweise meint dieser Sündenkatalog, wenn er von der unglaubhaften Pathetisierung des Stoffs spricht, offenbar nur die, in der Tat überlebten, romantisch rasselnden Ritter- und Märtyrerdramen und sieht dabei nicht, daß diese auch heute unter anderen, meist politischen, Vorzeichen geschrieben werden. Auch die dem Pathos der bürgerlichen Ehedramen vorgeworfenen Lächerlichkeiten gelten seltsamerweise nicht solchen Dramen, die sich im Proletariat abspielen.

Die »Übertreibungen«, die dem Melodrama angekreidet werden, sind, in meinen Augen, nur dann Fehler, wenn die »Übertreibungen« unstimmig sind und dadurch die Emotionalität der dargestellten Vorgänge unglaubhaft machen. Echte Impulse dagegen rechtfertigen jede übertreibende Intensivierung der sprachlichen und szenischen Form. Dramatisieren wir denn nicht auch im täglichen Leben? Wenn Erzieher dem Zögling Vorwürfe machen, übertreiben sie die Schwere der Verfehlung des Getadelten fast immer. Selten mit kalt kalkulierter Absicht. Meist lassen sie sich nur von der pädagogischen Sorge hinreißen und dramatisieren eben das Geschehene. Auf elementare Weise! Das ist auch die des Theaters. Wo auf der Bühne ein Held bruchlos gut oder bruchlos schlecht, also aus einem Guß ist, und unverlogen immer das »Richtige« tut, würde ich das Stück ein gutes Melodrama nennen und nicht die Nase rümpfen, wenn es im Zuschauer vielleicht ungehemmte Begeisterung oder unkontrollierten Abscheu erweckt. Diese Wirkung hat das reine Drama nicht. Seine Helden sind nicht bruchlos gut oder schlecht, und wenn sie scheitern, scheitern sie immer an dem, was, der Umwelt verborgen, innerlich in ihnen nicht stimmt. Das reine Drama bewirkt weder zügellose Einfühlung noch unkritische Aktivierung des Zuschauers.

Damit habe ich die mir oft gestellte Frage: warum ich das *Requiem* ein Melodrama nenne, beantwortet und will nun versuchen, die Berechtigung der Benennung zu belegen: Den Dechant Johannes ausgenommen, ist keine der Figuren theologisch gebildet. Der Dechant hat sich seine Vorstellungen von Gott und die von der Welt, die, gemessen an denen großer Theologen, sehr bescheiden sind, durch Studium und Beobachten erworben. Seine Sorge um die Kirche ist echt. Clemens und die anderen jungen Leute leben in einer affektgeladenen Abneigung gegen den Glauben und machen kurzen Prozeß mit ihm. Der Küster unterwirft sein Verhalten nicht einer erarbeiteten, also relativierbaren Überzeugung wie der des Dechanten. Er unterwirft sein Handeln dem, was eine von ihm kritiklos empfangene Religion befiehlt. Daß diese kompromißlose Unterwerfung auf seine Umwelt unheimlich und abstoßend wirkt, daß sie zur Aufsässigkeit wird, daß er diese für die Kirche schädliche Wirkung sogar sieht und dennoch das ihm einzig richtig erscheinende Verhalten bis zum Äußersten treibt und daß er eben d a r a n und nicht an einem verborgenen Fehler und einem daraus resultierenden Entschluß scheitert, das unterscheidet ihn vom Helden des Dramas und verweist ihn ins Melodrama.

Wirg ist ein unterbezahlter Arbeitnehmer, aber das Soziale, dem wir nie entgehen, das die einen zu revolutionären Haltungen oder Taten, die anderen zu eigensüchtigen Reaktionen bewegt, lenkt Wirgs extremen, nur auf das Jenseits gerichteten Blick nie von dem ab, was seine Existenz sinnvoll macht. Er weiß wenig, aber er weiß, wozu er auf Erden lebt, nämlich: »Um Gott zu erkennen, ihn zu lieben und ihm zu dienen und dadurch in den Himmel zu kommen«, wie noch vor wenigen Jahren der Satz lautete, mit dem jeder Katechismus eingeleitet wurde, den die Kirche als Mittlerin zwischen Gott und den Menschen für den ersten Religionsunterricht vorschrieb. In den Augen seiner Zeitgenossen, deren Denken und Fühlen sich immer schneller von der einst selbstverständlichen, christlichen Prägung entfernt, ist das Verhalten Wirgs wider jede Norm, es erscheint extravagant wie das des Don Quichotte. Diesem gleich ist er nicht »aufgeklärt«; jeder in seiner Umgebung fühlt sich, weil der Welt angepaßt, klüger und natürlicher als Wirg. Dieses Fehlen von Natürlichkeit ist Wirgs Wahrheit und macht ihn zu einem eindimensionalen, also melodramatischen Held.

Die sich hartnäckig erhaltende Vorstellung, daß im Melodrama der Held sich selbst genießend pathetisch rede, scheint mir so veraltet wie die Vorstellung, daß ein »naturalistisches« Stück der Wirklichkeit mehr entspreche als ein Melodrama. Das Ansinnen des Dechanten riß dem gläubigen Küster plötzlich die Augen vor etwas für ihn Undenkbarem auf, vor dem Verrat, den, in seinen Augen, die Kirche im Begriff ist, an sich selbst zu begehen.

Der Umstand, daß er sich vor diesem Undenkbaren unreflektiert und sogar ohne Pathos verhält und daß es gerade sein richtiges Verhalten ist, woran er scheitert, wird vielleicht keinem Katholiken, es sei denn einem mitgetroffenen Theologen jene Tränen entlocken, die man zu Unrecht so gern mit der Vorstellung des Melodramatischen verbindet. Abschließend will ich damit sagen, daß das Melodrama noch nie das billige Rührstück war, mit dem es offenbar ebenso oft verwechselt wird wie mit den Karikaturen jeder echt-dramatischen Form.

Joseph Breitbach

Wann verstößt die Kritik gegen die Berufsmoral?

> *So ist es zum Beispiel nicht üblich, einer Kritik eine Antikritik folgen zu lassen, jedenfalls nicht, solange der Kritiker einer als Berufsmoral fixierten Verhaltenserwartung entspricht.*
>
> Norbert Fügen, *Wege der Literatursoziologie*

Und wenn die Kritik dieser Erwartung nicht entspricht ... ?
In den Berichten über die Aufführungen der drei hier vorgelegten Stücke waren es, unter den negativen Kritiken, besonders die dem *Requiem für die Kirche* gewidmeten, in denen Kritiker gegen die elementarsten Begriffe ihrer Berufsmoral verstießen. Die hier folgende Antikritik gilt selbstverständlich nur jenen Teilen der negativen Beurteilungen der drei Stücke, hinter denen unübersehbar eine primordiale Abneigung des Kritikers gegen die Thematik stand. Diese zwang allerdings manchen Katholiken, aber auch einige Marxisten, die nie betrachtete oder aus dem Blick verdrängte Rückseite versteifter, ideologischer Positionen, in denen sich bequem leben läßt, wahrzunehmen. Wer sich intellektuell im Progressiven oder im Konservativen eingerichtet hat, läßt sich nicht gern daraus aufstören. Ein Student hat im Laufe einer der Baden-Badener Aufführungen des *Genossen Veygond* sogar mehrere Male vernehmlich meinen Kopf gefordert. Eine so spontane Reaktion ist immer sympathischer als die Perfidie, mit der sich unter den christlichen Zeitungen vor allem die offiziellen Kirchenblätter der Diözesanhauptstädte Augsburg und Köln zu gröbsten Verleumdungen des *Requiems* haben hinreißen lassen. Obwohl das Stück in diesen beiden Städten aufgeführt wurde, die Unwahrheit der Theaterberichte also den Besuchern nicht entgehen konnte, stellten sie nicht nur die Thematik, sondern sogar den dramatischen Ausgangspunkt und den Ablauf der Handlung falsch dar. Im Blatt der Erzdiözese Köln hieß es, ich hätte »eine Kirche des Mittelalters vor Augen« gehabt und »selbst diese noch falsch verstanden«. Die Augsburger Kirchenzeitung begann ihre Kritik mit der gezielt unwahren Behauptung, das Stück spiele, nach meinen Angaben,

im Jahre 1912 und suggerierte dann, als zweite Unwahrheit und mit seltsamer Logik, ich hätte in dem Stück versucht, die innerkirchlichen, vor- und nachkonziliaren Auseinandersetzungen darzustellen.

Zunächst: es ist nicht der aktuelle Gegensatz zwischen Traditionalisten und Progressiven, also die schwelende theologische Krise der Kirche, die ich in dem Stück behandle, sondern der Zusammenstoß des Unbedingten mit der natürlichen, kompromißbereiten Welt. Es ist eine Geschichte von Menschen, in deren Existenz die Prägung durch die katholische Religion eine ähnlich existentielle Rolle spielt wie im Leben anderer die Prägung durch den Marxismus oder durch die Gier nach Geld oder Macht. Warum drei Menschen ihr sehr verschiedenes Verhältnis zur Religion wechselseitig sich zum Verhängnis machen und welche Verstörung der Verrat geistiger Prinzipien im Empfinden einfacher Menschen bewirkt, d a s wird gezeigt, nicht die Unruhe der Theologen, die zum Zweiten Vaticanum geführt hat. Diese steht in keinem unmittelbaren Bezug zu meinem Thema und ist deshalb auch nicht ein einziges Mal erwähnt. Denn wie im *Genossen Veygond*, seinem politischen Parallelstück, entferne ich mich im *Requiem* nirgendwo gedanklich von meinem Stoff und bringe keinerlei Elemente hinein, die nicht im dargestellten Milieu immanent gegeben sind. Es kommt also nichts zur Sprache, das außerhalb des Anlasses der Handlung und außerhalb der Denk- und Empfindungsfähigkeit jeder Figur liegt. Der vor Haß gegen den Glauben glühende Clemens z. B., der sich für einen klugen Entlarver der Kirche hält, auf die Bestimmung des Menschen aber wohl nie einen ernsten Gedanken gewandt hat, der ihn befähigen könnte, besser mit dem Dechanten zu argumentieren, ist nicht einmal imstande zu erkennen, wie egozentrisch die absolute Aspiration zu Gott ist, gerade das also, was ihm die Strenge und Prinzipienfestigkeit seines Vaters so verhaßt und zuletzt so bewunderungswürdig macht. Eingreifende Beleuchtungen der Geschehnisse und Zustände von »höherer theologischer Warte« her hätten meinen künstlerischen Absichten entgegengestanden. Das Thema verlangte, den Dechant eingeschlossen, nur einfache Katholiken auf der Bühne und nicht intellektuell gedrillte Theologen, die das Gras wachsen hören und die Kirche durch Kompromisse mit dem ihr immer gefährlicher werdenden Weltgeist retten wollen.

Jener Dechant sei keine »echte Bezugsperson«, die den buchstabengläubigen Küster und dessen ungläubigen Sohn, Clemens, theologisch aufklären könne. Worüber? Über den derzeitigen Stand des zu Glaubenden! Das warf die *Kölner Kirchenzeitung* mir vor. Ich hätte mich über diesen Vorwurf nicht gewundert, wenn der Artikel von Pater Karl Rahner gezeichnet gewesen wäre, denn dieser hat in der Tat einmal, gelegentlich einer Bilanz des gegenwärtigen Zustandes der Theologie recht abschätzig von dem »normalen Seelsorger« geschrieben, der von der »üblichen Schuldogmatik leben muß«. Und in einer anderen Veröffentlichung hat er sich über den »theologischen Horizont« des »normalen Bischofs« nicht gerade schmeichelhaft ausgelassen. Hätte ich Pater Rahner als deus ex machina in das Bühnengeschehen eingreifen lassen sollen, damit er dem theologisch ungebildeten Küster das »Mysterium mortis« von Ladislaus Boros erkläre?

Die Beschäftigung mit den »einleuchtenden Thesen« des Jesuitenpaters Boros könne man allerdings nicht von mir verlangen, hieß es herablassend. Wie unaufmerksam muß der selbstherrliche Kritiker der Aufführung des Stücks beigewohnt haben! Er hat nicht bedacht, daß die theologischen Spekulationen des Jesuitenpaters in keinen Zusammenhang zu bringen sind mit dem Bühnengeschehen, nämlich mit der Überzeugung des verzweifelten Küsters, daß sein totgeglaubter Sohn Clemens verdammt sei in alle Ewigkeit, zur Hölle! Boros' Thesen kreisen nicht um das Problem: schwere Sünde – Hölle, sondern um das des Nachlasses der läßlichen Sünden im Fegefeuer. Es stand dem Kritiker der Kölner Kirchenzeitung schlecht an, mir, wie ein Hellseher, eine Unkenntnis gerade jenes theologischen Werkes zuzuschreiben. Oder ist ein Gottesraub wie der, den Clemens begangen hat, nicht mehr eine schwere, sondern nur noch eine läßliche Sünde? Wie unaufmerksam jener Kritiker der Aufführung des Stücks beigewohnt hat, zeigt auch ein zweiter Vorwurf: ich wisse nichts von der Barmherzigkeit, die Gott auch für den schlimmsten Sünder habe. In der Tat, davon weiß ich nichts. Aber da die Kirche es weiß, versucht der Dechant mit einem energischen Hinweis auf diese Eigenschaft Gottes, den Küster umzustimmen, als der nicht einsehen will, daß Gott sogar mit einem Gottesleugner barmherzig sei (2. Bild, 6. Szene).

Auch das Berliner *Petrusblatt* und selbst eine evangelische Kirchenzeitung haben sich in ihren Angriffen, wie die beiden anderen, vor einer ernsten Auseinandersetzung mit dem Stück gedrückt. Ein Ganghoferdrama stehe haushoch über ihm, es befinde sich in der Nähe der Courths-Mahler, sei Politkabarett und ähnliches, hieß es, und damit basta. Ein erprobter Trick. Um das heiße Eisen, das Thematische, nicht anfassen zu müssen, das unbequeme Theaterstück aber abwerten zu können, verurteilte man es – ohne die geringste Untersuchung seiner inhärenten Formgesetze – vom Ästhetischen, vom Formalen her, wo jede subjektive Optik erlaubt ist, also jede Willkür. Man übersah dabei mit Fleiß, daß es unmißverständlich als Volksstück konzipiert und ausdrücklich als Melodrama bezeichnet ist. Eine Gattung, die keineswegs »ein von Musik unterbrochenes Stück traurigen Inhalts« ist, wie die dümmste aller Definitionen meint, der allerdings selbst die von Artur Kutscher kaum nachsteht.

Aber auch andere katholische Kritiker als die der Kirchenblätter haben behauptet, ich wisse so wenig wie der Küster, was heute zu glauben ist. Sie unterstellen mir ihre eigene theologische Ignoranz, die sich in ihren unfundierten Kritiken immer wieder verrät. Das Stück spielt heute, unter dem Pontifikat Pauls VI. Dieser Papst, wenn offenbar nicht für jene eifernden Verteidiger der Kirche, so doch für den Küster unanzweifelbar der Stellvertreter Gottes, hat im Juli 1968, also mehr als zwei Jahre nach dem Zweiten Vaticanum, in seinem *Credo des Gottesvolkes* Grundsätzliches zum Stand des zu Glaubenden statuiert, das man auch in den offiziellen Zusätzen zum Holländischen Katechismus findet. Hier sei daran erinnert. Demnach muß der Katholik unter anderem an folgendes glauben: an die Heilige Dreifaltigkeit, an die Existenz der Engel (und die der Teufel), an die jungfräuliche Geburt Jesu aus Maria. Und nun die wichtigsten Punkte, die das Geschehen in dem Stück unmittelbar tangieren: Der Katholik hat zu glauben, daß durch die eucharistische Wandlung die Hostie in den Leib Christi verwandelt wird, und daß dieser auch in der aufbewahrten Hostie gegenwärtig bleibt. Im Stück steht: ungebeichtete, schwere Sünden auf dem Gewissen und in der Absicht, eine neue schwere Sünde zu begehen, hat Clemens die Hostie empfangen. Wahrhaftig, keine läßliche Sünde! Dann hat er die Hostie ausgespuckt und zertreten. Das war Gottesraub!

Der Katholik muß – und das ist auch nach dem Zweiten Vatikan-Konzil gültig – glauben, daß jede menschliche Seele einmalig und daß ihre Entstehung von Gott gewollt ist. Im Stück (3. Bild, 2. Szene) höhnen die Tochter des Küsters und ihre Freunde über die »Seele« in Gegenwart des Dechanten und des Küsters.

Zum Schluß muß der Katholik auch heute noch glauben, daß einer, der die Liebe Gottes ablehnt, also ein Gottesleugner wie Clemens, stirbt er reuelos, für ewig in die Hölle verdammt wird. In seinem *Credo* sagt Paul VI. ausdrücklich, daß die Hölle »ein Feuer« ist, »das niemals erlischt«.

Wenn Journalisten amtlicher Bistumsblätter in ihren Kritiken den Glauben des Küsters, der diesem *Credo* entspricht, antiquiert nennen, zeigen sie damit eine luziferische Aufsässigkeit gegen das *Credo* Pauls VI. Denn dieser von ihm zum Abschluß des »Glaubensjahres« am 30. Juni 1968 gesprochene Text wurde am nächsten Tag im *Osservatore Romano* und kurz darauf in allen Ländern veröffentlicht und kann ihnen nicht unbekannt sein. Oder aber sie wagen nicht, ihren Lesern zu sagen, was die katholische Lehre auch heute noch vom Gläubigen fordert: daß sein Sein im Sollen gründet und nicht das Sollen relativiert im Sein. Daß die christliche Existenz zunächst einmal sich verwirklicht in den Sakramenten und in der Nachfolge Christi; und, wahrhaftig nicht zuletzt, daß Gott und nicht der Mensch das Maß ist, das den Postulaten der katholischen Lehre zugrunde liegt. Das alles und noch anderes, ebenso wesentliches also wagen katholische Publizisten, die sich gegen das Stück als entrüstete Verteidiger der Römischen Kirche aufspielen, nicht mehr freimütig zu vertreten! Ist die Angst, nicht als fortschrittlich zu gelten, so groß geworden, daß man den Transzendenzbezug der Religion eskamotiert? Denn nur wer die Wertbegriffe »Gottesliebe« und »Nächstenliebe« dort nicht auseinanderhält, wo sie sich nicht decken, weil die »Nächstenliebe« nicht ein Reservat der Christen ist, konnte den Küster als »unmenschlich« charakterisieren. Wie die »Unmenschlichkeit« des Kontrollchors in Brechts *Maßnahme* gerechtfertigt ist durch den Vorrang der Ideologie und der Partei, ist die »Unmenschlichkeit« des Küsters gerechtfertigt durch die Unbedingtheit, mit der er sich der Kirche und damit Gott unterwirft. Dem Vorrang eines solchen Transzendenzbezuges gegenüber allen anderen Wertbegriffen kann nur ein kompromißloses Verhalten gerecht werden, das der Küster sowohl im Gehorsam gegenüber Gott und dessen Vermittlerin, der Kirche, manifestiert, als auch im Widerstand gegen die ganze Stadt.

Auch über anderes kann man nur staunen, das von offensichtlich schlecht katechisierten Katholiken gegen die Thematik des Stücks vorgebracht wurde und das sich dahin resümieren läßt: ich hätte eine Karikatur der Kirche und des Kirchenvolkes, eine »Anzengruberei« gegeben und auf diese tückische Weise »antiklerikalen Agitprop« getrieben. Katholischen Kritikern ist es demnach nicht mehr selbstverständlich, daß es für einen gläubigen Katholiken kein größeres Leid geben kann als das, welches über den Küster in dem Augenblick hereinbricht, da er glauben muß, sein Sohn könne vor Gottes Richterstuhl keine Gnade gefunden haben. Leugnen diese sonderbaren Katholiken damit nicht, daß die Seele das höchste von Gott verliehene Gut des Christen ist? Wie lächerlich sind plötzlich die Märtyrer, die für den Glauben starben, und wie erst die Gebete für die Seele eines Verstorbenen!

Haben diese katholischen Journalisten den Sinn des Sakraments der Taufe vergessen? Sie haben doch wohl nicht aus purer Gedankenlosigkeit oder nur um sich sozial anzupassen, jedes ihrer Kinder wenige Tage nach der Geburt von der Brust der Mutter zum Taufbecken getragen und ihm dann die Religion mit dem Nachtgebet an »Jesukindlein klein, halt' mein Herzchen rein« bis zur ersten Katechismusstunde zu etwas gemacht, das so selbstverständlich ist wie die Luft, die man atmet? Dieses selbstverständliche Fabrizieren von neuen Katholiken, genauso selbstverständlich wie das eigene Katholisch-Sein, das müßte jedem katholischen Journalisten bewußt werden, wenn er sich seine erste Glaubenskrise ins Gedächtnis ruft, die meist in die Zeit des Erwachens der Sinne gefallen war, wenn er, plötzlich am Ausleben seiner Natur gehemmt, erkennen mußte, in was man ihn hineingeboren und worin man ihn, ungefragt, großgezogen hat, und daß er als unfreiwilliger Christ vor einer Wahl steht. Aus der eigenen Erfahrung und aus der Beobachtung des religiösen Lebens weiß er, daß die Entscheidung eines jeden davon abhängt, ob man dem Transzendenten gegenüber gleichgültig ist oder nicht, und daß, ist man es nicht, wieder viel davon abhängt, ob man höhere Schulen besucht, wo man sich den Luxus auch eines solchen Lernens und Denkens erlauben kann, das nicht der Vorbereitung auf den Beruf dient... oder aber, ob man schon mit fünfzehn Jahren arbeiten und – wie der Küster – seinen religiösen Haushalt mit dem bestreiten muß, was man im Katechismus gelernt hat.

Der Mangel an theologischer Bildung wird dem Küster übrigens gleich zu Anfang des Stückes von dem Dechanten, einem »normalen« Seelsorger, wie es Tausende gibt, mit einem scharfen Tadel in Erinnerung gerufen. Diesen Tadel glaubt man auch zu hören, wenn man liest, der Küster sei ein »bedauernswerter Buchstabengläubiger«! Das schreibt der Kritiker einer christlichen Tageszeitung und referiert zugleich, gegen jede Wahrheit, die von Clemens begangene Hostienschändung, die Zünder und Scharnier der Handlung ist, sei »nur beiläufig« mitgeteilt. Von Bedauern mit dem aus seinem Glauben gerissenen Mann ist aber nichts zu spüren, dafür um so mehr vom geistigen Hochmut gegen ihn. Es ist der gleiche Dünkel, mit dem die Theoretiker der Frankfurter Schule und anderer, in der Luft schwebender Richtungen von »Vulgärmarxisten« sprechen, in deren Existenz die ihre, w e n n ü b e r h a u p t, erst sinnvoll wird. Ja, der Kritiker scheint nicht einmal bedacht zu haben, daß der Bildungslose, w e n n er gläubig ist, ohne Vorbehalte glaubt, also nur buchstabengläubig sein kann. Was soll diesem eine gestaltlose Kirche und eine Religion, die, ohne festes Lehrgebäude, den Unterschied zwischen dem Geschichtlich-Wandelbaren und dem, was auch nach dem Konzil als göttlich-unwandelbar zu gelten hat, nicht mehr verdeutlichen könnte ... oder sogar nicht mehr verdeutlichen will. Nichts macht die Lektüre der Werke fast aller progressiven Theologen so unerquicklich wie das auffallende Einerseits – Andererseits ihrer Thesen, denen oft die nur noch wie ein schnell aufgesetzter Hut wirkende Versicherung folgt: man stehe selbstverständlich auf dem Boden der nachkonziliaren Kirche.

Auf einer der drei öffentlichen Diskussionen über das Stück versuchte ein Priester, die Wichtigkeit des Katechismus, selbst des nachkonziliaren, zu minimisieren. Die Mehrzahl der Teilnehmer protestierte gegen solchen Eskapismus ebenso entschieden wie gegen die Süffisanz der Besprechungen des Stücks, die in der katholischen Presse, aber auch in der von vielen Katholiken gelesenen *Süddeutschen Zeitung* erschienen waren. Deren Kritiker, zur gleichen Diskussion gekommen, hielt man die leichtfertige Widersprüchlichkeit seines Artikels vor und wies ihm nach, daß er wörtlich zitierte Stellen aus dem Katechismus, mit denen der Küster gegen den Dechant argumentiert, mir als »verfratzenden« Eigentext untergeschoben hatte. Der Gedanke, seinen sachlich ungerechten Vorwurf dort zurückzunehmen, wo er ihn öffentlich erhoben hatte, in seiner Zeitung, ist ihm nicht gekommen. Was für Ehrbegriffe hat ein solcher Kritiker? Der *›Rheinische Merkur‹* veröffentlichte immerhin den Brief eines Zuschauers, der dagegen protestierte, daß in diesem Blatt, wie in anderen, das Stück als anachronistisch heruntergespielt worden war. Es sei sogar sehr aktuell. »Wo sonst in einem Nachkriegsschauspiel stoßen die Welten des Glaubens und des Unglaubens so hart aufeinander?« fragte er.

Der Ex-Priester und Theologie-Professor Thomas Sartory, Verfasser des Werks *In der Hölle brennt kein Feuer*, setzte sich in einer Sendung im Bayerischen Rundfunk und in einer anderen im Südwestfunk ausführlich mit dem Stück auseinander. Dabei distanzierte er sich von der ihm zu »überschwenglichen« Bewunderung, die Gabriel Marcel für es bekundet hat, betonte aber, daß der Katholik, so wie ich ihn darstelle, auch heute noch »von der Leitung der Kirche zu der Dogmenkonformität angehalten ist, die der Küster verkörpert«. Die gleiche Bestätigung gab Gertrude Sartory, Doktor des Kanonischen Rechts, auf der Europawelle im Saarländischen Rundfunk.

Dennoch hat, obwohl dazu aufgefordert, keiner der Kritiker, die behauptet hatten, der Handlung liege eine falsche Auffassung der Lehre der Kirche zugrunde, diese Verleumdung zurückgenommen. Nun, wer sich weigert, die falsche Darstellung eines kontrollierbaren Sachverhaltes zu berichtigen, setzt auch seine künstlerische Beurteilung des Stückes dem Verdacht aus, von einem feindseligen Affekt bestimmt zu sein. So schrieb ein katholischer Kritiker der *Stuttgarter Zeitung*, ich hätte »um Gegenwartsprobleme zu bewältigen, aus falschen Schubladen Gestriges hervorgeholt und den Versuch einer Distanz zu den Kasperlerollen nicht erst gewagt«. Das Gestrige ist das *Credo* Pauls VI. Und wenn der Küster ein »Kasperle« ist, dann sollte dieser Kritiker den Mut haben, alle Katholiken so zu nennen, selbst den theologischen Unruhestifter Küng, der soeben die Forderung des sonntäglichen Gottesdienstbesuches in Erinnerung gebracht hat, die manche progressive Katholiken als etwas »Gestriges« nicht mehr ernst nehmen.

Das Gestrige! In der Tat, gestern noch, nämlich 1956 beispielsweise hat Pius XII., zwölf Jahre nach Auschwitz, die Onanie zur Sünde erklärt, selbst für den Fall, daß »wichtige Gründe« sie als sündlos erscheinen lassen. Ist das Sechste Gebot aufgehoben worden seitdem? Wenn ja, dann sage die *Stuttgarter Zeitung* ihren irregeführten katholischen Lesern, wann dies dekretiert wurde. Gewiß, seit einigen Jahren versuchen namhafte Moraltheologen eine neue, der heutigen Freizügigkeit angepaßte katholische Sexual-Ethik zu entwickeln. In Wendungen, die eine wirkliche Fixierung der Aussagen klug vermeiden, machen sie sich daran, Verbote, die auf dem Gebiet der Sexualität kirchenoffiziell immer noch gelten, so zu relativieren, daß deren Abmilderung einer Abschaffung nahezu gleichkommt. Der Jesuitenpater Roman Bleistein veröffentlichte 1970 in den *Stimmen der Zeit* einen in dieser Hinsicht aufschlußreichen Artikel: *Moraltheologie und Sexualpädagogik*. Seltsamerweise schreibt derselbe Autor in einem seiner 1969 erschienenen Bücher für die katholische Jugend, in dem Kapitel, wo er auf die Glaubensschwierigkeiten eines Jungen eingeht, folgendes: »Ich kann jetzt nicht einzeln der Reihe nach Deine Probleme über die Hl. Dreifaltigkeit, die Hl. Eucharistie, über Beichte und Gnade behandeln. Darüber kannst Du Dir in jedem Katechismus Auskunft holen und dadurch Licht in das Dunkel Deiner Fragen bringen.« Also wird der ratlose Katholik in fundamentalen Glaubensangelegenheiten auch von diesem fortschrittlichen Moraltheologen zuletzt an den Katechismus verwiesen, der, meinen Kritikern nach, eher lächerlich als kompetent sein soll.

Johannes Gründel, einem anderen der bedeutenden katholischen Moraltheologen scheinen heute des Hl. Augustinus' Auffassungen von der Ehemoral als »fragmentarisch, als naturalistisch-biologistisch« und die diesbezüglichen »ganzheitlichen anthropologischen Erkenntnisse der jüngsten Zeit als von der Theologie bereits verarbeitet«.

Menschenfreundliche, neue Auffassungen solcher Art waren es wohl, die den Geist meiner Kritiker so hell gegen den »antiquierten« Geist der Kirche meines Stückes erleuchteten. Allerdings haben die neuen Dispensen von der harten sexuellen Askese die Herzen meiner progressiven Kritiker nicht enthärtet. Die Freude über die mehr oder weniger erhaltenen Toleranzen läßt sie die Armen vergessen, denen diese Lizenzen bis in unsere Zeit hinein von ihrem Beichtvater nicht gewährt worden sind. Denn keiner von ihnen fragt, ob Gott durch die Kirche nun eine Amnestie verkünden wird für jene Zeitgenossen des Augustinus, die, ob schwerer Sünden der Fleischeslust und anderer Gier, seit fünfzehnhundert Jahren im Feuer der Hölle braten. Da deren Sünden und die der Zugänge von so viel Jahrhunderten heute schlimmstenfalls nur noch läßliche Vergehen sein sollen, scheint es mir unvereinbar mit der Barmherzigkeit Gottes, daß jene Ärmsten dort weiterschmachten sollen, wo Heulen und Zähneknirschen herrscht. Wieso haben z. B. nicht einmal die reformfrohen Redakteure des eingegangenen Wochenblatts *Publik*, das für eine Humanisierung und jesuanische Hominisierung der Religion plädierte, nicht wenigstens in seiner Abschiedsnummer die längst überfälligen Massenentlassungen aus der Hölle eingemahnt! Das wäre konsequenter gewesen als ihr fragwürdiger

Versuch, das zerfurchte Gesicht der Kirche zu liften und zu schminken und gleichzeitig zu versichern, es verliere dabei nicht seine Identität. Daß andererseits die politische Linke, soweit sie die Transzendenz ablehnt, diesen Versuch, dessen Ziel eine Verlängerung des Lebens der Kirche war, unterstützte und nicht bekämpfte, zeigte wieder einmal, wie sehr die Gegner des Christentums die noch bestehende Bindung an das Transzendente unterschätzen, wenn sie es mit progressiven Katholiken zu tun haben. Denn noch beschränken diese die Deutung der Evangelien nicht auf deren sozialen Aspekt. Diese Einsicht wird von der politischen Linken gern eskamotiert. Aber dies ist nicht mein Gegenstand; so wenig wie die Frage, ob eine progressistische Selbstkorrektur der Kirche nicht den Keim der Selbstauflösung in sich trägt. Hier sollte nichts anderes behandelt werden als das Verhalten jener katholischen Theaterkritiker, die es mir, dem Nicht-Gläubigen, nicht verzeihen konnten, daß ich ihnen die Imperative der geltenden katholischen Lehre, verkörpert in der Person des Küsters, ins Gedächtnis rief. Sie minimisieren lieber diese Imperative, als zuzugeben, daß Gott für den römischen Katholiken in Jesus Christus aller Dialektik der Geschichte ein Ende gesetzt hat. Für die entchristlichte Welt ist das ein Skandalon, aber es ist gerade d a s Ärgernis, zu dem die Katholiken stehen müssen, wenn die Kirche etwas anderes sein soll als ein Verein von unchristlichen und sogar atheistischen Jesulogen, denen der Marxismus nicht genug seelische Nestwärme bietet.

Was einige unter den Kritikern, nämlich die, für die das Transzendente »keine Relevanz« hat, zu dem Stück schrieben, war durch ihr Vorurteil a priori festgelegt und entlarvte sich in unredlichen Fragen. So las man denn z. B. in der *Frankfurter Rundschau*: was das Thema des Stücks den Zeitgenossen überhaupt angehe? Als ob die Öffentlichkeit sich nicht erinnerte, wie eifrig linke und linksliberale Journalisten 1971, plötzlich, um das Seelenheil der Katholiken bangend, in die Polemiken um *Publik* eingriffen und voll »brennender Sorge« Interesse für theologische Probleme zur Schau trugen, während sie in Wirklichkeit mit dem Eintreten für die rebellischen Theologen so plump wie kurzsichtig parteipolitische Interessen verfolgten. Da sich auf dem »religiösen Sektor« etwas rührte, mußten sich selbst diejenigen Journalisten rühren, die religiösen Angelegenheiten gewöhnlich jede Relevanz absprechen. 1971 hatten immerhin über 4 Millionen Katholiken den langen Fragebogen zur Themenwahl der Würzburger Synode individuell beantwortet; immerhin ist der Absatz theologischer Literatur nach wie vor sehr hoch, sogar in der DDR, wo 1971 circa 5 Millionen Publikationen verkauft wurden, die religiöse Themen behandeln. Das stand in allen Zeitungen. Aber da das Stück den Kritikern keine Gelegenheit zu billigen, politischen Gewinnmitnahmen bietet, erklärte man, endlich einmal einig mit den katholischen Kollegen, auch in der linksliberalen Presse das Thema kurz und bündig für irrelevant.

Mit einer ähnlich unredlichen Einstufung versuchten manche Kritiker sich auch an einer ideologischen Auseinandersetzung mit *Genosse Veygond* vorbeizudrücken. Die Figuren der gegen die Partei rebellierenden, jungen Kommunisten wurden mit demselben Dünkel wie der Küster des *Requiems* als »buchstabengläubig« abgetan. Das sind sie in der Tat, wie die Mehrzahl der Millionen Wähler und Mitglieder der Kommunistischen Partei Frankreichs und die der meisten Länder, wo die Partei stark ist. Diese ist wie einst die Kirche so glücklich, im Parteivolk eine breite Basis von zwar nur schlecht und recht katechisierten, dafür aber unsophistikierten Anhängern zu haben, die zuverlässiger sind als Theologen und Intellektuelle, auf deren Denkkraft oder Ehrgeiz die Spaltungen aller großen Bewegungen zurückgehen. Mit der vulgärmarxistischen Optik dieser Basis muß die Partei, solange sie noch nicht die Macht erobert hat, vorsichtiger rechnen als ein schon etabliertes marxistisches Regime. An historischen Warnungen fehlt es nicht. Als Lenin, um der entsetzlichen Hungersnot zu begegnen, im März 1921 den Kriegskommunismus suspendierte und eine bescheidene Form kapitalistischer Wirtschaft wieder zuließ, gaben in den russischen Großstädten tausende Arbeiter voll Bitterkeit der Partei das Mitgliedsbuch zurück. Es waren »Vulgärmarxisten«, die sich in den Schulungskursen ihrer Betriebszellen keine durchdachte Vorstellung der Marx'schen Lehre hatten erarbeiten können, die aber bei der Revolution ihr Leben aufs Spiel gesetzt hatten, damit die Ausbeutung des Menschen durch den Menschen und der Diebstahl des Mehrwerts der Arbeit nie mehr möglich sei. Sie waren fassungslos vor der Preisgabe dieses obersten, auch für den einfachsten Geist so leicht eingängigen Prinzips. Das Motiv ihrer Enttäuschung war also nicht, wie später bei so vielen, die von der Partei abfielen, in Zweifeln an der Richtigkeit der Ideologie zu suchen, sondern in dem für sie unerhörten Verstoß gegen diese durch deren obersten Hüter, durch Lenin und die Partei.

Wer den Schock und die Trauer der Kommunisten jener Zeit nicht

nachempfinden kann, der mag Modelle für eine künftige gesellschaftliche Praxis studiert und geliefert, den mag der Marxismus als Idee gereizt oder zu einer handfesten, politischen Karriere angespornt haben, aber der Kern seines Wesens ist von ihm nicht geprägt worden und er ist ein Veygond geblieben, dessen Existenz den »schlichten« Marxisten mehr beleidigt als die eines Kapitalisten. Nur ein solcher Scheinmarxist bestreitet dem Vulgärmarxisten das Recht aufs Erscheinen in einem Stück, das ja gerade zeigen will, wie ohnmächtig das wenig geschulte Mitglied der Partei vor deren Prominenz ist, sobald es den Hochgestellten die Übereinstimmung der privaten Lebensführung mit den marxistischen Postulaten abverlangt. Warum ideologisch fixierte Kritiker und Zuschauer sich diesem Thema heftig sperrten, ist nur zu evident, denn welcher westeuropäische Intellektuelle, der den Staat, in dem er lebt, als ein zu zerstörendes Feindgebiet und Provisorium betrachtet, sieht sich nicht bereits in dem Staat, den er herbeiwünscht, auf einem Kommandoposten, der ihm materielle Privilegien bietet oder ihm Macht gerade über die verleiht, die er beim Triumph der roten Fahne als vorgeformtes Parteivolk schon am Platz findet oder die man dann schleunigst zu brauchbaren Vulgärmarxisten abrichtet, auf denen, wie eh und je, auch in der neuen Pfründenwirtschaft, die Ableistung jener Arbeiten lastet, die die autoritären Hüter des dann gewünschten Bewußtseins nicht fähig oder zu hochmütig sind zu verrichten.
Seltsam, sogar die Figuren des Volksstücks *Die Jubilarin* und die Menschen, für die ich es geschrieben habe, blieben vom elitären Hochmut mancher Kritiker nicht verschont. Wolfgang Drews entlarvte sich nach der deutschen Erstaufführung offen als Verächter des Volkes. »Bei der Tagung einer Angestellten-Gewerkschaft könnte das Stück Furore machen«, schrieb er, offenbar vergessend, daß mehr als die Hälfte aller Franzosen und Deutschen Angestellte und Arbeiter sind. Obwohl er seine Kritik – nicht als einziger – mit allerlei Unwahrem ad personam, das er sich weigerte zu berichtigen, gespickt hatte, hat diese mich gefreut, denn er hätte mir kein größeres Kompliment machen können als mit jenem Satz. In der Tat, ich hatte das Stück für meine einstigen Arbeitskameraden geschrieben und ihr Leben, so wie es sich im »Betrieb« abspielt, darin auf die Bühne gebracht.

Zum Schluß frage ich jene Kritiker, die mir die Wahl meiner Stoffe offensichtlich so sehr verübeln, daß sie deren Wiedergabe fälschen und, wohl um mir das Recht auf die Behandlung sozialrelevanter

Themen zu bestreiten, mir eine Kindheit in goldener Wiege und eine Jugend in »nobler Arbeitslosigkeit« zuschreiben und mich zum Querulanten herunterzustilisieren suchen, wenn ich gegen diese gezielten Legenden protestiere: welche Stoffe und welche Formen sind für wen tabu? Einerseits klagen sie, es gelinge nicht, die Lohnabhängigen in die Theater zu locken, die Thematik und Form der zeitgenössischen Stücke seien meistens zu schwierig. Andererseits antwortet ein Wutschrei der Kritik auf Hochhuths *Hebamme*, der so schrill ist, daß er Zweifel an der Lauterkeit der Kritiker provoziert.

Auch an diesen drei Volksstücken wurde gerügt, daß die darin dargestellte Welt von Menschen, die keine höhere Bildung besitzen, irrelevant werde, sobald ich geistige oder politisch-soziale Probleme auf dem Niveau zeige, das dem der Figuren adäquat und jedem Publikum verständlich ist. Als ob jene Probleme im Leben »einfacher« Menschen keine Rolle spielten! Man denke nur an die individuell getroffene Entscheidung, Überzeugungen in Tat umzusetzen, die viele europäische Vulgärmarxisten 1936 dazu trieb, ihre Familien unversorgt zu Hause lassend, als Freiwillige am Spanischen Bürgerkrieg teilzunehmen und, im Gegensatz zu so manchem berühmten Wecker und Wächter des richtigen Bewußtseins, dort für die bessere Zukunft der Nachfolgenden das Leben aufs Spiel zu setzen und sich nicht damit zu begnügen, fern vom Schuß mit der Feder oder mit Protestmärschen zu »kämpfen«.

J. B.

Inhalt

JOSEPH BREITBACH

BERICHT ÜBER BRUNO

Roman

Breitbach erzählt als ein Meister des Stils, setzt sich aber auch zugleich gegen Lüge und Heuchelei, diese Zwillingsschwestern der Politik, zur Wehr. Ein hervorragender Roman, der den Platz, den er sich inzwischen erkämpft hat, mit Recht verdient.

BAYERISCHER RUNDFUNK

Der Roman ist fast zur Hälfte in indirekter Rede geschrieben. Dieses souverän durchgehaltene Stilprinzip gibt dem Bericht seine Spannkraft, seine gleichsam raffende Gebärde, die alle Ereignisse und Affären, ob ruhmvoll oder nicht, an sich reißt, um sie dem Subjekt als Erfahrung einzuverleiben. Seine Würde ist seine Rationalität.
Das ist seine Stärke.

KARL MARKUS MICHEL

THEATER IM S. FISCHER VERLAG

THEORIE:

Antonin Artaud — Das Theater und sein Double
deutsch von Gerd Henniger

Mobiler Spielraum – Theater der Zukunft
mit Beiträgen von Karlheinz Braun, Mauricio Kagel, Charles Marowitz, Wilfried Minks – Gernot Assum, Rassem Badran, Karl Boedeker, Eberhard Heilmann, Jochem Jourdan, Wilfried Turk, mit ca. 100 Abbildungen und Plänen

Shuji Terayama — Theater contra Ideologie
Vorwort und Übersetzung von Manfred Hubricht

STÜCKE:

Edward Albee — Alles im Garten
deutsch von Pinkas Braun

Edward Albee — Kiste – Worte des Vorsitzenden Mao Tse-tung – Kiste
deutsch von Pinkas Braun

Jean-Louis Barrault — Rabelais
deutsch von Elmar Tophoven

Daniel Berrigan — Der Prozeß gegen die Neun von Catonsville
deutsch von Jan Lustig

präsentiert aktuelle Stücke in- und ausländischer Autoren und bietet grundlegende theoretische Schriften für ein modernes Theater

STÜCKE:

Christopher Fry	Ein Hof voll Sonne deutsch von Karsten Schälike
Armand Gatti	General Francos Leidensweg deutsch von Fritz Rudolf Fries
Armand Gatti	V wie Vietnam deutsch von Gerda Scheffel
Witold Gombrowicz	Operette deutsch von Walter Tiel
Gert Hofmann	Kündigungen Zwei Einakter: Unser Mann in Madras / Tod in Miami
John Hopkins	Diese Geschichte von Ihnen deutsch von Jörg Wehmeier
Arthur Kopit	Indianer deutsch von Hans Sahl
Pier Paolo Pasolini	Affabulazione oder der Königsmord deutsch von Heinz Riedt
Rolf Schneider	Dieb und König Komödie